ullstein

Das Buch

Felicitas hat immer die Kontrolle. Sie weiß, was sie will, und vor allem, was sie nicht will: eine anstrengende Beziehung. Da ist sie mit ihrem Singleleben voller heißer One-Night-Stands schon besser bedient. Mehr als das sollte eigentlich auch Markus nicht sein, aber der smarte Jungunternehmer will mehr von ihr. Er fordert sie heraus, dominiert sie beim Sex, und der Kontrollverlust bereitet ihr bisher unbekannte Lust. Scheinbar ist für ihn alles nur ein Spiel. Doch um sich voll auf ihn einzulassen, muss sie Markus vertrauen und ihre bisherigen Prinzipien über Bord werfen. Dabei droht Felicitas' größte Angst wahr zu werden: Aus Lust könnte Liebe entstehen.

Die Autorin

Isabella Frey (Jahrgang 1986) wuchs in Ingolstadt an der Donau auf. Nach dem Studium hat es sie der Liebe wegen in das idyllische Allgäu verschlagen, wo sie heute mit ihrem Mann lebt und den Blick auf die Berge genießt. Wenn sie nicht schreibt, ist sie am liebsten in der Natur unterwegs oder zieht mit Zelt und Rucksack durch Skandinavien. Unter freiem Himmel kommen ihr auch die besten Ideen für ihre Bücher, in denen es ihr vor allem um eines geht: um dieses ganz spezielle Prickeln, das zwischen zwei Menschen entsteht, die einander entdecken.

Von Isabella Frey ist in unserem Hause
außerdem erschienen:

Wilde Spiele

Isabella Frey

Lust

Erotischer Roman

Ullstein

Besuchen Sie uns im Internet:
www.ullstein-taschenbuch.de

FSC
www.fsc.org
MIX
Papier aus verantwortungsvollen Quellen
FSC® C014496

Originalausgabe im Ullstein Taschenbuch
1. Auflage September 2014
2. Auflage 2014

Umschlaggestaltung: ZERO Werbeagentur, München
Titelabbildung: © Getty Images/Valentin Casarsa
Satz: Pinkuin Satz und Datentechnik, Berlin
Gesetzt aus der Sabon
Papier: Pamo Super von Arctic Paper Mochenwangen GmbH
Druck und Bindearbeiten: GGP Media GmbH, Pößneck
Printed in Germany
ISBN 978-3-548-28622-8

1

Eigentlich war der Montagabend immer ihr gemeinsamer Abend gewesen. Seit Jahrzehnten. Seit diesem unvergessenen Tag in der siebten Klasse, als sie sich geschworen hatten, den Tanzkurs gemeinsam zu überstehen und sich niemals von irgendeinem Jungen auseinanderbringen zu lassen.

Felicitas unterdrückte mühsam ihre Eifersucht. Ja, sie gönnte ihrer besten Freundin ihr Glück. Manchmal. An jedem anderen Tag der Woche. Aber ausgerechnet am Montagabend? Sie konnte verstehen, dass Lena nicht mehr so lange bleiben konnte wie früher. Seit sie sich mit ihrem Café selbständig gemacht hatte, musste sie früh raus. Aber sie konnte nicht verstehen, dass Lena die Vereinbarung mit dem Mädelsabend nicht mehr ernst nahm.

Am liebsten hätte sie auf der Stelle kehrtgemacht, wäre nach Hause gegangen und hätte sich dort verkrochen. Leider war Lena schneller und hatte sie entdeckt, ehe sie ihren Plan in die Tat umsetzen konnte. Sie winkte ihr auffordernd zu. Felicitas setzte ihr freundlichstes Lächeln auf und schob sich durch das vollbesetzte Lokal weiter in Richtung der Nische ganz am Ende, in der Lena saß.

Mit Markus und Sebastian. Diese Verräterin hatte tatsächlich ihr Wort gebrochen und nicht nur ihren Freund, sondern auch Markus eingeladen. Was auch immer in sie gefahren war, das einfach zu tun! Felicitas ließ sich stocksteif auf den Stuhl fallen, stellte ihre Handtasche ab und griff nach der Speisekarte. Eifersucht war kein schönes Gefühl. Und die Tatsache, dass sie mit jeder Woche glücklicher Beziehung von Lena ihr eigenes Singledasein mehr verfluchte, machte es auch nicht besser.

»Schön hier«, stellte sie fest und nickte Lena knapp zu. Ihre Freundin saß mit einem strahlenden Leuchten in den Augen neben Sebastian auf der Bank. Markus hatte auf einem Stuhl Platz genommen. »Ist mal was Neues. Dieser ... wie sagt man? Maurische Stil? Man fühlt sich sofort wie im Urlaub.«

Die Worte klangen selbst in ihren Ohren hohl. Lena grinste nur und schmiegte sich enger an ihren Freund. Als der Kellner kam, hatte Felicitas gerade einmal die ersten zwei Worte der Karte gelesen. Speziell heute hätte sie Lenas Rat gebraucht. Auf der Arbeit war alles schiefgelaufen, was nur hatte schieflaufen können.

»Eine Flasche Rotwein, den von der Tageskarte.« Mit absoluter Selbstverständlichkeit gab Markus die Bestellung für sie alle auf. »Und dann nehmen wir eine Tapas-Auswahl für vier Personen. Einmal querbeet.«

Der Kellner war weg, ehe Felicitas die Bestellung korrigieren konnte. Sie schickte Markus einen vernichtenden Blick. Er schien es nicht zu bemerken. Das hier setzte dem ganzen Tag wirklich die Krone auf!

»Wie kommst du auf die Idee, dass ich Rotwein trinken möchte?«, zischte sie. »Ich bestelle gerne selbst.«

Er erwiderte ihren Blick schweigend, griff zur Wasserkaraffe und füllte in aller Seelenruhe ihre Wassergläser. Seine Ruhe ließ sie noch wütender werden. Felicitas bemerkte ein amüsiertes Funkeln in den Augen ihrer besten

Freundin. Sie spürte Sebastians prüfenden Blick auf sich ruhen.

Daher wehte also der Wind! Sie suchte Lenas Blick und fand darin die Bestätigung ihrer Vermutung. Lena war nicht glücklich, wenn sie niemanden hatte, um den sie sich kümmern konnte. Offenbar war ihrer Freundin die Idee gekommen, sie könne mit ihrem Leben unzufrieden sein. Und was lag da näher, als zu versuchen, sie zu verkuppeln?

Felicitas reckte das Kinn und stellte das Wasserglas energisch ab. »Also, was soll das hier?« Sie musterte ihre beste Freundin, die entschuldigend mit den Schultern zuckte. »Tu nicht so, Lena. Kuppelversuche ziehen bei mir nicht, haben wir das nicht schon mal irgendwann geklärt? Zehnte Klasse, glaube ich. Mit Tobi Wehler aus der Dreizehnten.«

Auch Markus sollte besser sofort wissen, wie sie zu diesem Versuch stand. Viel wusste Felicitas nicht über ihn. Er hatte Lena das Kapital für ihr Café besorgt, war Sebastians bester Freund, galt als einer der Partykönige von München und hatte einen Ruf als Playboy. Und hatte seinem Ruf alle Ehre gemacht an dem Tag, an dem Lena ihr Café eröffnet hatte.

Die Nacht mit ihm war gut gewesen. Doch dabei sollte es auch bleiben, jedenfalls von ihrer Seite aus. Markus war viel zu anziehend, um diesen Abend zu wiederholen. Männer, die diese Wirkung auf sie hatten, durfte sie gar nicht erst zu nahe an sich heranlassen. Es gab ja auch weitaus Wichtigeres im Leben. Ihre Karriere. Ihre Unabhängigkeit. Die Tatsache, dass niemand ihr etwas vorschreiben konnte.

»Ich weiß nicht, ob ich geschmeichelt sein soll, wenn ich mit einem Abiturienten verglichen werde. Das kratzt an meinem Ego, Feli, darauf solltest du besser Rücksicht nehmen.« Markus' dunkle Stimme gefiel ihr viel zu gut. Felicitas atmete erleichtert auf, weil der Kellner in dem Moment den Wein brachte und sie davor rettete, reagieren zu müssen.

»Ich wusste es. Da lief bereits etwas zwischen euch beiden.« Lena wirkte mehr als nur zufrieden bei dieser Erkenntnis. Sie hob ihr Glas, kaum dass der Kellner ihr eingeschenkt hatte. »Und nein, ich will dich nicht verkuppeln. Nur auf das Naheliegende hinweisen. Ich fände euch sehr süß zusammen, wirklich.«

»Du spinnst ja, Lena.« Felicitas schüttelte den Kopf und versuchte, das glückliche Leuchten in den Augen ihrer besten Freundin zu ignorieren. Lena konnte sich einfach nicht vorstellen, dass man auch als Single glücklich sein konnte. Dass Felicitas ihre guten Gründe hatte, um sich nicht von einem Mann abhängig zu machen, schien ihre beste Freundin dabei gekonnt zu ignorieren.

Markus verzog die Lippen zu einem Lächeln. »Der Gentleman genießt und schweigt, süßeste Lena. Auf die Damen, würde ich sagen.«

»Ohne die unsere Welt nur halb so schön wäre.« Sebastian stimmte in den Toast ein und stieß mit Lena an. Dann tauschten die beiden noch einen schnellen Kuss. Felicitas deutete das Anstoßen nur an und roch vorsichtig an dem Wein. Sie mochte keinen Rotwein, jedenfalls keinen schweren.

Dieser Wein roch überraschend fruchtig. Aus dem Augenwinkel bemerkte sie, wie Markus einen Schluck kostete. Er behielt den Rotwein lange im Mund und schloss halb die Augen. Ob er das immer tat, wenn er etwas auskosten und genießen wollte? Felicitas konnte sich gerade nichts Sinnlicheres vorstellen als diese Geste.

»So, ihr Lieben, wenn wir schon mal beisammen sind – wie sieht denn eure Wochenendplanung aus?«, begann sie, um sich selbst abzulenken.

Nein, sie würde sich niemals von irgendwem abhängig machen. Und schon gar nicht von einem Macho wie Markus, der jenseits seines unbestreitbar guten Aussehens nichts zu bieten hatte. Sie würde es halten, wie sie es immer hielt: eine kurze Beziehung, kein Drama und nichts, was irgendwie tiefer ging als eine flüchtige Erinnerung. Das war die einfachste Art, um nicht verletzt zu werden.

* * *

Seine Anwesenheit hier hatte Felicitas ganz offensichtlich überrascht. Für einen kurzen Augenblick hatte Markus geglaubt, hinter diese Fassade der ewig Coolen zu blicken.

Sie mochte also keine Überraschungen. Das hatte er sich schon fast gedacht. Er kannte Felicitas nur so – diszipliniert, kontrolliert, kühl. Umso mehr hatte es ihn erstaunt, wie sehr sie aus sich herausgehen konnte, wenn sie es sich selbst zugestand. Es war ziemlich genau ein Jahr her, nach der Eröffnung von Lenas Café. Eigentlich waren sie beide müde gewesen und erschöpft nach dem langen Tag. Dennoch hatten sie den Weg in sein Apartment in Schwabing gefunden. Aus irgendeinem Grund war es bei dieser einen Nacht geblieben, und bisher hatte er nicht weiter darüber nachgedacht. Ihm sollte es recht sein, das hatte ihm eine unschöne Szene erspart, sobald er genug von ihr gehabt hätte.

Und früher oder später bekam er immer genug von den Frauen, mit denen er sich einließ. Andere kamen ihm nicht mehr ins Haus.

»Wochenendplanung?« Lena schaute mit strahlend großen Augen ihren Sebastian an. Wenn er das so sah, dann wusste er wieder, wieso er keine Beziehung brauchte. Auf Dauer war es einfach zu anstrengend. »Haben wir schon eine, Schatz?«

Sebastians Mundwinkel zuckten nach oben. Markus verkniff sich nur mühevoll ein Lächeln und erwiderte den vielsagenden Blick seines besten Kumpels. Also gab es eine Planung, aber keine, die sie in aller Öffentlichkeit ausbreiten wollten.

»Ein Tisch samt Champagner für alle im *Leopolds*?«, schlug Markus vor. Er wollte wissen, wie sein Freund sich jetzt herausreden wollte. Und wie Felicitas darauf reagieren würde. Im Grunde genommen war sie überhaupt nicht sein Typ. Nicht dass er auf einen Typ Frau festgelegt war, aber Felicitas war ihm eigentlich viel zu dünn. Und viel zu kalt. Dennoch reizte es ihn, sie herauszufordern und zu sehen, wie lange sie mit ihm auf Augenhöhe bleiben würde. »Samstagabend?«

»Eigentlich hatten wir schon etwas vor«, murmelte Sebastian und deutete in Richtung Küche. »Da kommt auch schon das Essen. Wir sollten auf dem Tisch ein bisschen Platz schaffen.«

Schweigen breitete sich zwischen ihnen aus, während der Kellner irdene Schälchen und Schüsselchen auf dem Tisch verteilte. Der Duft verschiedener Gewürze stieg auf, besonders der Duft nach frittierten Tintenfischringen. Wenn es eine Sache gab, bei der er sich nicht zurückhalten konnte, dann waren es Tintenfischringe. Am besten frittierte.

»Ich könnte etwas Ablenkung gebrauchen.« Felicitas legte die Speisekarten ordentlich übereinander und packte sie dann unter den Kerzenleuchter. »Bei mir im Job geht es gerade drunter und drüber. *Leopolds* klingt gut. Da war ich noch nie. Was mir auch dauernd vorgehalten wird auf der Arbeit. Scheint wohl der neue In-Schuppen zu sein.«

Lena zuckte nur mit den Schultern und deutete auf die Pflaumen im Speckmantel.

»Darf ich dir davon geben, Schatz?«, flötete sie scheinbar unschuldig.

Markus schnitt eine Grimasse und stellte fest, dass Felicitas genauso die Augen verdrehte. Er wusste schon, wieso er keine Beziehung wollte – dieses *Mein-Schatz*-Geflöte ging ihm schon jetzt auf die Nerven. Wenn er so etwas jeden Tag ertragen müsste, würde er wahrscheinlich durchdrehen. Oder von seiner Süßen verlangen, ihn richtig anzusprechen. Aber dazu war Sebastian wieder zu sehr Gentleman, um seine Lena vor solche Herausforderungen zu stellen.

»Ach, kommt schon, es ist nicht so leicht, in den Laden zu kommen. Aber ich kann da was drehen. VIP-Lounge?« Er fing einen Blick von Felicitas auf, der irgendwo zwischen *Angeber* und Bewunderung pendelte. Markus konnte sich ein Grinsen nicht mehr verkneifen.

»Weil dir der Schuppen gehört.« Lena lachte überdreht auf. Markus hatte wirklich schon vergessen, wie anstrengend sie sein konnte in ihren Bemühungen, ihn endlich zu verkuppeln. Er musste Sebastian dringend sagen, dass er seine Lena besser unter Kontrolle bringen sollte.

»Dir gehört das *Leos*?« Felicitas griff die Ablenkung dankbar auf.

Markus zuckte mit den Schultern. »Nicht so wichtig. Lena, jetzt hast du meine Überraschung kaputtgemacht. Ich dachte, du wolltest mich mit Felicitas verkuppeln.

Dann solltest du auch zulassen, dass ich sie beeindrucke, findest du nicht auch?«

»Ich finde es viel besser, dass der Laden dir gehört. VIP-Lounges besorgen kann mit genug Geld jeder«, gab Lena zurück und stieß Sebastian in die Seite. »Komm schon, wir waren ewig nicht mehr feiern. Ins *Cadeau* können wir nächste Woche auch noch.«

»Das wird ja immer schöner, dass meine Süße bestimmt, wann wir wo miteinander schlafen.« In Sebastians Augen trat ein dunkles Schimmern. Markus bemerkte, dass Felicitas ihr Besteck sinken ließ und angespannt zuhörte. Sebastian hatte einmal angedeutet, dass Felicitas immer noch etwas gegen die neue Beziehung ihrer besten Freundin hatte.

Lena lachte leise, ein wunderbar freies und aus tiefstem Herzen kommendes Lachen. »Und wie ich darüber bestimme. Du hast es nur noch nicht verstanden.«

Felicitas griff quer über den Tisch. »Lena, kannst du mir bitte das Brot geben? Und ich gehe fest davon aus, dass ihr am Samstag da seid. Das ist die Entschuldigung dafür, dass ihr heute den Mädelsabend gesprengt habt.«

»Wir sehen uns dann am Samstag im *Leos*. Ist halb elf okay, dann wird es auch nicht so spät?« Markus hätte zu gern gewusst, wieso Felicitas auf diese harmlosen Anspielungen geradezu allergisch reagierte.

An Angst vor dem Sex konnte es kaum liegen, dazu war sie viel zu freizügig und offen. Aber gut, es war nicht an ihm, das zu klären, das war eine Sache zwischen den beiden Freundinnen. Er würde sich da nicht einmischen.

2

Felicitas schob die Bilder auf ihrem Handy hin und her. Sie wechselte zwischen dem unverfänglichen Bild, das sie und ihre beste Freundin Lena auf einer Wanderung zeigte, und dem einen Bild, das sie einfach nicht ignorieren konnte. Lena, ihr Freund Basti und Markus gestern Abend, nachdem sie die gesamten Tapas verspeist und noch eine weitere Flasche Wein bestellt hatten. Es war eine gute Gelegenheit gewesen, um unauffällig ein Bild von Markus zu bekommen.

Markus' Bild war genau das Richtige, um sich in einem langweiligen Meeting bei Laune zu halten. Selbst wenn sie nichts von ihm wollte, ein bisschen träumen konnte nie schaden. Sexy Kerle auf einem Bildschirm konnten ihr jedenfalls nicht weh tun. Selbst auf dem Bild wirkte er, als würde er gleich wieder einen seiner dummen Machosprüche loslassen und im selben Augenblick über sich selbst lachen. Aber er sah gut aus. Die Augen vor allem, dieses dunkle Braun mit den leichten grünen Sprenkeln darin. Der sinnliche Mund. Das markante Kinn. Und seine Figur erst! Er war bestimmt eitel, so durchtrainiert, wie er wirkte.

Eine neue Mail blinkte auf. Sie öffnete sie sofort, obwohl sie eigentlich gar keine Lust auf den Absender hatte. Je weniger sie von Alex hörte, desto besser.

Na, Lieblingskollegin? Du lächelst so verzückt. End-

lich jemanden gefunden, der Dich mal so richtig rannimmt? Finde ich gut, gratuliere. In der letzten Zeit hast Du etwas unentspannt gewirkt. Unterbeschäftigt? Freitag, 22 Uhr. Ich wette, Du traust dich nicht. xoxo, Alex

Felicitas schaute quer durch den Raum nach Alex, ihrem einzigen ernstzunehmenden Konkurrenten in der Werbeagentur. Ihre Machtspielchen waren längst zu einer kräfteraubenden Gewohnheit geworden. Offensichtlich hatte Alex den Moment auserkoren, um mal wieder eins dieser Spielchen zu beginnen. Doch da musste sie wohl oder übel durch, denn Alex war das Einzige, was noch zwischen ihr und ihrem Ziel stand.

Teilhaberin an der Agentur. Sie hatte die letzten Jahre dafür geopfert, und von jemandem wie Alex ließ sie sich die Show definitiv nicht stehlen. Nicht auf dem letzten Meter zwischen ihr und der Unabhängigkeit.

Felicitas grinste ihn breit an und zuckte mit den Schultern. Alex malte ein Fragezeichen in die Luft und deutete dann mahnend zur Stirnseite des Raumes, wo eine viel zu schüchterne Praktikantin gerade ihre Ideen für eine Anzeigenkampagne vorstellte. Felicitas verdrehte die Augen und tippte auf den Anhang der Mail, um zu sehen, was Alex sich diesmal ausgesucht hatte.

Ein Zeitungsartikel öffnete sich. Sie überflog die Überschrift und die ersten beiden Absätze. Schlagartig sammelte sich ein kalter Klumpen in ihrem Magen. Das konnte nicht sein Ernst sein, oder? Er wollte wirklich mit ihr in einen Sexclub? Das konnte er sich eindeutig abschminken!

Eine weitere Mail von Alex blinkte auf.

Jetzt schaust Du aber grimmig, Lieblingskollegin. Ich sage doch, dass Du verspannt bist.

Felicitas wechselte zurück zu dem Artikel. Sie erinnerte sich düster daran, ihn schon einmal gelesen zu haben, vor zwei Wochen etwa. Das *Le Cadeau* war kurzzeitig der Aufreger schlechthin gewesen. Ein exklusiver Privatclub, in dem angeblich die besseren Kreise irgendwelche abstrusen Spielchen spielten. Sie konnte sich lebhaft ausmalen, was dort abging. Lena und Sebastian waren in dem Club anscheinend Stammgäste, jedenfalls war das *Cadeau* oft genug eine Entschuldigung gewesen, wenn sie am Samstagabend mal wieder keine Zeit hatte.

Vergiss es, Alex. Da kommst Du eh nicht rein. Ist ein Privatclub, steht doch lang und breit in dem Artikel. Sie kniff die Augen zusammen. Ihr Mund wurde trocken. Sie konnte einfach nicht widerstehen. Es war ja noch nicht einmal gelogen, nur etwas missverständlich ausgedrückt. Felicitas verbiss sich ein Grinsen und fügte dazu: *Außerdem würde ich mich da nie mit Dir blicken lassen. Ich habe ein paar Bekanntschaften dort.*

Beinahe hätte sie laut aufgelacht bei Alex' Gesichtsausdruck, während er die Mail las und verstand, was sie andeutete. Hoffentlich nahm diese arme Kleine sich ihre Mimik nicht zu sehr zu Herzen. Inzwischen war sie bei Folie 20 von 32 angekommen, aber so wirklich war immer noch nicht klar, worauf sie hinauswollte. Das würde nichts mehr werden, jedenfalls nicht in diesem Meeting. Im Grunde genommen war es Zeitvergeudung, noch länger hier zu sitzen.

Ist nicht Dein Ernst, oder? Ich muss eine rauchen. Du hast den Artikel aber schon ganz gelesen, oder? Da steht SM-Club, Süße.

Felicitas konnte sich ein Lächeln nicht mehr verkneifen. Dass Alex so offen zugab, schockiert zu sein, war ein herrliches Gefühl.

Ich kann lesen. So kann es gehen, nicht wahr? Der

Schuss ging ziemlich nach hinten los. Seien wir ehrlich, Alex. Du bist sauer, weil Du bei mir nicht landen kannst. Find Dich damit ab. Ich habe mein Privatleben und bin sehr, sehr glücklich damit.

Alex' Antwort ließ auf sich warten. Sein zufriedenes Grinsen gefiel ihr nicht.

Ich glaub's erst, wenn ich Dich da drin sehe. Du meinst das nicht ernst, oder? Freitag, 22 Uhr?

Felicitas griff nach ihrem Wasserglas, um etwas Zeit zu gewinnen. Lena würde ihr sicher nicht verraten, wie genau man dort hineinkam. Dazu nahm Lena diese ganze Sache viel zu ernst, gerade auch wenn es darum ging, nichts nach außen dringen zu lassen. Aber irgendwie würde sie Alex schon in diesen Club bringen. Und dann konnte sie ihn dort sitzen lassen, verschwinden und sich einen schönen Abend machen.

Das klang perfekt.

Wenn Du Dich traust, Kollege. Wie wäre es gleich in der Pause mit einem Drink? Einen auf meinen Erfolg? Beso, Feli

Im Grunde genommen liebte sie diese kleinen Spielchen mit Alex viel zu sehr, um die Finger davon zu lassen. Auch wenn diese Aktion so ziemlich die gewagteste war, die sie bisher abgezogen hatte.

Felicitas trank ihr Wasser aus, holte sich noch einmal das Bild von Markus auf das Display und hob dann die Hand, um dieses Trauerspiel von einem Meeting abzukürzen.

»Entschuldige, Nina, das ist ja alles ganz nett, was du uns hier erzählst, aber mir fehlt der rote Faden. Könntest du dazu etwas sagen, ehe wir uns in den Details verlieren? Das hier ist nicht irgendein Auftrag, sondern eine großangelegte Kampagne. Mit ein paar hübschen Bildchen ist es da nicht getan. Nicht einmal bei den Printanzeigen. Das reicht nicht.« Felicitas tat es beinahe leid, dass diese Nina jetzt knallrot anlief.

Aber für Mitleid war in diesem Geschäft einfach kein Platz. Sie schob ihr Handy beiseite, warf Alex einen herausfordernden Blick zu und versicherte sich dann der Aufmerksamkeit ihres Chefs. Sie erntete ein kurzes Nicken von ihm.

»Nette Versprechungen kann jeder. Es geht um eine neue Gesichtscreme, Nina, da müssen wir etwas finden, was noch niemand hatte.« Sie lehnte sich zurück und wippte etwas mit dem Stuhl vor und zurück. »Printanzeigen kann jeder. Hübsche Models losschicken kann jeder. Aber wir brauchen ein Feeling.«

Die Markteinführung eines neuen Produktes, europaweit. So etwas waren Dinge, von denen jeder Werbemacher träumte. Und hier war es vor ihr, das Projekt, mit dem sie sich einen Namen machen konnte. Mit dem sie unter Beweis stellen konnte, was sie auf dem Kasten hatte!

Felicitas verdrängte ihre Aufregung. »Ich wäre dafür, diesmal ganz andere Wege zu gehen. Rein virales Marketing, keine Kampagnen. Welche Frau gibt schon gern zu, dass sie Cremes braucht, um hübsch zu sein? Wir fahren genau diese Schiene. Das geheime Rezept der Freundin, aber diesmal moderner verpackt. Frischer.«

»Nächsten Montag? Dann will ich Entwürfe sehen. Wir haben nicht mehr allzu viel Zeit.« Philipp, ihr Chef, griff nach seinem Handy und notierte offenbar einen Termin. »Nina, du hängst dich an Felicitas, vielleicht kannst du was mitnehmen. Alex, setz dich mit Felicitas zusammen. Wir müssen diesmal wirklich den Kracher liefern. Die letzte Kampagne blieb hinter meinen Erwartungen zurück. Kümmert euch bitte auch um das Event zum Marktstart, aber das brauche ich euch ja nicht zu sagen. Der Kunde will etwas Großes sehen.«

Felicitas lächelte zufrieden. Alex hatte die letzte Kampagne verantwortet, also war er auch schuld an den schlechten Zahlen. Da war sie endlich, die Chance, auf die sie so lange gehofft hatte – jetzt musste diese Kampagne nur noch ziehen.

Mein Spiel diesmal, Alex. Ich freue mich schon auf Freitag. Und zieh Dich besser warm an.

Es war einfach zu verlockend, ihn zu provozieren. Felicitas liebte ihren Job. Jedenfalls an Tagen wie diesen.

* * *

Ihre Finger fühlten sich taub an, als sie um die letzte Ecke bog und ihr Handy zurück in die Tasche schob. Eine unauffällige Tür am Ende des Hinterhofes war ihr Ziel. Felicitas tastete in ihrer Tasche nach der Maske und stellte beruhigt fest, dass sie diese nicht vergessen hatte. Neben der Tür stand tatsächlich Alex, rauchte und trat die Zigarette dann hastig auf dem Boden aus, als er Felicitas erkannte.

»Scheiße, ich hätte echt gedacht, du kneifst«, murmelte er und warf einen beunruhigten Blick auf die Tür.

»Angst, Lieblingskollege?« Alex trug einen dunklen, eng geschnittenen Anzug, von dem er wohl dachte, dass er sexy aussah. Was er in einem gewissen Maße auch tat, das musste Felicitas zugeben. Alex war kein schlechtaussehender Kerl, und unter anderen Umständen hätte sie wahrscheinlich ernsthaft mit ihm geflirtet, aber Alex war vor allem eins: ihr Konkurrent. »Dann mal hinein in die Höhle des Löwen.«

Alex zuckte gespielt gleichgültig mit den Schultern. Dann drehte er sich um, um ihr die Tür aufzuhalten. Felicitas straffte die Schultern und ging energisch an ihm vorbei. Hinter der Tür empfing sie ein schwach beleuchteter Raum, der in jeder beliebigen Diskothek genauso aussehen konnte. Die Wände waren in einem neutralen, dunklen Rot gestrichen. Nur die Durchreiche zur Garderobe war beleuchtet. Felicitas nickte dem Mann hinter der Garderobe zu. Seine Figur war einschüchternd, und sein Mienenspiel tat ein Übriges dazu. Muskeln spielten unter seinem eng anliegenden Shirt, als er sich auf den Tresen stützte.

Felicitas' Mund wurde trocken. Der Blick dieses Kerls schien sie zu durchleuchten. Die Augen ihres Gegenübers funkelten.

»Name?«, fragte er düster.

Offenbar war er kein Freund großer Worte.

»Felicitas Wiegand«, antwortete sie ihm. Ihr wurde flau im Magen. Was, wenn er sie wirklich nicht hineinließ? Alex würde sofort merken, dass sie ihn angeflunkert hatte. »Ich bin eine Freundin von Lena Seitz und Sebastian Bräuer«, schob sie hinterher, in der Hoffnung, dass die Namen ihrer Freunde ihr die Tür öffnen würden.

Er streckte wortlos die Hand aus. Triumphierend grinste Felicitas ihren Kollegen an und ließ ihren Mantel von den Schultern gleiten. Alex starrte sie mit großen Augen an, die noch größer wurden, als er sah, was sie darunter trug. Sie hatte zu dem schwarz-roten Jerseykleid gegriffen, dessen enger Schnitt ihre Figur hervorragend betonte. Am Rücken hatte es einen tiefen Ausschnitt, während es vorn hochgeschlossen war.

Der Mann an der Garderobe nahm schweigend ihren

Mantel entgegen und verschwand damit im Dunkel hinter dem Tresen.

»Der ist neu hier«, flüsterte sie Alex zu, ohne zu wissen, ob es stimmte. Alex wusste es ja ebenfalls nicht, also war es egal. »Und jetzt lass uns erst mal was trinken. Glaubst du mir jetzt, dass ich ab und zu hier bin?«

Ein nervöses Zucken lief über Alex' Wangen. Und wieder hob er nur die Schultern. Felicitas nahm die Gelegenheit wahr, um die Maske aus ihrer Handtasche zu holen. Eigentlich gehörte sie zu einem Faschingskostüm, das eine schwarze Katze darstellte. Aber es war besser als nichts, besser als doch irgendjemandem über den Weg zu laufen, den sie kannte.

»Du stehst aber nicht auf so was, oder? Katzen und so? Oder Rollenspiele?«, bemerkte Alex gepresst. Felicitas bedachte ihn mit einem, wie sie hoffte, möglichst herablassenden Blick und schwieg.

Felicitas seufzte erleichtert auf, als der Typ hinter der Garderobe zurückkam und ihr tatsächlich nur einen kleinen Plastikchip mit einer Zahl darauf in die Hand drückte.

»Viel Spaß«, presste er dann noch zwischen den Zähnen hervor. Felicitas hatte das ekelhafte Gefühl, dass er sie wissend angrinste. Ganz von selbst öffnete sich eine zweiflüglige Tür an der Schmalseite des Raumes, gegenüber der Eingangstür. Felicitas unterdrückte das Unwohlsein in ihrem Magen und übernahm die Führung. Schließlich war sie hier angeblich Stammgast, also musste sie sich auskennen, sonst würde Alex sofort auffallen, dass sie ihn angelogen hatte.

Ein großzügiger Gang empfing sie. Großflächige Spiegel in unauffälligen schwarzen Rahmen säumten ihn. Auf dem Boden glänzte schwarzer Marmor. Felicitas biss die Lippen zusammen und versuchte, sich nicht allzu auffällig zu orientieren. Ein sanftes, rötlich schimmerndes Licht schien ihr die Rettung. Es beleuchtete eine Türöffnung zwischen zwei Spiegeln. Sie steuerte darauf zu, Alex im Schlepptau. Sie konnte seine Nervosität geradezu spüren.

Hinter dem Durchbruch erwartete sie ein Raum, zum Glück der richtige. Eine Bar, ein paar gediegene Ledersessel, Halbdunkel, das die anderen Gäste verschwimmen ließ. Felicitas deutete auf zwei Ledersessel, die an einem niedrigen Beistelltisch standen. Der dezente Hintergrundjazz ließ diesen Raum wirken wie jede andere Kneipe. Sie blendete die anderen Gäste aus und ließ sich in einen Sessel fallen.

»Ich glaube, die erste Runde geht auf dich«, forderte sie Alex auf und deutete mit einem Kopfnicken in Richtung der Bar. »Ich hätte gerne irgendeinen Cocktail mit Wodka, irgendwas Süßes. Richtung Swimming Pool.«

Alex baute sich neben ihr auf. Sein Gesicht wirkte angespannt. Er blickte auf sie herunter.

»So läuft das nicht«, erwiderte er und lachte leise auf. »Feli, wenn wir schon mal hier sind, dann will ich auch sehen, was du draufhast.«

»Bin ich bescheuert?«, gab sie zurück und setzte sich auf. »Alex, so haben wir nicht gewettet. Es ging nur darum, ob ich ins *Cadeau* gehe oder nicht. Das habe ich bewiesen. Jetzt trinken wir was, und dann geht es ab nach Hause. Ich bin ziemlich müde.«

»Na dann. Zeig mir, wie es geht. Ich bin neugierig, was du so treibst in deiner Freizeit.« Er stemmte die Hände in die Seiten und verzog den Mund. »Oder bist du zu feige?«

»Alex, ich habe es schon einmal gesagt. Du wirst mit

mir sowieso nicht fertig. Ich brauche echte Männer.« Felicitas kämpfte gegen das aufsteigende Unwohlsein an und schloss kurz die Augen. »Und nein, ich habe nicht vor, mit dir zu spielen.«

»Und ich hätte dich ganz anders eingeschätzt. Du bist doch eher vom Typ Domina, oder?«

Felicitas zuckte gleichgültig mit den Schultern. »Wirst du sicher nicht rausfinden, Alex. Hol mir lieber was zu trinken.«

»Nein. Du gehst. Und danach ...« Er grinste breit. »Auf die Knie, würde ich sagen.«

Sie lachte auf und warf den Kopf in den Nacken. Ein wenig hatte sie sich diese Lage auch selbst zuzuschreiben, keine Frage. Aber irgendwie würde sie aus dieser Nummer schon wieder herauskommen. »Vergiss es, Alex.«

Felicitas fuhr sich nervös durch die langen Haare. Alex schien sich von ihrer Abfuhr nicht beeindrucken zu lassen. Stattdessen reckte er das Kinn. »Komm schon, Feli, du magst das doch, oder?«

Sie schnaubte leise. »Wenn du dich weiter so aufführst, werfen sie uns raus, du wirst schon sehen. Also halt den Rand und tu, was ich sage.«

»Als ob es hier jemanden stören würde, wenn ich dich ein bisschen herumkommandiere!« Alex zwinkerte ihr scheinbar verschwörerisch zu. »Komm schon, Feli, ich lasse dich auch in Zukunft in Ruhe. Ich will es ja nur mal ausprobieren!«

Felicitas schüttelte energisch den Kopf. »Wenn du dich weiter so anstellst, dann gehe ich.«

»Und was soll überhaupt der Quatsch mit dieser Maske?«, fuhr Alex fort. »Ich stehe da echt nicht drauf. Meinetwegen kannst du sie abnehmen.«

»Idiot.« Felicitas griff nach ihrer Handtasche. »Ich

glaube, ich gehe. Und spar dir in Zukunft alle Bemerkungen darüber, dass ich frigide sei. Sonst greife ich doch mal zur Peitsche und zeige dir, was Sex ist.«

»Holla, holla.« Alex' Blick wanderte unruhig durch den Raum. »Nur nicht frech werden. Und ich will dich endlich knien sehen!«

»Nur über meine Leiche.« Felicitas kniff die Augen zusammen. »Das hättest du wohl gerne. Träum weiter, Junge!«

3

»Wenn du erlaubst?« Felicitas erstarrte, als sie seine Stimme hörte. Dunkel kroch sie über ihren Rücken und schien jede Faser ihres Körpers zu erfassen. Diese Stimme drückte sie zurück in den Sitz und verhinderte, dass sie aufstand. »Ich will dir nicht zu nahetreten, aber du scheinst noch nicht allzu viel Erfahrung zu haben. Ist kein Beinbruch, wir waren alle mal Anfänger. Aber falls du nichts dagegen hast, könnte ich dir zeigen, wie man mit einem halsstarrigen Ding wie deiner Sub hier umgeht.«

Felicitas' Körper versteifte sich. Das konnte nicht wahr sein, oder? Markus. Ausgerechnet Markus! Ob er sie bereits erkannt hatte? Wieso hatte sie ihn nicht auf der Rechnung gehabt? Und warum hatte Lena ihr nie gesagt, dass Markus auch in den Club ging? Lena hatte noch nicht einmal etwas in die Richtung angedeutet, nicht ein einziges Mal.

»Ich komme schon klar.« Alex lachte unruhig. »Aber meinetwegen. Man lernt nie aus. Also, wie kriege ich sie auf die Knie?«

»Nicht hier.« Seine Gegenwart nahm ihr förmlich die Luft weg. »Sag deiner Sub, dass sie mitkommen soll.«

Alex winkte ihr unruhig zu. »Du hast gehört, was er gesagt hat, oder?«

»Markus«, stellte er sich vor und tauchte in ihrem

Blickfeld auf. Seine dunklen Augen funkelten amüsiert, als er den Blick über ihren Körper gleiten ließ. »Und du bist?«

»Alex.« Alex' ganze Selbstsicherheit schien in diesem Moment genauso weggeblasen wie ihre eigene. Wenigstens das. Felicitas starrte auf die beiden Männer und schluckte, um die Trockenheit in ihrem Hals zu vertreiben. »Und das hier ist Feli.«

»Subbie«, korrigierte Markus und fuhr sich lässig mit einer Hand durch sein dunkles Haar. »Erst mal nur Subbie, das reicht. Also, Regel Nummer eins, Alex: Wenn du Befehle gibst, dann klar und deutlich. Sag ihr einfach nur, dass sie mitkommen soll.«

Alex wirkte so herrlich überfordert, dass es beinahe zum Lachen war. Felicitas unterdrückte mühsam ein Kichern. Markus schien es zu bemerken, denn er bedachte sie mit einem warnenden Blick.

»Komm mit«, murmelte Alex schließlich leise.

Markus schüttelte den Kopf. »Aufstehen. Mitkommen. Und den Blick gesenkt halten.«

Sein Tonfall schnürte ihr die Luft ab. Er sprach nicht sonderlich laut. Die Ruhe in seiner Stimme machte den Befehl nur noch eindringlicher. Felicitas verschränkte demonstrativ die Arme vor der Brust.

»Ich will jetzt aber nicht«, versuchte sie, sich gegen ihn zu wehren. »Ich möchte jetzt etwas trinken und dann nach Hause.«

»Das glaube ich nicht.« Markus strich sich über das Kinn und musterte sie eindringlich. Ob er sie erkannt hatte? Felicitas brach der Schweiß aus. Allzu oft waren sie sich bisher nicht über den Weg gelaufen. Bei der Eröffnung von Lenas Café, ein paarmal abends im letzten Jahr, im Schlepptau von Lena und Sebastian. »Regel zwei:

Wenn deine Subbie nicht gehorcht, obwohl sie deinen Befehl eindeutig verstanden hat, solltest du Konsequenzen folgen lassen. Was würdest du jetzt also tun, Alex?«

Auf Alex' Stirn glänzte der Schweiß. »Schläge mit einer Reitgerte?«

»Auf jeden Fall etwas, was ihr nicht gefällt. Du wirst dich nicht von ihr zu irgendetwas provozieren lassen, klar so weit? Wenn einer dieses Spiel bestimmt, dann du. Lass es ihr durchgehen, wenn du gerade gnädig bist. Zwing sie, wenn du gerade die Geduld mit ihr verlierst. Was auch immer dir gefällt.« Markus' Blick ging zwischen ihnen hin und her. Dann machte er einen weiteren Schritt auf Felicitas zu. »Ich wiederhole mich nicht, Subbie. Du wirst jetzt gehorchen.«

»Nein, verdammte Scheiße. Verstehst du das denn nicht?«, schrie Felicitas ihn an, als er ihr Handgelenk packte und sie nach oben zog. »Was ist daran so schwer?«

»Brav, kleines Kampfkätzchen«, kommentierte er beruhigend und zog sie gewaltsam an sich. Sein schweres Parfüm hüllte sie ein. Er hatte eine verführerische Mischung aus Sandelholz und orientalischen Gewürzen aufgelegt. »Keine Angst, kleine Subbie. Ich verspreche dir, dass du es genießen wirst.«

Felicitas erstarrte, als er ihr in die Augen blickte. Sie hatte das eindeutige Gefühl, von ihm erkannt worden zu sein. Ihr lief es eiskalt über den Rücken. Markus schien es nicht zu kümmern, dass sie ihm widersprochen hatte, denn er packte sie hart an Unterarm und Ellbogen und zog sie mit sich.

Alex schlich wie ein begossener Pudel hinter ihnen her. Wenigstens das, wenn sie hier schon mitspielen musste, um nicht aufzufallen.

* * *

Markus führte sie über einen Gang und eine Treppe hinauf in ein spärlich beleuchtetes Zimmer. Außer einem Haken an der Decke und einer schwarzen Kommode konnte Felicitas nichts erkennen. Sie kämpfte gegen die aufsteigende Übelkeit an.

»Mach die Tür ordentlich zu, nicht dass sie uns entkommt«, befahl Markus in aller Seelenruhe und stellte sie genau unter diesen Haken. »Jetzt gibst du mir ein Seil aus der obersten Schublade der Kommode. Normalerweise solltest du so etwas vorher vorbereiten, aber gut, das ist für heute entfallen.«

Wider Erwarten leistete Alex ihm sofort Folge. Erstaunt bemerkte Felicitas seine geröteten Wangen. Aufregung? Erregung? Sie konnte es nicht einordnen. Er drückte Markus hektisch ein schwarzes Seil in die linke Hand und wollte sich dann zurückziehen.

»Moment, sie ist schließlich deine Subbie. Ich halte sie dir nur fest. Zuerst einmal die Handgelenke. Und kein Hausfrauenknoten, bitte.« Markus' Augen funkelten verräterisch. Um seine Lippen ging ein Zucken. Jetzt hatte Felicitas beinahe das Gefühl, sich mit ihm verschworen zu haben, mit dem einfachen Ziel, Alex vorzuführen. Als Alex hilflos das Seil in Händen hielt, schüttelte Markus den Kopf.

»Gib her, ich zeig's dir«, forderte er ihren Kollegen auf. Diesmal hielt Felicitas ihm bereitwillig die Arme hin, und selbst als er den Knoten enger zog, hatte sie immer noch das Gefühl, eigentlich die Oberhand zu haben in diesem Spiel. »Und wie würdest du jetzt dafür sorgen, dass sie dir nicht wegläuft?«

»Keine Ahnung«, murmelte Alex kleinlaut. Sein Blick ging nach oben an die Decke.

»Sehr richtig. Hol mir ein Seil und einen Karabinerhaken. Findest du auch in der Schublade.« Markus fixierte sie eindringlich und schien über irgendetwas nachzudenken. »Wie lauten eigentlich ihre Safewords, Alex?«

»Wir haben keine«, versuchte Alex eine selbstsicher klingende Antwort, die in dem leeren Raum einfach nur kläglich klang.

Markus schüttelte den Kopf. »Grün, orange, rot, ganz einfach. Wie eine Ampel. Weitermachen, langsamer, stopp, verstanden? Und Tabus?«

Alex kam zurückgeschlichen und reichte ihm die gewünschten Gegenstände. »Keine«, erwiderte er unsicher.

»Sag mal, wie zur Hölle bist du hier hereingekommen?« Markus verdrehte die Augen. »Also, noch einmal langsam und von vorn. Regel Nummer eins: Nie ohne Safeword. Regel Nummer zwei: Nie ohne Absprachen. Regel Nummer drei: Niemals gegen die Tabus deiner Sub. Verstanden?«

Er hakte den Karabiner in die einfache, aber wirkungsvolle Handfessel ein und zog das zweite Seil hindurch. Felicitas biss sich angespannt auf die Unterlippe. Markus musste sich nur ein klein wenig strecken, um an den Karabinerhaken an der Decke heranzukommen. Er zog das Seilende hindurch und begann dann damit, ganz langsam das Seil straff zu ziehen. Sie ließ zu, dass er ihre Arme damit über den Kopf hob und alles straff zog, bis sie gezwungen war, gerade zu stehen. Er befestigte das Seilende wieder an dem Karabiner und trat von ihr weg.

»Also, Subbie, dann frage ich eben dich. Tabus? Irgendetwas, was ich wissen sollte?«

Felicitas' Mund war so trocken, dass sie kaum einen Ton herausbrachte. Offenbar meinte er es ernst? Jetzt erst wurde ihr wirklich bewusst, dass er sie in der Hand hatte. Von allein würde sie sich kaum befreien können. Das Adrenalin schoss ihr durch den Körper. Nur mühsam unterdrückte sie ein Zittern.

»Keine Angst, Süße. Sag es mir einfach. Offen und ehrlich«, fügte er hinzu und klang auf einmal so fürsorglich, dass es ihr warm ums Herz wurde.

Sie versuchte verzweifelt, sich an irgendetwas zu erinnern, was Lena ihr gesagt hatte. »Keine Peitschen oder so etwas«, begann sie. »Keine ... keine Klemmen. Und ...« Sie brach ab, weil ihr ein kalter Schauder über den Rücken lief. Sie brachte einfach nicht mehr hervor, auch wenn es bestimmt tausend Dinge gab, die sie nicht mochte.

Tausend Dinge, von denen sie wahrscheinlich noch nicht einmal ahnte, dass es sie gab auf dieser Welt.

»Mir scheint, deine Subbie ist klüger als du, Alex. Sie kennt mich nicht, also steckt sie die Grenzen eng. Kluges Mädchen, auch wenn mir das den Spaß nimmt.« Markus umrundete sie langsam und musterte sie von allen Seiten. Felicitas versuchte verzweifelt, ihn im Blick zu behalten. Ein selbstzufriedenes Grinsen erschien auf seinem Gesicht. »Oder jedenfalls einen Teil meines Spaßes. Es gibt noch mehr als genug, was sie gerade nicht erwähnt hat. Alex, wie steht sie zu Analspielchen?«

Das konnte nicht sein Ernst sein, oder? Er hatte sie doch vorhin erkannt? Wie konnte er ihr das antun? Felicitas wollte protestierten und brachte doch nur ein heiseres Krächzen zustande. Alex schien genauso überrascht wie sie, denn er schwieg beharrlich.

»Schmerz scheint ja nicht unbedingt das Ding deiner Subbie zu sein. Spiele in der Öffentlichkeit? Verleihen oder so was in der Richtung?«, fragte Markus in aller Ruhe und umrundete sie weiterhin. »Kannst du mir irgendetwas über ihre Vorlieben sagen? Wenigstens eine grobe Richtung?«

Markus blieb genau vor ihr stehen. Er legte eine Hand an ihren Hals. Felicitas spürte ihren eigenen Herzschlag, das wilde Pulsieren des Blutes in ihrer Halsschlagader, die Hitze, die von seiner Haut ausging.

»Okay, kannst du nicht. Offenbar seid ihr heute noch nicht dazu gekommen, darüber zu sprechen.« Er suchte ihren Blick, während er seine Worte eindeutig an Alex richtete. »Und du? Worauf stehst du?«

»Scheiße, Mann, sie soll einfach nur vor mir knien und tun, was ich sage.« Alex klang kleinlaut und so herrlich aggressiv, dass seine Verzweiflung geradezu greifbar wurde. »Die Kleine soll sich nicht so haben. Sie steht da drauf, hat sie gesagt, das reicht.«

Markus schüttelte langsam den Kopf. »So funktioniert das nicht, Alex, was auch immer du dir einbildest. Nur Idioten glauben, dass sie in die Finger schnipsen und die Frau ihnen vor die Füße fällt. Bis eine Frau vor dir kniet, musst du verdammt viel Arbeit investieren, ob du nun willst oder nicht.«

»Aber ...«

»Und vor allem solltest du sie respektieren und behandeln, als wäre sie kostbarer als Gold. Wie eine Puppe aus Zucker, meinetwegen. Aber nicht wie den letzten Dreck, so wie du es versucht hast. Im Gegensatz zu deiner Subbie hier hast du absolut keine Ahnung, Alex. Zunächst solltest du ein paar Regeln verstehen. Und ich rate dir dringend, zuerst einmal Demut zu lernen, ehe du versuchst, dich als Dom aufzuspielen.«

Endlich ließ Markus sie los. Er drehte sich um und war mit wenigen Schritten bei der Kommode an der Seite. Seine eleganten, raubtierhaften Bewegungen strahlten pure Energie aus. Felicitas war heilfroh darüber, dass nicht sie das Ziel dieser Energie war, sondern Alex. Als Markus zurückkam, hielt er eine Reitgerte in der Hand.

»Also, Alex, soll ich dir zeigen, wie es sich anfühlt? Damit du weißt, was für einen Unsinn du hier gerade fabriziert hast?«

Felicitas verbiss sich mühsam das Lachen. Markus' Vorstellung war auch einfach zu gut!

»Nein, danke«, vernahm sie Alex' unsichere Antwort.

»Dann raus. Sofort. Und wenn ich dich noch ein einziges Mal hier sehe, schwöre ich dir, dass ich dich nicht einfach so wieder gehen lasse. Und lass deine Finger von dieser Frau hier, verstanden?« Markus flüsterte beinahe und klang dafür umso bedrohlicher. »Ob du verstanden hast, will ich wissen, Kleiner.«

»Ja, Sir.« Alex' Stimme brach. Es klang beinahe, als ob er kurz davorstand, in Tränen auszubrechen. Felicitas biss sich auf die Unterlippe, um sich das Lachen zu verkneifen.

»Geht doch, Junge. Und jetzt strapazier meine Geduld nicht über Gebühr!« Er schlug einmal mit der Reitgerte in seine linke Hand. Das Geräusch fuhr Felicitas über den Rücken. Sie vernahm das Schlagen der Tür und schloss erleichtert die Augen.

»Und jetzt zu uns, Schätzchen. Keine Schläge, hast du gesagt? Nun, mal sehen, ob ich mich wirklich daran halte.«

Ihr gefror beinahe das Blut in den Adern. »Markus ...«, flüsterte sie und hoffte, dass er innehielt. Er fixierte sie jedoch nur, als wäre sie seine Beute.

Verdammt, sie war nicht nur seine Beute, sie war eine hilflose Beute! Und wenn er wollte, konnte er alles mit ihr machen, ob sie nun nein dazu gesagt hatte oder nicht.

»Bitte nicht«, fügte sie hinzu und ärgerte sich darüber, wie hilflos sie wirken musste. »Markus …«

Er legte den Kopf schief und lächelte sie sanft an, während er mit der Reitgerte wieder in seine offene linke Hand schlug. »Also, wie viele sollen es sein? Was meinst du, was für diese Dummheit angebracht ist?«

Sie glaubte, in Ohnmacht zu fallen, als er wirklich auf sie zukam. Er holte aus und ließ die Reitgerte knapp an ihrem Körper entlang nach unten zischen. Felicitas schrie auf, obwohl er sie doch gar nicht getroffen hatte.

»Normalerweise würde ich sagen, irgendetwas um die zwanzig«, erklärte er dann ruhig. »Aber unter diesen Umständen …« Er kniff die Augen zusammen und hob die Reitgerte wieder. »Unter diesen Umständen darf es auch etwas mehr sein, oder, mein kleines Püppchen?«

4

Felicitas kämpfte verzweifelt gegen die Schwärze, die sich am Rand ihres Blickfelds aufbaute. Sie bekam kaum noch Luft. Er würde diese Drohung doch nicht wahr machen, oder? Er umrundete sie schon wieder, als würde er darüber nachdenken, wo er sie am besten treffen konnte. In was für eine Lage hatte sie sich nur wieder gebracht?

»Markus …«, protestierte sie noch einmal schwach. »Nein! Ich will das nicht!«

Sie versuchte verzweifelt, über ihre Schulter zu blicken, um zu sehen, was er vorhatte. Sie fühlte seine Finger an ihrem Hinterkopf. Nur einen Augenblick später fiel die Maske von ihrem Gesicht. Zärtlich strich er ihr über die Wirbelsäule nach unten. Ein Schaudern ging durch ihren Körper und fuhr unmittelbar in ihren Magen. Es flatterte, als ob tausend Schmetterlinge dort herumtanzten.

Ein stechender Schmerz quer über ihren Hintern beendete dieses wunderbare Gefühl. Felicitas schrie auf. Das Brennen wurde intensiver, stechender, schien durch ihren Körper zu vibrieren wie zuvor sein sanftes Streicheln.

»Und jetzt versprichst du mir, so etwas nie wieder zu tun. Du bist des Wahnsinns, Felicitas. Das hier ist zwar ein Spiel, aber eins, bei dem dir leicht ziemlich viel passieren kann, wenn du es mit dem falschen Partner spielst.«

Er kam um sie herum, die Reitgerte noch immer in der Hand, und schüttete den Kopf. »Was sollte das?«

»Ich wollte Alex zeigen ...« Es hörte sich wirklich idiotisch an, wenn man es laut aussprach. Ihre Haut brannte, wo er sie getroffen hatte, selbst durch das Kleid hindurch. »Ich wollte Alex zeigen, wer von uns beiden der Coolere ist.«

»Wie dumm ist das denn?« Markus atmete tief durch. »Du hast sie doch nicht mehr alle.«

»Wir haben gewettet. Meine Güte, ich habe es eben etwas übertrieben«, gab sie dann kleinlaut zu. »Und dann konnte ich einfach nicht mehr zurück. Wie hätte das denn ausgesehen?«

»Idiotische Idee.« Markus verzog das Gesicht zu einer Grimasse. Er hob noch einmal drohend die Reitgerte. »Jetzt fahre ich dich heim. Keine Widerrede. Nicht, dass du auf noch dümmere Ideen kommst. Wie ein kleines Kind, wirklich.«

Er streckte sich, griff mit der rechten Hand nach oben und ließ einen Verschluss aufschnappen. Sofort spürte Felicitas, wie der Zug auf ihre Handgelenke nachgab. Hastig zog sie die Arme an den Körper.

Markus grinste sie überlegen an. »Soll ich dir nicht noch die Fesseln lösen, ehe wir fahren?«

Widerwillig streckte sie die Arme aus und gab so das bisschen Schutz auf, das sie vor ihm hatte. Er ließ die Reitgerte zu Boden fallen und legte eine Hand um ihr Handgelenk. Sein Griff war wider Erwarten zärtlich. Er zog an einer Schlaufe, und nur eine Sekunde später löste sich das Seil von ihrer Haut. Am anderen Arm verfuhr er genauso, nur dass er dieses Handgelenk nicht losließ.

»Ich nehme die U-Bahn«, widersprach sie und schnappte nach Luft.

»Nein. Außerdem regnet es in Strömen. Du holst dir den Tod, wenn du in diesem Kleidchen zur U-Bahn läufst.« Er drückte ihr Handgelenk, ließ sie los und schenkte ihr damit ein Brennen, das fast so tief ging wie der Schlag zuvor. Felicitas verzog das Gesicht zu einem unwilligen Schmollmund. Sie musste zugeben, dass er verdammt gut roch und dass sie unter anderen Umständen nur zu gern mit ihm geflirtet hätte.

Aber erstens war er ihr schon damals, als sie ihn in Lenas Café das erste Mal getroffen hatte, viel zu nahe gekommen. Und zweitens würde sie nach der Aktion von heute besser die Finger von ihm lassen. Er war schlicht und ergreifend zu gefährlich, einmal ganz abgesehen davon, dass sie es hasste, von irgendjemandem beherrscht zu werden.

* * *

Markus spannte den Schirm auf und steuerte auf einen matt lackierten SUV zu. Der Regen prasselte laut herunter. Felicitas drückte sich wie selbstverständlich an ihn – und unter den Schirm. Markus dirigierte sie stumm zu seinem Auto, drückte auf die Fernbedienung und öffnete ihr die Beifahrertür. Erstaunlich widerspruchslos kletterte sie hinein und biss sich auf die Unterlippe, als er die Tür schloss.

Er beeilte sich damit, den Wagen zu umrunden und selbst einzusteigen. Offenbar hatte sie durch diese kurze Pause wenigstens einen Teil ihres Selbst wiedergefunden, denn in ihren Augen funkelte es kampfeslustig.

»Schirm halten kannst du«, begann sie dann. Ihre Stimme klang belegt und ein bisschen heiser.

»Golfspielen.« Er startete den Wagen und blickte kurz

zu ihr hinüber, ehe er losfuhr. »Kann ganz praktisch sein, man glaubt es kaum. Ich habe auf dem Golfplatz so einiges gelernt. Einlochen inbegriffen.«

Wieder schien sie nicht ganz zu glauben, dass er das tatsächlich gesagt hatte. Dann lachte sie unsicher auf. »Du bist schrecklich, Markus.«

»Ich weiß. Da bist du nicht die Erste, die mir das sagt. Glockenbachviertel, richtig? Und wo genau?«

»Du kannst mich auch an der U-Bahn-Station rauslassen. Von da hab ich es nicht mehr weit«, entgegnete sie und schob die Hände unter ihre Oberschenkel.

»Vergiss es! Ich liefere dich an deiner Haustür ab.« Er riskierte einen kurzen Seitenblick zu ihr und stellte zufrieden fest, dass sie jetzt aus dem Fenster starrte. »Darf ich mich auch noch selbst auf einen Kaffee einladen? Die Nacht ist noch jung«, fügte er dann hinzu und musste nun doch lächeln. Felicitas schluckte sichtbar und presste die Lippen krampfhaft zusammen.

»Du schätzt die Lage vollkommen falsch ein.« Jetzt setzte sie sich doch ruckartig auf. »Außerdem findest du mit diesem Monster keinen Parkplatz, nicht um diese Zeit. Hast du das wirklich nötig?«

Ihre Bemerkung ließ ihn auflachen. Das kam schon eher an die Art heran, wie er Felicitas bisher kennengelernt hatte, schlagfertig und vor allem nicht kleinzukriegen. Eine Herausforderung. »So nötig wie du diese mörderischen Absätze an deinen High Heels. Das Auto ist einfach praktisch, Ende.«

Sie hob die Augenbrauen. Ein spöttisches Lächeln huschte über ihre Lippen. »Du bist so durchschaubar, Markus …«

»Und du tust wohl alles dafür, dass dir nur niemand zu nahe tritt. Sag mir endlich deine Adresse«, unterbrach er sie und bremste an einer roten Ampel ab. »Oder ich entführe dich zu mir, Süße. Was für mich den unwahrscheinlichen Vorteil eines eigenen Parkplatzes hätte. Noch kannst du es dir aussuchen.«

»Wenn dein Auto es zulässt, dann lieber zu mir. Du solltest einer kleinen, süßen Frau den Heimvorteil gönnen.« Ihre Stimme klang noch immer belegt, aber unter der Unsicherheit tauchte ein zynischer Unterton auf. Sie rutschte auf ihrem Sitz nach vorn und tippte zielstrebig ihre Adresse in sein Navi.

»Aber danke, dass du Alex so abgekanzelt hast«, murmelte sie schließlich.

Er warf ihr einen verachtenden Blick zu. Ihre Idee war auch zu dumm gewesen. »Das hat mit dir nichts zu tun. Ich mag es nur nicht, wenn Anfänger wie er herumpfuschen und darüber alles kaputtmachen. So etwas will ich in meinem Club nicht haben. Das *Cadeau* ist nur für Spieler gedacht, die sich wenigstens an ein paar Grundregeln halten. Und Alex hat gegen so ziemlich jede Regel verstoßen, die es nur gibt.«

»Dein Club?«, echote Felicitas.

»Ja, meiner.« Markus schnaubte genervt auf. »Du bist wirklich schwer von Begriff, oder? Mädchen, wenn du von irgendetwas keine Ahnung hast, solltest du die Finger davon lassen.«

Sie kamen vor ihrem Haus an. Er hielt in zweiter Reihe, schaltete die Warnblinkanlage ein und nickte ihr knapp zu. »Was, meinst du, würden Lena und Basti dazu sagen?«

»Untersteh dich!« Felicitas drückte sich in ihren Sitz und starrte vor sich in die Dunkelheit. »Und wie bist du eigentlich auf die Idee gekommen, dass ich die Sub bin? Ich bin eigentlich nicht der Typ, der sich etwas sagen lässt. Ich dachte, das hätte ich Alex auch klargemacht.«

Er verzog amüsiert den Mund. »Umso mehr Spaß macht es. Aber tut mir leid, wenn ich dein dominantes Ego verletzt haben sollte. Kommt bestimmt nicht wieder vor.«

In ihren Augen sprühte das Feuer. »Du bist einfach nur ein kleines Papasöhnchen, das mit einer fetten Karre und ein paar Geldscheinen die Frauen beeindruckt. Und wenn sie nicht spuren, dann greifst du zur Peitsche. Das ist armselig, Markus.«

»Ha, da hat sie ihre große Klappe wiedergefunden.« Markus lachte amüsiert auf. Sie mochte behaupten, was sie wollte, aber tief in ihrem Inneren faszinierte sie der Gedanke an Unterwerfung. Er hatte das Vibrieren allzu deutlich gespürt, das vorher ihren Körper erfasst hatte. In Verbindung mit ihrem geradezu demonstrativ gezeigten Widerwillen gegen Lenas und Sebastians Beziehung war das verdammt spannend. »Du gibst nicht so leicht auf, was?«

»Ich steh nicht auf diese Nummer. Und das, was du und Basti abzieht, das finde ich einfach nur das Letzte. Ihr werdet anders einfach nicht mit den Frauen fertig, so einfach ist das.«

»Wetten?« Langsam begann der Abend doch noch Spaß zu machen. Felicitas befand sich wenigstens auf Augenhöhe mit ihm. Sie würde sicher so schnell nicht klein beigeben.

»Vergiss es! Ich habe erst mal genug von Wetten«, wiegelte sie ihn ab.

»Kluges Mädchen«, lobte er und erntete wie erwartet ein höhnisches Schnauben. »Ich stelle jetzt mein Auto dort vorne ab. Die Parklücke ist wie gemacht für mich. Dann wirst du mich fragen, ob ich noch auf einen Kaffee hinaufkommen will. Und dann sprechen wir in aller Ruhe darüber, welchen Quatsch du heute gemacht hast.«

»Nur über meine Leiche.«

»Sehr gut. Das war ein Ja, mein Zuckerpüppchen.«

* * *

Im ersten Augenblick verschlug es ihr die Sprache.

»Du hast nicht gerade Zuckerpüppchen zu mir gesagt?«, versuchte sie schließlich einen Protest, während er in aller Seelenruhe seinen SUV in die enge Parklücke manövrierte. Er tat auch das unwahrscheinlich souverän, als hätte er niemals etwas anderes getan. Überhaupt strahlte dieser Mann über jede einzelne seiner Tätigkeiten so viel Kontrolle aus, dass es einfach nur unerhört war.

Sie wollte sich einfach nicht kontrollieren lassen, schon gar nicht von ihm mit seinem – zugegeben verführerisch männlichen – Duft und diesem überlegenen Lächeln.

»Wenn du es gehört hast, wird es schon stimmen. Wäre dir Häschen lieber? Oder …« Er hielt inne, blickte zu ihr, bis er sich ihrer Aufmerksamkeit sicher war, und grinste dann spitzbübisch. »Stute?«

»Hör mit diesem Unsinn auf, Markus!« Felicitas schnappte nach Luft. Sie stolperte beinahe aus dem Auto. Es durfte nicht sein, dass es Markus innerhalb von Sekunden gelang, all ihre Vorsätze über den Haufen zu werfen.

»Okay, dann bleibe ich bei Zuckerpüppchen«, tönte es ihr hinterher. Er verließ ebenfalls den Wagen und verschloss ihn mit einem lässigen Blick über die Schulter, während er ihn umrundete. Felicitas ging wortlos auf ihren Hauseingang zu, fummelte den Schlüssel in das Schlüsselloch und atmete auf, als die Tür zu dem dunklen Gang dahinter aufschwang.

Das war wenigstens bekanntes Terrain. Hier fühlte sie sich zu Hause, hier wusste sie, wie sie sich zu verhalten hatte. Sie tastete nach dem Lichtschalter und übernahm wortlos die Führung. Markus besaß wenigstens Takt genug, im Hausflur still zu sein und nicht alle Nachbarn gleich darauf aufmerksam zu machen, dass sie jemanden bei sich hatte. Sie schloss ihre Wohnungstür auf und spürte Markus hinter sich, seinen Blick, der sich in ihren Nacken zu bohren schien, seine Stärke, seine Überlegenheit. Aber das würde sie sich niemals anmerken lassen. Nicht ihm gegenüber.

Felicitas schlüpfte aus ihren hochhackigen Schuhen und zog im Vorbeigehen die Tür zu ihrem Schlafzimmer zu. Markus' Absichten waren eindeutig, und irgendwie brachte diese unverfrorene Art auch etwas in ihr zum Klingen, aber so einfach wollte sie es ihm nicht machen. Sie schluckte, um ihre Gefühle wieder unter Kontrolle zu bekommen.

Markus war einfach zu gefährlich. Sie brauchte niemanden in ihrem Leben, der alles einfach nur verkomplizierte. Sie musste sich auf ihre Karriere konzentrieren. Und Markus hatte das Potential, das alles zu zerstören.

»Nette Wohnung.« Seine dunkle Stimme hallte durch ihren Körper. »Du hast ein Händchen für Design. Die kleine Statue dort ist hübsch.«

»Danke«, gab sie zurück und ließ hastig den Blick über ihre Einrichtung gleiten.

»Und wen genau willst du damit beeindrucken?«, fuhr er spöttisch fort.

Sie presste die Lippen zusammen, weil er so unverfroren ansprach, welchem Prinzip die Einrichtung folgte. Reinweiße Wände, weiße Sideboards, in der Mitte ein schwarzer, schwer wirkender Tisch mit ebenso wuchtigen Stühlen, eine rote Couch – sie hatte alles so ausgesucht, dass es die hohen Decken des Altbaus und den Stuck in den Ecken in ein möglichst gutes Licht setzte.

»Na, komm schon, Feli, das passt eigentlich gar nicht zu dir. Mir kannst du es doch sagen.«

Seine Art, alles direkt anzusprechen und mit gar nichts hinter dem Berg zu halten, ging ihr langsam auf die Nerven. Sie steuerte den schmalen Durchgang zu ihrer Küche an und vermied jeden Blick zu ihm zurück. Vielleicht war es feige, sich in der Küche zu verstecken, aber für den Augenblick brauchte sie dringend Distanz zwischen sich und Markus. »Cappu oder Espresso?«, fragte sie und nahm für sich einen koffeinfreien Kaffee für die Padmaschine. Sie wollte heute noch schlafen, und Kaffee um diese Zeit half ihr sicher nicht dabei.

»Espresso, danke.« Der Boden quietschte unter seinen Sohlen, als er zur Couch hinüberging. Er ließ sich hineinfallen und streckte mit einem leisen Seufzen die Beine aus. »Du machst es mir ganz schön schwer, weißt du das? Normalerweise fühlen die Frauen sich geehrt, wenn ich sie nach Hause fahre. Ich bin es gewohnt, dass die Frauen mir zu Füßen liegen.«

»Arroganter Macho«, gab Felicitas zurück und wechselte unruhig von einem Bein auf das andere, während sie darauf wartete, dass die beiden Kaffees endlich fertig wurden. Es war ganz einfach: Sie wollte sich nicht geehrt fühlen. Sie wollte nicht von ihm und seinem selbstsicheren Grinsen verführt werden. Sie wollte einfach nicht, dass dieser Blick sie vor Vorfreude zittern ließ, unendlich verführerische Bilder in ihrem Kopf weckte und ein lustvolles Ziehen in ihrem Unterleib verursachte.

Sex war die eine Sache. Damit konnte sie gut leben. Aber damit, sich nach irgendeinem Mann zu verzehren und sich davon das Hirn vernebeln zu lassen? Das konnte nur schlecht enden. Wie bei Lena, in deren Leben es jenseits von Sebastian wenig gab. Oder wie zu Hause bei ihren Eltern.

»Kein Freund falscher Bescheidenheit«, erwiderte er und zwinkerte ihr zu, als sie seinen Kaffee auf dem Couchtisch abstellte. »Um noch mal auf vorhin zu kommen: Ich habe es nicht so ganz verstanden, was du dort wolltest. Was genau hat dich in den Club getrieben?«

»Lass gut sein, Markus. Ich weiß, dass es eine Schnapsidee war.« Felicitas winkte ab und verschüttete beinahe ihren Kaffee dabei. Sie wollte nicht an vorher erinnert werden. Nicht an dieses Vibrieren, das durch ihren Körper gegangen war, an diese aufregende Mischung aus Angst und Spannung, die er herbeigezaubert hatte, an diesen kleinen Hauch von Lust, den er mit seinem Blick geweckt hatte. »Lass uns einfach nicht mehr darüber sprechen. Trink deinen Kaffee und verschwinde.«

»Ach, das ist alles, was ich dafür bekomme, dass ich dich vor deinem Kollegen gerettet habe?« Er senkte die Augenlider und schenkte ihr einen tiefen, verführerischen Blick aus seinen grün gesprenkelten Augen. »Du bist undankbar, Zuckerpüppchen.«

Felicitas' Mund wurde trocken. Eigentlich sprach nichts dagegen, diesem Locken nachzugeben. Wenn es nur nicht Markus gewesen wäre! Irgendein beliebiger Kerl, der nette Unterhaltung für einen Abend versprach – das war kein Problem. Aber ausgerechnet er, der sie jedes Mal zur Weißglut trieb mit seinen Sprüchen?

»Ich sagte, lass gut sein, Markus. Ich habe keine Ahnung, was du dir einbildest, aber ich bin gerade nicht auf der Suche nach einem Mann«, versuchte sie sich herauszureden. Herausfordernd reckte sie das Kinn. »Wundert mich sowieso, dass du dich zurückhalten kannst. Widerspricht das nicht deinem Weltbild?«

Er leckte sich mit der Zunge über die Lippe, eine gut berechnete Geste, die trotzdem jede einzelne Faser in ihr zum Klingen brachte. Dieser Kerl wusste, wie er auf Frauen wirkte, das war deutlich. Sein Leben bestand nur aus Party, Frauen und Nichtstun, auch das hatte sie schon herausgefunden. Und es war ihr immer noch ein Rätsel, wieso ausgerechnet ihre bodenständige Freundin Lena ihn in den höchsten Tönen lobte.

»Das trifft sich ja gut.« Er legte den Kopf leicht schief und strich mit der Hand seinen Hals entlang, um den Kragen seines Polohemds ein kleines Stück nach unten zu ziehen. »Mir ist heute auch eher nach einer Frau. Das kann morgen schon wieder ganz anders aussehen, also solltest du deine Chance nutzen. Eine zweite bekommst du nicht.«

Das klang ganz danach, als ob er auch keine dauerhafte Beziehung im Blick hatte, sondern nur einen abwechslungsreichen Abend. Felicitas verkniff sich einen Fluch. Es sprach also wirklich gar nichts dagegen, sich auf ihn einzulassen. Einmal abgesehen davon, dass sie ihn verführerisch fand, aber davon konnte sie sich mit einem netten Abend sicher auch kurieren.

Sie würde nur nicht zulassen, dass er noch einmal die Kontrolle übernahm, so wie vorher. Energisch rutschte sie zu ihm und legte ihm einen Arm um die Schultern.

»So einfach, wie du dir das vorgestellt hast, bekommst du es bei mir nicht«, flüsterte sie an seinem Ohr und strich dann mit ihren Lippen seinen Hals hinab. Sie spürte sein Erschaudern. Er schloss die Augen, legte genießerisch den Kopf zurück und öffnete die Lippen, als sie ihm sanft in den Hals biss. Sie zog die zarte Haut dort zwischen ihre Zähne, strich mit der Zunge darüber und gab ihn erst wieder frei, als sie sein unterdrücktes Stöhnen hörte. Was er konnte, das konnte sie schon lange.

Sie griff ihm mit ihrer freien Hand in den Schritt und stellte zufrieden fest, dass er hart war. »Und wehe, du enttäuschst mich, Markus. Ich habe gewisse Ansprüche.«

»Das will ich hoffen. Nichts anderes hatte ich erwartet«, gab er heiser zurück und rutschte auf dem Sofa etwas nach vorn. »Lass uns spielen, Zuckerpüppchen.«

5

Felicitas suchte in seiner Miene nach einem Anzeichen dafür, dass er sie schon wieder in irgendeiner Form auf den Arm nehmen wollte. Markus wirkte wie die Ruhe selbst. In seinen dunklen Augen lag ein erwartungsvolles Schimmern. Felicitas leckte sich über die Lippen und kniete sich über seine Hüfte. Das Kleid war beinahe zu eng dafür, aber es ging gerade so. Sie fuhr über den Kragen seines Polohemds und griff nach seinem Handgelenk, als er sie berühren wollte.

»Lass das«, flüsterte sie und hob seinen Arm zur Seite. Er gehorchte ihr erstaunlich widerstandslos. Sie hielt ihn noch einen Augenblick fest, um ihm klarzumachen, was sie von ihm wollte. »Erst, wenn ich es sage.«

Markus brummte eine kaum zu verstehende Antwort. Das Blitzen in seinen Augen verriet ihr, dass es ihm gefiel. Felicitas richtete sich auf. Er hob ebenfalls seine Hüften an, um ihr entgegenzukommen, doch das ließ sie nicht zu. Sie nestelte den Verschluss am Rücken des Kleides auf und schob es ganz langsam nach oben. Markus' Atem ging immer schneller, je mehr Haut sie zeigte. Ein paarmal zuckten seine Hände nach vorn, als wollte er nachhelfen, dann besann er sich auf ihren Befehl und hielt wieder still.

Felicitas warf das Kleid achtlos beiseite und lächelte ihn auffordernd an. Markus schluckte.

»Sexy«, kommentierte er dann. »Hätte ich dir ... gar nicht zugetraut.«

Sie schüttelte den Kopf und strich sich einmal über den roten Spitzen-BH mit dem leichten Push-Effekt, den sie heute ausgesucht hatte. Im Alltag bevorzugte sie weit praktischere Unterwäsche, und vor allem Unterwäsche, die ihre Oberweite minimierte, aber abends konnte es doch eigentlich nicht genug sein, oder? Markus' Pupillen weiteten sich. Er griff nach ihrem Tanga. Noch bevor sie darüber nachdenken konnte, gab Felicitas ihm einen leichten Klaps auf die rechte Hand.

»Erst du«, erklärte sie ihm und lehnte sich etwas zurück. Markus brauchte keine zweite Aufforderung. Er zog sich hastig das Hemd über den Kopf und warf es hinter sich. Seine Muskeln zeichneten sich bei jeder Bewegung ab. Er war gut durchtrainiert, eher definiert als muskulös. Felicitas musterte die Linien seiner Muskelstränge. Und er hatte ein Sixpack. Er hatte tatsächlich ein Sixpack. Sie streichelte über die Muskeln, was ihn zu einem selbstsicheren Grinsen verleitete.

Der Kerl wusste ganz genau, dass er ihr gefiel. Sie schnaubte ungehalten auf und hob auffordernd die Augenbrauen.

»Erst deine Hose«, forderte sie ihn auf. Er streifte zuerst die Schuhe und seine Socken von den Füßen. Dann öffnete er den Gürtel, als könne er es kaum erwarten. Felicitas gab ihn gerade so weit frei, dass er die Hose unter ihrem Körper hindurch nach unten schieben konnte. Seine schwarzen Boxershorts folgten auf demselben Weg, ohne dass sie ihn noch einmal dazu auffordern musste.

Markus war bereits steif. Ein Tropfen glitzerte auf seiner Eichel. Felicitas strich einmal mit dem Daumen darüber, was ihm ein unterdrücktes Stöhnen entlockte. Sie rieb ihre Hüften an ihm, spürte seine Wärme durch den Stoff ihres Tangas hindurch und genoss die immer stärker werdende Lust, die sich in ihrem Unterleib sammelte. Er schob ihr auffordernd die Hüften entgegen. Sie entzog sich ihm, näherte sich ihm wieder, rieb sich an ihm, ganz so, wie es ihr gefiel. Markus hatte jetzt die Augen halb geschlossen und schien ihr Spiel zu genießen. Jedenfalls stöhnte er dann und wann auf, wenn sie ihn berührte, und murmelte leise Aufforderungen, weiterzumachen, sobald sie sich ihm entzog.

Felicitas öffnete ihren BH und streifte ihn herunter. Markus presste die Lippen zusammen. Wieder zuckte seine Hand nach oben, doch es brauchte nur einen warnenden Blick, damit er sie wieder sinken ließ. Sie ließ ihre Hände über ihren Bauch gleiten, wanderte ein Stück nach oben und hob ihre Brüste an. Er beobachtete jede ihrer Bewegungen mit einer unverhohlenen Gier im Blick. Sie hatte sich selten so begehrt gefühlt wie in diesem Moment.

Aufreizend streichelte sie ihre harten Nippel. Markus leckte sich über die Lippen. Felicitas beugte sich leicht nach vorn. Er kam ihr entgegen. Gierig schlossen sich seine Lippen um ihre rechte Brust. Seine Zunge stieß gegen ihre Haut, hinterließ feuchte, heiße Spuren auf ihr. Felicitas entzog sich ihm wieder. Sie rieb sich an seinem harten Schwanz. Durch den dünnen Stoff ihres Tangas konnte sie ihn beinahe auf ihrer Haut spüren. Erste Lustwellen liefen durch ihren Körper. Sie schloss ihre Hand um seinen Schwanz und spielte an ihm, verteilte seine Feuchtigkeit auf seiner Haut, genoss seine Wärme.

»Nimm mich endlich«, bat er und stöhnte auf. Felicitas ließ ihre Hand noch einmal auf und ab gleiten. Seine Wärme fühlte sich wunderbar sanft unter ihren Fingern an. Wie weicher Samt. Sie spitzte die Lippen, entlockte ihm damit ein noch lauteres Stöhnen und machte ihre Versprechungen dann doch nicht wahr.

Stattdessen strich sie mit ihrer Scham über seinen harten Penis. Markus konnte sich jetzt doch nicht mehr beherrschen. Er griff an ihre Hüfte, verzog kurz das Gesicht, weil er ihren Tanga nicht hinunterziehen konnte, und schob dann einfach nur den Stoff etwas zur Seite.

»Unpraktisch«, murmelte er. »Hübsch, aber verdammt unpraktisch. Das nächste Mal ... das nächste Mal solltest du ... einen Open String ...«

Felicitas unterbrach ihn, indem sie einmal über seine Hoden strich. Er wand sich unter ihrer Hand. Sie griff fester zu. Er schob die Hüften nach oben, suchte nach ihrer Scham.

Ihre eigene Lust machte es ihr unmöglich, ihn noch länger hinzuhalten. Sie hielt ihn fest, rieb noch einmal ihren Kitzler an seiner Eichel und setzte sich dann auf ihn. Sie genoss jeden Zentimeter, den sie sich auf ihn herabsenkte. Markus hielt still, bis sie seine Wärme an ihrem Unterleib spürte. Dann erst begann er, sich leicht und kaum spürbar zu bewegen. Seine Hände krallten sich in ihre Pobacken, hielten sie fest und gaben ihr Halt.

Mit einer Hand streichelte sie über sein bewundernswertes Sixpack, mit der anderen griff sie hinter sich an seine Hoden. Seine Augenlider flatterten, als sie ihn streichelte und ihre Hand dann dort liegen ließ. Felicitas beschloss, heute keinerlei Rücksicht auf ihn zu nehmen. Er hatte vorher seinen Spaß gehabt, und irgendwie musste sie ihm diese Sache im Club ja noch heimzahlen. Sie nahm den Rhythmus auf, der ihr gerade gefiel. Sie hörte nur noch auf ihre eigene Lust, gab die Geschwindigkeit vor, die ihr Körper verlangte. Markus passte sich ihr an, ließ zu, dass sie die Führung übernahm. Felicitas griff nach seiner rechten Hand und legte sie auf ihre Brust. Er verstand, begann an ihr zu spielen, während sie sich weiter auf ihm bewegte.

Es dauerte nicht lange, bis sie die ersten Wellen ihres Höhepunktes spürte. Ihr war es in diesem Moment vollkommen egal, ob Markus schon so weit war. Rücksicht nehmen konnte sie auf andere Kerle. Er hatte sich das heute eindeutig nicht verdient.

Felicitas ließ sich von ihrer Lust treiben. Sie liebte dieses Gefühl von Wärme, die über ihren Körper strich, die starken Kontraktionen in ihrem Unterleib. Sie konzentrierte sich nur noch auf ihre eigenen Gefühle, auf ihre eigenen Bedürfnisse, und genoss den Rausch, der ihren Körper erfasste.

Kraftlos ließ sie sich nach vorn sinken, als ihr Höhepunkt verklungen war. Markus schien noch nicht genug zu haben. Seine Hand hielt ihre Hüfte fest. Er stieß fester in sie, schneller und tiefer als vorher, holte sich jetzt von ihr, was er brauchte. Es dauerte nur ein paar Sekunden, bis sie seinen Höhepunkt spürte, und allein das Pulsieren seines Schwanzes genügte, um ihr ein weiteres Mal einen warmen Schauer über den Rücken zu schicken.

Felicitas seufzte. Vorsichtig richtete sie sich auf. Er glitt aus ihr und stützte sie, während sie über ihn kletterte und sich neben ihn auf das Sofa fallen ließ. Fürsorglich legte er ihr einen Arm um die Schultern und zog sie an sich.

Es fühlte sich gut an, von ihm so gehalten zu werden und das wohlige Gefühl auszukosten, das sich in ihrem Körper breitgemacht hatte. Verdammt gut. Felicitas strich ihm nebenbei über den Bauch. Sein intensiver, männlicher Duft stieg ihr in die Nase, diese verführerische, fast schon aufdringlich holzige Note seines Parfüms.

»Kann ich kurz dein Bad benutzen?«, fragte er schließlich und hauchte ihr einen Kuss auf den Haaransatz.

»Neben der Eingangstür links«, antwortete sie schläfrig.

»Danke.« Er beugte sich vor und hob seine Hose und seine Boxershorts vom Boden auf. »Und dann bist du mich auch schon los.«

»Was?«, stammelte sie und richtete sich auf. Er zuckte mit den Schultern und grinste sie dann an.

»Oder soll ich bleiben und morgen früh Brötchen holen gehen?«, schlug er vor und gab sie endgültig frei. Es schien ihn überhaupt nicht zu stören, dass er nackt war. Er stand auf und streckte sich. »Oder hast du noch nicht genug? Du siehst nur schon ziemlich müde aus.«

»Nein, alles okay.« Felicitas starrte ihn an und versuchte, ihre Gedanken zu ordnen. »Und weiter?«

Er lachte leise auf. »Was, weiter? Es geht nur um Spaß, Felicitas. Nichts weiter. Das ganze Leben ist Spaß.«

Das eben in seinem Arm hatte sich irgendwie anders angefühlt als bloßer Spaß. Felicitas schluckte ihren Widerspruch hinunter. »Gut«, sagte sie schließlich. »Das ist sogar sehr gut. Kommt mir entgegen. Ich habe nicht unbedingt Lust auf Beziehungsstress. Und bloß kein Drama.«

»Und kein Wort zu Basti und Lena?«, schlug er mit einem Augenzwinkern vor. »Du kannst dich aber trotzdem gerne jederzeit melden, Zuckerpüppchen. Das heute war wirklich gut mit dir. Hast du eigentlich meine Nummer?«

Felicitas schüttelte stumm den Kopf. Er zog aus der hinteren Hosentasche seiner Jeans ein Visitenkartenetui und legte eine einfache schwarze Karte auf ihrem Couchtisch ab. Sie kniff die Augen zusammen. Er sammelte den Rest seiner Kleidung zusammen und verschwand dann ohne ein weiteres Wort im Bad.

Einfach nur Spaß sollte sich nicht so geborgen anfühlen. Sie zog ihre Couchdecke unter dem Tisch hervor und wickelte sich darin ein, während hinter ihr der Kerl mit dem besten Sixpack der Stadt ihre Dusche benutzte. Vor allem sollte einfach nur bedeutungsloser Sex nicht eine derartige Leere hinterlassen.

6

Markus nickte dem Türsteher nur knapp zu, der sie daraufhin anstandslos hineinließ. Trotz der Schlange, die fast bis um die nächste Hausecke reichte. Das *Leopolds* machte seinem Ruf als In-Club heute alle Ehre. *Natürlich, wenn es sein Laden ist*, erinnerte Felicitas sich selbst. Markus faszinierte sie auf eine seltsame Art und Weise. Er schien die Rolle als reicher Playboy wirklich zu mögen. Er war ein unerträglicher Macho, der keine Gelegenheit ausließ, um dumme Sprüche zu klopfen. Er war genau das, was eine Frau nicht brauchte, wenn sie auch nur ein kleines bisschen Stolz hatte.

Selbst wenn sie eine Beziehung wollte, Markus hatte definitiv nichts an sich, das ihn zu einem verlässlichen Partner machte. Felicitas schüttelte den Kopf über diesen Gedanken, während Markus mit ihren Jacken hinter der Garderobe verschwand. Sie fühlte sich in dem Nobelclub eindeutig nicht schick genug in ihren Jeans und dem weißen T-Shirt mit Wasserfallausschnitt.

Markus kam zurück und deutete in Richtung der Tanzfläche. Eine schwarze Mauer trennte den Vorraum halb von der eigentlichen Clubfläche ab. »Die VIP-Bereiche sind alle voll heute Abend. Ich habe leider nur noch eine Nische ganz hinten organisieren können. Dafür sollte der Champagner auf dem Tisch stehen, bis wir es über die Tanzfläche geschafft haben.«

Auch Markus hatte offenbar nicht vor, in der Liga der Reichen und Schönen mitzuspielen. Er trug wie üblich Jeans und ein grünes Polohemd. Viel zu gewöhnlich für einen Münchner Nobelschuppen. Dennoch strahlte er pures Selbstbewusstsein aus. Er schob sich vollkommen unbeeindruckt von den Designerklamotten um ihn herum durch die Menge und machte ihnen einen Weg frei. Felicitas hängte sich wie von selbst an ihn. Ihr Blick lag auf seinen starken Schultern, den Rückenmuskeln, die sich unter dem Shirt deutlich abzeichneten. Unwillkürlich tauchte die Erinnerung an gestern Abend wieder auf, lebhafter beinahe als die Wirklichkeit. Sein Sixpack. Sein gottverdammtes sexy Sixpack.

Sie presste die Lippen zusammen, schnappte sich den einzelnen Barhocker in der Nische und wartete, bis Lena und Sebastian sich auf die schmale Bank gequetscht hatten. Markus schien sich daran zu halten, dass er nichts von der vergangenen Nacht herumerzählen wollte. Felicitas atmete erleichtert auf. Sie konnte nur hoffen, dass er dabei blieb, sonst würde sie Lena nicht mehr loswerden. Nicht, ehe es endlich eine Traumhochzeit in Weiß gab.

»Alle, nehme ich an?« Markus griff nach der gekühlten Champagnerflasche und öffnete sie fachmännisch. Auch an seinen Unterarmen spielten die Muskeln unter der Haut. Felicitas' Herz schlug wild, als sie beobachtete, wie er die vier Gläser vollschenkte.

»Tanzen?«, fragte sie, kaum dass sie den ersten Schluck getrunken hatte. Lena kniff die Augen zusammen und bewegte sich erst, als Sebastian ihr einen leichten Schlag auf den Oberarm gab. Früher hätte Felicitas bei so einer Geste nie etwas gedacht, aber bei den beiden bekam selbst eine freundschaftliche Aufforderung immer sofort diesen ganz bestimmten Unterton.

Sie verkniff sich eine Bemerkung darüber, schnappte sich Lena und zog sie auf die Tanzfläche. Hauptsache, weg von Markus, weit, weit weg. Sie dachte eindeutig zu viel über ihn nach, solange er in der Nähe war. Und so sexy war er nun auch wieder nicht, dass er das wert war.

Der Einfall mit dem Tanzen funktionierte ungefähr fünf Minuten hervorragend. Dann jedoch beschloss Sebastian offenbar, dass seine Angebetete lange genug allein gewesen war, und innerhalb von weiteren fünf Minuten wurde es Felicitas zu bunt, das Anhängsel eines verliebt knutschenden Paares zu sein.

Sie schob sich zurück zum Tisch und griff nach dem Glas. Der Champagner prickelte auf ihrer Zunge.

»Na, schon genug?« Markus saß an der Wand, die Arme lässig verschränkt. Er beobachtete den vollen Raum unter seinen langen Wimpern hervor und wirkte dabei sehr zufrieden.

»Durst«, gab Felicitas zurück, weil sie den wirklichen Grund nicht unbedingt verraten wollte: dass sie sich zunehmend allein fühlte, je länger diese Beziehung zwischen Lena und Sebastian dauerte. »Und du tanzt nicht?«

Markus verzog das Gesicht und nickte in Richtung der Tanzfläche. »Abartig, oder?«, kommentierte er dann mit einem amüsierten Unterton. Felicitas starrte ihn überrascht an. »Die beiden, meine ich. Kriegen die Finger nicht voneinander. Und dieses dauernde *Schatz.*«

Das Funkeln in seinen Augen nahm seinen Worten die Schärfe. Felicitas konnte sich ebenfalls ein Grinsen nicht mehr verkneifen. »Die haben anscheinend kein Zuhause«, erwiderte sie dann. »Und wir müssen es ausbaden.«

Seine Augen waren faszinierend. Ein Glitzern lag in

ihnen, dasselbe gierige Glitzern wie am Abend zuvor, mit einem leichten Anflug von Ironie. »Komm mit!«, forderte er sie plötzlich auf und war um den Tisch herum, ehe Felicitas reagieren konnte. Sie schaffte es gerade so, ihre Handtasche zu packen, ehe seine Finger sich um ihr Handgelenk schlossen.

Er kümmerte sich nicht darum, was andere davon halten mochten. Er zog sie hinter sich her in den Gang zu den Toiletten. Auch hier waren die Wände schwarz gestrichen. Indirekte Beleuchtung in Grün und Blau tauchte den Gang in ein dämmriges Licht. Zwei große Spiegel erweckten den Eindruck, als würde dieser Gang nicht mehr aufhören. Markus zog sie an der Tür zur Damentoilette vorbei. Zwei Jungs, die wahrscheinlich gerade mal alt genug waren, um allein wegzugehen, kamen aus der Männertoilette. Sie stützten sich mehr oder weniger gegenseitig und grinsten wissend, als Markus Felicitas an ihnen vorbeischob.

Sie spürte Hitze in ihren Wangen. Konnte er nicht etwas dezenter sein? Und musste es unbedingt die Toilette sein? In einem Club wie diesem waren Toiletten immer schmutzig und eklig. Ehe sie sich zu einem lautstarken Protest durchringen konnte, drückte er gegen den Spiegel, der im rechten Winkel zur Toilettentür angebracht war. Eine verborgene Tür schwang auf und schloss sich lautlos wieder, sobald sie hindurch waren.

Er ließ sie los. Einen Augenblick später flammte warmes Licht auf. Felicitas blinzelte gegen die Helligkeit an. An der Rückseite des Raumes befanden sich zwei Regale mit einer ganzen Reihe von Ordnern. Davor stand ein einfacher schwarzer Schreibtisch mit einem Drehstuhl. Das hier war nichts Besonderes, ein kleines Büro, um den Verwaltungskram zu erledigen, der bei einem solchen

Club sicher anfiel. Markus zog sein Handy und seinen Schlüsselbund aus der Hosentasche und warf sie auf den Schreibtisch.

»Stell die Handtasche ab und komm her«, befahl er und deutete auf den Boden vor sich.

* * *

Langsam nur setzte ihr Verstand wieder ein. »Du spinnst wohl«, erwiderte Felicitas und gewann mit jedem Wort an Stärke. »Was sollte das, Markus?«

Er zuckte mit den Schultern, warf ihr einen vielsagenden Blick zu und lehnte sich gegen die Tischplatte. Und schwieg.

»Das war eine einmalige Sache gestern, sollte dir das nicht klar sein. Und auf die schnelle Nummer in irgendeinem Hinterzimmer stehe ich absolut nicht.« Felicitas klammerte sich an ihrer Handtasche fest und versuchte, seinem Blick standzuhalten. »Such dir eine andere Frau. Sind ja genug willige Tussis hier, da sollte doch was für dich dabei sein.«

Ein amüsiertes Lächeln umspielte seine Mundwinkel. »Du vermutest schon wieder das Schlechteste von mir, nicht wahr? Ich wollte einfach nur ein, zwei Worte mit dir wechseln. In Ruhe.«

Felicitas lachte unsicher auf. Seine Ruhe ließ alles an ihm abprallen. Er stand einfach nur da und blickte sie an, ein wenig abwartend vielleicht, auf jeden Fall aber durchdringend. Ihm würde nichts entgehen. Ihr Herzschlag beschleunigte sich. »Dann sprich.«

»Nicht so ungeduldig, Zuckerpüppchen.« Jetzt sprach er so leise, dass sie es über das entfernte Wummern der Bässe fast nicht mehr hören konnte. »Hör auf, an Basti herumzukritisieren. Du hast keine Ahnung, also lass es. Lena und Basti sind glücklich. Find dich damit ab.«

Felicitas warf ihre langen Haare zurück, die mittlerweile fast bis zu ihrer Brust reichten. Früher hatte sie die Haare gern kurz getragen, aber seit ein paar Jahren pflegte sie die langen Haare mit absoluter Hingabe. »Nein, ich habe keine Ahnung, und ich will auch gar keine bekommen. Wir leben nicht mehr im letzten Jahrhundert, und wenn irgendein Kerl denkt, er könnte eine Frau kontrollieren, dann ist er bei mir eindeutig an der falschen Adresse.«

Markus schmunzelte amüsiert. »Nun ja, meine süße Felicitas, dann entgeht dir etwas. Pass auf, ich mache dir ein Angebot. Ich zeige dir, was es bedeutet, Hingabe und Lust zu erleben, und du überdenkst deine Meinung?«

»Danke, aber ich behalte meine Meinung sehr gerne.« Felicitas drehte sich um und versuchte, die Tür zu öffnen. Der Türgriff ließ sich zwar herunterdrücken, doch das Schloss war offenbar eingerastet. Sie blickte über die Schulter hinweg zu ihm und verdrehte demonstrativ die Augen. »Markus, bitte. Das ist armselig. Wir hatten unseren Spaß, und für einen One-Night-Stand bin ich gerne zu haben, aber den anderen Quatsch kannst du mit anderen Frauen abziehen. Nicht mit mir. Verstanden?«

Ihr Blick huschte in Richtung des Schlüsselbundes. Markus schien sie immer noch nicht ernst zu nehmen, und das war es, was sie noch mehr beunruhigte. Er war sich seiner Sache so absolut sicher.

»Funkschloss, falls du wissen willst, wie das funktioniert. Nicht denken«, flüsterte er und deutete noch einmal vor sich. »Stell dich hierhin. Ganz genau hier.«

Felicitas hatte sich selten so unsicher gefühlt wie jetzt unter seinem Blick. Das Blut rauschte in ihren Adern. Er wirkte nicht unbedingt so, als würde er gleich übergriffig werden oder Gewalt anwenden wollen. Aber was wusste sie schon wirklich von ihm? Sie schob den Gedanken sofort beiseite. Sie waren befreundet, im weitesten Sinne jedenfalls. In dieser Hinsicht hatte sie hoffentlich nichts zu befürchten.

»Hose oder T-Shirt?«, fragte er dann und wirkte dabei erstaunlich unschuldig. Felicitas schüttelte nur den Kopf und brachte keinen Ton mehr heraus. Sie verstand, worauf er hinauswollte, auch ohne dass er es genau erklärte: Er sprach davon, was sie ausziehen sollte. Energisch reckte sie das Kinn.

»Ich wiederhole mich nicht, Zuckerpüppchen.« Er verschränkte die Arme vor der Brust. »Also?«

Wie kam er eigentlich dazu, so mit ihr zu sprechen? Felicitas ahnte, dass es eine dumme Idee war, aber sie konnte einfach nicht schweigen. Und schon gar nicht kampflos aufgeben. »Das hast du schon mal gesagt. Im *Cadeau*«, stellte sie fest und hielt seinem Blick stand. »Und damit hast du dich schon mal wiederholt.«

»Eine kleine Besserwisserin? Die habe ich am liebsten«, antwortete er gönnerhaft. »Stell dich mit dem Gesicht zur Wand, hier rechts von mir. Die Hände in Kopfhöhe an die Wand legen.«

Darauf konnte er lange warten! Felicitas drehte sich um, hob das Kinn und blieb einfach ruhig stehen. Markus musterte sie von oben bis unten, legte den Kopf leicht schief und kniff dann die Augen zusammen.

»Das macht dann einen Orgasmus weniger für dich«, beschloss er schließlich. »Meine Geduld reicht nicht ewig. Wärest du wohl so freundlich?«

Obwohl es wie eine Bitte formuliert war, lag hinter den freundlichen Worten ganz eindeutig Strenge. Vielleicht sogar die Hoffnung darauf, dass sie weiter halsstarrig war? Felicitas versuchte, irgendetwas in seinem Gesicht zu lesen, aber sie konnte sein Mienenspiel nicht wirklich deuten. Ihr Blick ging zu der schmucklosen Wand, zu dem einfachen Schreibtisch, an dem er lehnte, und zurück an die Wand.

Felicitas verzog das Gesicht zu einer Grimasse. »Markus, ich bitte dich, lass diesen Unsinn. Wir haben miteinander geschlafen, und das war okay. Aber für deine Spielchen wirst du mich ganz bestimmt nicht gewinnen können.«

Seine Augen verengten sich zu Schlitzen. Unwillkürlich hielt sie die Luft an. Die Vorstellung war gut, keine Frage, die Vorstellung, dass er sie so begehrte, dass er sich sogar über ihr Nein hinwegsetzen würde. Das hatte etwas, wenn man mal davon absah, dass es ganz eindeutig letztes Jahrhundert war.

»Falls es dir entgangen sein sollte, ich bin nicht unbedingt ein Freund von Lenas seltsamer Beziehung mit Sebastian. Meiner Meinung nach sollte sich keine Frau heutzutage so etwas gefallen lassen. Wir haben uns nicht umsonst die Gleichberechtigung mühsam erkämpft. Und soll ich dir was sagen? Die sexuelle Selbstbestimmung ist meiner Meinung nach die absolute Keimzelle jeglicher Gleichberechtigung. Solange Männer glauben, dass sie über eine Frau verfügen können, ist sie in ihren Augen auch nichts wert.«

Sein überhebliches Grinsen verschlug ihr für einen Augenblick die Sprache. Mühsam suchte sie den Faden und fuhr dann schließlich fort: »Und wie kommst du überhaupt zu der Ansicht, mir könnte das hier gefallen? Ich stand noch nie auf Schläge, ich brauche keine Fesseln, und Schmerz mag ich nicht, danke auch. Du und Basti, ihr kommt einfach nicht mit Frauen klar.« Dass er sie so ins Leere rennen ließ mit ihren Anschuldigungen, nahm ihr vollkommen den Wind aus den Segeln. Sie suchte nach weiteren Worten.

Markus hatte offenbar nur auf diesen Moment gewartet. Er war mit zwei großen Schritten bei ihr, packte ihre Handgelenke und drückte sie gegen die Wand. Mit einem lauten Knall fiel ihre Handtasche auf den Boden. Markus hob ihre Arme nach oben, drückte sie auf Kopfhöhe gegen den rauen Putz und sah von oben herab auf sie herunter.

»Zum allerletzten Mal für dich: Ich wiederhole mich nicht«, flüsterte er. Seine Finger gruben sich noch fester in ihre Handgelenke, so stark, dass es schmerzhaft wurde. »Hättest du es lieber, wenn ich dir den Gehorsam abzwinge? Kannst du haben, Zuckerpüppchen. Ich stehe zwar absolut nicht auf Peitschen, aber wenn es sein muss, um meine Sub zu erziehen, dann benutze ich sie. Also?«

Er wirkte fest entschlossen, das in die Tat umzusetzen. Unsicher flackerte ihr Blick an ihm vorbei. Wo in diesem Büro wollte er Peitschen aufbewahrt haben? Hinter den Ordnern versteckt? Diese absurde Vorstellung entlockte ihr ein Kichern, das sie sofort unterdrückte.

»Du lachst? Dann ist es also das, was du willst?« Er schob sich ein kleines Stück näher an sie heran, nah genug, um sie seine Wärme spüren zu lassen. Wie es sich wohl anfühlen würde, wenn sich sein Körper gegen ihren presste? Ob es ihn erregte, was sie hier gerade taten?

»Wenn du es nicht anders schaffst als mit Gewalt, dann nur zu«, antwortete sie ihm herausfordernd und erwiderte seinen Blick. Es machte Spaß, mit ihm zu spielen, das musste sie wirklich zugeben. Ihn herauszufordern, ihn zu reizen, zu sehen, wie weit er wirklich gehen würde. Ob er wirklich Gewalt anwenden würde?

Wieder jagte Angst durch ihren Körper, und wieder schob sie das Gefühl beiseite. »Ich würde mich ja kaum wehren können, wenn du es darauf anlegst. Ich bin eine Frau. Nur eine kleine, schwache Frau. Das ist ziemlich unfair, findest du nicht, großer Meister?«

Nervös leckte sie sich über die trockenen Lippen. Noch hatte sie die Regeln nicht ganz durchschaut, nach denen hier gespielt wurde. Seine Wärme hüllte sie ein, und obwohl er gerade eindeutig zu weit gegangen war, fühlte es sich auf eine verdrehte Weise gut an.

»Und weißt du was? Wenn ich nur einmal diesen dummen Satz höre, dieses *Du willst es doch auch*! Es gibt keine dümmere Entschuldigung für Männer, die meinen, sich irgendwie ihre Macht über Frauen beweisen zu müssen«, setzte sie hinzu und registrierte zufrieden das Funkeln in seinen Augen. Markus war faszinierend, keine Frage, und er war verdammt gut im Bett. Und er hatte die Größe, um mit ihr mithalten zu können. Aber er war einfach zu gefährlich.

»Ich hatte nicht vor, das zu sagen, keine Angst. Ich nehme mir, was ich will. Ich brauche keine große Entschuldigung dafür. Und du wirst mich sicher nicht aufhalten, Kleines.«

7

Sein Tonfall wurde zu einem lauernden Flüstern, als warte er nur auf einen Fehler, den sie früher oder später ganz sicher machen würde. »Komm schon, Felicitas. Nur ein kleines Spiel. Nichts weiter. Trau dich!«

Woher nahm der Kerl nur dieses Selbstvertrauen?

»Ich habe keinerlei Interesse an deinen Spielchen, wie oft muss ich das noch sagen? Genauso wenig wie ich Interesse an einer Beziehung habe, danke auch. Ich bin sehr glücklich mit meinem Leben.«

»Keine Beziehung? Damit kann ich leben. Ich habe ja auch nichts von einer Beziehung gesagt, Zuckerpüppchen. Ich habe von Sex gesprochen.« Er drehte sie herum, drückte ihr seine große Hand in den Nacken und umfasste mit der anderen ihre Handgelenke. Mit Gewalt zog er ihre Arme auf den Rücken. Zwischen Wand und seinem Körper kam sie sich auf einmal klein vor. Der raue Putz bohrte sich in ihre Haut, selbst durch das dünne Top hindurch. Ihr Herzschlag beschleunigte sich. Ein viel zu starkes Pulsieren in ihrem Unterleib ergriff Besitz von ihr.

»Wovor hast du Angst, Felicitas? Vor ein bisschen Sex? Das ist nicht dein Ernst, oder?«

»Vor gar nichts«, erwiderte sie und ärgerte sich darüber, wie brüchig ihre Stimme auf einmal klang. Nein, sie hatte keine Angst. Nicht mehr. Sie würde einfach dafür sorgen, dass sie nie wieder verlassen wurde. Kein Mann in ihrem Leben, nur ein paar sehr enge Freunde, auf die sie sich verlassen konnte. Nicht wie zu Hause, nicht wie dieser Mann, der der Held ihrer Kindheit gewesen war und dann doch alles zerstört hatte. Nur weil er auf einmal eine Jüngere hatte vögeln wollen.

»Sicher?« Sie spürte seinen warmen Atem auf ihrer Haut. Seine Lippen glitten über ihren Hals, suchten sich den Weg durch ihr Haar und berührten unendlich sanft die Pulsadern. »Dein Herzschlag sagt mir etwas anderes, Kleines. Dein Tonfall verrät dich.«

Mühsam unterdrückte sie das Zittern ihres Körpers. Angst war etwas für kleine Mädchen, die nachts ins Kissen heulten, nur weil ihr Vater die Familie verlassen hatte. Sie war längst darüber hinweg, hatte sich ihr eigenes Leben geschaffen. Ohne Mann. »Du tust mir weh, Markus«, beschwerte sie sich stattdessen.

Er lachte amüsiert auf. »Das war meine Absicht. Felicitas, wenn du wirklich keine Angst hast, wieso sträubst du dich dann so sehr? Ich mache dir ein Angebot. Du lässt dich auf mich und mein Spiel ein. Ich zeige dir, wie schön es sein kann. Und dann darfst du meinetwegen an Basti herumkritisieren, so viel du willst. Aber solange du es nicht ausprobiert hast, hörst du damit auf.«

»Nein, danke. Ich muss es nicht ausprobieren, um zu wissen, wie verkehrt das ist. Mich schlagen lassen? Ich bin im Gegensatz zu Lena bei Verstand.« Es war erstaunlich schwer, ganze Sätze zu formulieren. Felicitas atmete tief durch. Ihre Handflächen an dem rauen Putz schmerzten.

»Weißt du, wie armselig ich das finde, um deine Worte zu gebrauchen? Du urteilst über etwas, was du nicht kennst. Meinst du nicht, dass *das* falsch ist?« Seine Stimme kroch über ihre Wirbelsäule und verursachte ihr kalte Schauer. »Ich habe dir im Club Safewords gegeben. Nutze sie, wenn du willst. Aber ansonsten solltest du dich darauf einstellen, dass ich tue, was ich will.«

Felicitas hatte den Eindruck, dass ihr ganzes Gesicht in Flammen stand. Sie brauchte keine Safewords, weil sie gar nicht Teil seines Spiels war! Weil sie nicht im Traum daran dachte, sich von irgendjemandem herumkommandieren zu lassen. Und weil das hier eindeutig nicht ihre Sache war.

Seine Fingernägel gruben sich in die zarte Haut an ihrem Nacken. »Du bist feige, Felicitas. Du bist feige und hast Angst. Und wenn es so gar nichts für dich ist, wieso hast du es genossen, dass ich dich geschlagen habe, so sehr, dass du ganz glänzende Augen bekommen hast?« Eine Hand strich über ihren Rücken, wanderte nach vorn und über ihren Bauch nach oben. Wie beiläufig streichelte er über ihren Ausschnitt und berührte die Ränder ihres BHs. Gänsehaut breitete sich aus. Felicitas presste die Lippen zusammen und konzentrierte sich darauf, einfach nur ruhig weiterzuatmen.

Seine Fingerspitzen glitten ihren Hals entlang nach oben, blieben für einen Augenblick auf ihren Pulsadern liegen, als wollte er ihren Herzschlag fühlen. »Du kannst jederzeit gehen. Dafür gibt es Safewords. Sag sie, und ich lasse dich frei. So einfach ist die Sache, Süße.«

Die Welt um sie herum schien sich zu drehen. Das konnte nicht an dem einen Glas Champagner liegen, das sie bereits getrunken hatte. Felicitas suchte nach Halt und lehnte die Stirn gegen die kalte Wand. Er mochte das jetzt behaupten, aber würde er sich wirklich daran halten?

Seine Finger erkundeten weiter ihren Körper. Mit absoluter Selbstverständlichkeit streichelte er über ihre

Brüste, über die Innenseiten ihrer Oberschenkel, drückte seine Hüften gegen ihre. Er war erregt, das konnte sie selbst durch den dicken Stoff der Jeans deutlich spüren. Und auch sie selbst fühlte sich zunehmend unwirklich.

»Fass mich nicht an!«, forderte sie, aber es klang schwächer, als sie gehofft hatte.

Er schwieg darauf, setzte einfach nur die Erkundung ihres Körpers fort, als hätte sie gar nichts gesagt. Die Hitze in ihrem Unterleib wurde beinahe unerträglich. Ihre Nippel drängten sich gegen ihren BH. Eine Hand legte sich in ihren Nacken, er schwieg, er lachte nicht einmal. Die andere Hand öffnete den Knopf ihrer Hose, suchte sich zielstrebig den Weg unter Jeans und Tanga hindurch und glitt zwischen ihre Schamlippen. Mit zärtlichen Kreisen trieb er ihre Erregung an.

Markus wusste definitiv, was er da tat. Felicitas schluckte, zwang sich dazu, ruhig weiterzuatmen und sich davon nicht beeindrucken zu lassen. Was schwerer war als gedacht. Sie rief sich jeden dummen Spruch in Erinnerung, den er je gerissen hatte, versuchte es jedenfalls, doch ihr Kopf schien auf einmal vollkommen leer zu sein. Ihr verräterischer Körper gierte plötzlich nach Sex.

»Bitte, Markus, nimm mich!« Der Satz kam ihr wie von selbst über die Lippen, noch ehe sie darüber nachgedacht hatte. Sie bewegte ihre Hüften ein Stück nach hinten, doch er stand zu weit weg von ihr.

»Nicht hier, Zuckerpüppchen. Ich habe gewisse Ansprüche, und dieses Büro genügt ihnen wirklich nicht.« Ironie schwang in seiner Stimme mit. »Außerdem will ich, dass du dir zuerst darüber Gedanken machst, ob du das wirklich willst. Gerade eben hast du mir noch vollkommen überzeugend erklärt, wieso eine Frau sich niemals darauf einlassen sollte. Heißt das, du hast deine Meinung geändert?«

Er ließ ihren Nacken los und zog die Hand aus ihrer Hose. Felicitas seufzte sehnsüchtig auf. Hitze und Feuchtigkeit verrieten ihr Verlangen. Sie hörte seine Schritte, schloss die Augen und bereitete sich innerlich darauf vor, dass das erst der Anfang gewesen war. Dass er nun wirklich ernst machen und zu Gewalt greifen würde. Und ihr dämlicher Körper ließ sich davon auch noch beeindrucken.

»Ich biete es dir noch einmal an, in aller Freundschaft, Felicitas. Ich zeige dir, was es bedeutet, eine Beziehung wie Lena und Basti zu führen. Dafür erwarte ich nur deine Hingabe. Nichts weiter, keine Sorge. Nichts jedenfalls, was dir Angst machen müsste.«

Der spöttische Tonfall in seiner Stimme schnitt in ihr Herz. Wieso musste er jetzt reden? Sie kniff die Lippen zusammen und drehte sich dann halb um. Über die Schulter hinweg konnte sie ihn einigermaßen gut sehen. Er lehnte wieder am Schreibtisch, die Arme verschränkt, und beobachtete sie. Er sah verführerisch aus.

Dieser kleine Augenblick der Schwäche, als die Lust in ihrem Körper die Oberhand gewonnen hatte, würde ihr nun bestimmt ewig nachhängen. Sie erwiderte seinen Blick.

»Ich bin mir sicher, wir zwei können zusammen noch jede Menge Spaß haben. Komm schon, Baby, du traust dich einfach nicht. Lass einmal in deinem Leben los und genieß es.«

Was für ein Unsinn! Konnte er sie nicht einfach ausziehen und auf dem Schreibtisch nehmen? Das würde das Feuer in ihr wieder beruhigen und ihrem Verstand wenigstens die Chance geben, klare Gedanken zu fassen!

»Markus, lass den Quatsch. Ich lasse mich jedenfalls nicht von dir schlagen oder herumkommandieren. Das bin ich nicht.«

»Ich verspreche dir, dass ich keine Peitsche benutze, ehe du mich nicht darum bittest. Falls es das ist, was dir Sorgen macht.«

Sie schnaubte ungehalten auf. Was ihr wirklich Sorgen machte, war das Pochen in ihrem Körper, das nur eine Antwort auf sein Angebot zu kennen schien. Felicitas biss sich auf die Zunge, bis der Schmerz diese Lust zurückdrängte. »Lass gut sein, Markus. Ich stehe da nicht drauf, habe ich dir doch schon gesagt.«

»Du hast Angst davor, die Kontrolle abzugeben. Du hast Angst davor, jemanden an dich heranzulassen. Du flirtest, du spielst mit den Männern, aber letztlich hältst du deine gesamte Umgebung auf Abstand. Ich will die Frau sehen, die in dir steckt. Nicht diese kühle Fassade«, erklärte er dann und schüttete den Kopf. »Tief in dir brennt Feuer, Felicitas. Ich will es sehen.«

»Und ich brauche definitiv keine Küchenpsychologie«, erwiderte sie und kämpfte gegen diese immer größer werdende Lust an, die ihren Verstand endgültig zu vernebeln drohte. Es gab Tausende Männer dort draußen, die für einen One-Night-Stand zu haben waren. Und genug von ihnen waren gutaussehend. Mehr brauchte sie gar nicht.

»Denk darüber nach. Und ruf mich an, wenn du weißt, wie deine Antwort aussieht.« Er griff nach Handy und Schlüssel und deutete auf die Tür. »Wollen wir? Ehe wir vermisst werden?«

Sie riss die Augen auf. Er wollte einfach so abbrechen an dieser Stelle? Sie hatte fest damit gerechnet, dass er etwas ganz anderes im Sinn hatte als reden. Es war wie ein Eimer kaltes Wasser, den er über ihr ausschüttete. »Wie bitte?«, brachte sie hervor.

»Lena und Basti. Sie werden inzwischen bemerkt haben, dass wir verschwunden sind«, erklärte er ernsthaft. »Also, können wir wieder?«

»Aber …« Am liebsten hätte sie so etwas gesagt wie *Fick mich. Sofort.* Das war es jedenfalls, was ihr Körper verlangte. Aber irgendwie brachte sie es nicht über die Lippen. Oder fand er sie gar nicht so erregend, wie sie glaubte? »Dafür den Aufwand?«

Er zuckte mit den Schultern. »Draußen ist die Musik zu laut. Und es muss ja nicht jeder Idiot mitbekommen, wie ich meine Frauen abschleppe, oder? Meinen Ruf habe ich zwar schon weg, aber ein bisschen Wert auf Diskretion lege sogar ich.«

Felicitas schluckte und ignorierte das wütende Grummeln in ihrem Magen. Für ihn war das alles nur Spaß, das hatte er mehr als einmal betont. Und dass er ein Playboy war, der Frauen bestenfalls als nette Abwechslung betrachtete, wusste sie auch. Er hielt damit nicht hinter dem Berg. Er versprach nichts, was er nicht halten konnte.

Und trotzdem störte es sie, dass sie für ihn nur eine von vielen war.

Sie stieß sich von der Wand ab, rieb sich ihre kalten Hände und erwiderte seinen Blick. »Alles klar, Mister Oberplayboy. Ich denke darüber nach. Aber ich glaube nicht, dass du die Antwort mögen wirst. Ich lege keinen gesteigerten Wert darauf, es am eigenen Leib zu erfahren, danke. Was Lena mir erzählt, reicht mir. Das ist krank, Markus, ganz einfach.«

Sie hätte alles dafür gegeben, wenn er mit seiner Erwiderung oder wenigstens mit seinen Gesten angedeutet hätte, dass es ihm eben nicht egal war, wie sie darüber dachte.

»Bitte, das steht dir frei«, sagte er jedoch, trat an die Tür und reichte ihr die Handtasche. »Wie auch immer du dich entscheidest, ich werde es respektieren. Und wir bleiben dabei: Kein Wort zu den beiden Turteltäubchen. Sonst haben wir eine Beziehung am Hals, die wir beide nicht wollen.«

Weil es ihm sowieso egal war, vermutete Felicitas. Weil er nicht darauf angewiesen war, sich gerade mit ihr einzulassen – und weil Markus Kreuzer wahrscheinlich im Leben nicht irgendetwas mehr Bedeutung beimessen würde als ein klein wenig Spaß.

Diese Erkenntnis war hart, aber wenigstens ehrlich. Und das Gute daran war, dass sie damit nicht Gefahr lief, sich auf ihn verlassen zu müssen und dann doch enttäuscht zu werden.

8

Ihr Bildschirm strahlte sie weiß und leer an. Eigentlich arbeitete Felicitas am liebsten ganz altmodisch, mit Papier, Stiften, Schere und möglichst vielen Bildern, die sie aus allen möglichen Quellen hervorkramte. So lange, bis die zündende Idee kam und man den letzten Rest der nüchternen Umsetzung noch am Computer machen konnte. Aber so viel Zeit hatten sie diesmal nicht. Was auch immer diese Nina bisher gemacht hatte, ihre Ideen waren schlichtweg unbrauchbar. Und sowohl sie als auch Alex schienen gerade akuten Ideenmangel zu haben.

Sie griff nach ihrem Kaffeebecher und klammerte sich daran fest. Die Behauptung, sie hätte da schon was im Sinn, war ein besserer Schnellschuss gewesen. Chancen musste man packen, wenn sie sich auftaten. Sie hatte lange genug darauf gewartet. Immer war Alex ihr einen Schritt voraus gewesen, egal wie viel sie sich abgearbeitet hatte. Und dass Alex' letzte Kampagne gefloppt war, war genau der Zufall, auf den sie jahrelang gewartet hatte.

Aber gerade jetzt wollte ihr nichts einfallen. Sie hatte grobe Ideen, aber mehr auch nicht. Nicht fassbare Gedanken und Ansätze, die sie einfach nicht umsetzen konnte.

Ganz von selbst zuckte ihre Hand zu ihrem Handy. Den ganzen Tag schon hatte sie immer wieder den verstörenden Drang danach, Markus anzurufen und sich bei ihm über diese Situation auszuheulen. Obwohl ihr Verstand ihr sagte, dass es ihn wahrscheinlich überhaupt nicht interessieren würde. Alles, was für Markus zählte, war Spaß. Wahrscheinlich sägte er jede Freundin sofort ab, die sich erdreistete, auch nur den Hauch von Problemen anzuschleppen. Das würde jedenfalls zu seinem Image passen.

»Alex, Nina!«, rief sie stattdessen durch das Großraumbüro und zog einige zornige Blicke auf sich. Felicitas wusste, dass sie mit genau solchen Aktionen ihren Ruf als Zicke begründet hatte. Aber manchmal konnte sie einfach nicht anders. »Nina, besorg mir ein Bild von einer unberührten Winterlandschaft. Gletscher, mit ein paar rauen Steinen am Rand und einem blauen Himmel. Kitsch eben.«

Nina drehte auf halbem Weg um und verzog sich wieder vor ihren Computer. Alex dagegen schob sich nonchalant auf ihren Schreibtisch und grinste breit, als er ihren leeren Bildschirm bemerkte.

»Na, Chefin, hast du endlich die Erleuchtung bekommen, wie wir es aufziehen?« Er sprach lauter als notwendig, so dass das ganze Büro es mitbekam. »Ich habe da was von Montag gehört, und von einer fast fertigen Kampagne. Das sieht mir nicht danach aus. Und wie war der Quatsch von wegen Feeling?«

»Das ist kein Quatsch. Die letzte Kampagne war nicht unbedingt der große Wurf. Es gibt Tausende Gesichtscremes, die damit werben, wie wahnsinnig toll sie sind und wie wahnsinnig gut ihre Ergebnisse sind. Diese Serie braucht ein anderes Image. Ein Lifestyleimage«, wiederholte Felicitas ihre Gedanken und verzog dann das Gesicht. »Und ich erwarte sowohl von dir als auch von Nina endlich Resultate. Wenn du unbedingt meinst, mach mir einen klassischen Vorschlag. Dann kann ich dir sagen, was daran nicht funktioniert.«

Alex' charmantes Lächeln wirkte nicht ganz echt, doch er nickte einfach nur und verzog sich dann zurück an seinen Computer. Ja, es war Montag, und ja, sie hatte eigentlich Erfolge präsentieren wollen. Nur irgendwie war ihr Kopf leer. Gedanken wirbelten darin herum, Ideen, aber nichts Fassbares. Nichts Geniales.

Felicitas starrte wieder auf ihren leeren Bildschirm. Das hier war die Chance ihres Lebens. Sie musste alles daransetzen, sie nicht zu vertun.

* * *

Felicitas' Hände zitterten, als sie seine Nummer in ihr Handy eintippte. Sie hatte seine Karte einfach in ihre Sammlung von Visitenkarten geschoben, die sie in einer Blechdose aufbewahrte. Es war genau so eine Schnapsidee wie die Wette mit Alex. Sie konnte auch einfach in eine x-beliebige Bar gehen und einen Kerl aufreißen. Guten Sex konnte sie weitaus einfacher bekommen.

»Kreuzer?« Seine tiefe Stimme schickte ihr einen Schauder über den Rücken.

»Feli hier.« Sie suchte nach irgendeinem klugen Spruch, nach einem der vielen Sätze, die sie sich vorher zurechtgelegt hatte. Sein Lachen unterbrach ihre Bemühungen.

»Ich dachte schon, ich höre nie wieder was von dir. Sorry noch mal für Samstag, okay? Ich wollte wirklich nur mit dir reden. Und ich meine das Angebot absolut ernst. Wenn du es einmal spüren willst, was es bedeutet, dann musst du es nur sagen.«

Er klang sehr besorgt bei diesen Worten. Ehrlich besorgt. Felicitas biss sich auf die Unterlippe und ließ sich auf ihr Sofa fallen. Sie spielte mit ihren Zehen, die nach dem langen Tag in den hochhackigen Schuhen schmerzten. »Danke, aber mir wäre es weitaus besser gegangen, wenn weder du noch Basti aufgekreuzt wären. Ich weiß auch so ganz gut, dass das nichts für mich ist«, gab sie zurück.

»Ich weiß. Aber ob du es wahrhaben willst oder nicht – ich habe mit dir gespielt, obwohl du nein gesagt hattest. Ich habe Grenzen überschritten, die ich eigentlich nicht hätte überschreiten dürfen. Weißt du, Feli, so lächerlich es dir vorkommen mag, aber manchmal reicht schon ein falsch platziertes Wort, um einen Menschen in eine Psychokrise zu stürzen. Von einem Schlag will ich gar nicht reden.«

Felicitas runzelte die Stirn. Markus war ein notorischer Playboy. Um das zu wissen, musste man nicht einmal die einschlägigen Regenbogenblättchen lesen. Wenn er sich um jede seiner Affären solche Gedanken machte, kam er wahrscheinlich zu nichts anderem mehr.

»War schon okay. Ich bin nicht aus Zucker, Markus«, gab sie zurück und erntete ein Lachen von ihm. Eins von der Sorte, die ihr Gänsehaut verursachte.

»Also, wieso rufst du an? Doch nicht, weil du plötzlich deine Liebe zu mir entdeckt hast?«

Seine Offenheit schnürte ihr die Luft ab. Sie umfasste ihren rechten Fuß mit der Hand und bog die Zehen, die eiskalt waren, leicht nach oben. »Keine Ahnung«, murmelte sie und atmete tief durch. »Mir war irgendwie gerade nach … nach … du weißt schon. Sex.«

Eigentlich hätte sie viel lieber reden wollen. Über ihren Job, über den Ärger mit Alex, über die unfähige Praktikantin. Über ihre fehlenden Ideen und den immerwährenden Druck, mit der nächsten Kampagne zugleich den Löwen für die beste Kampagne des Jahres einheimsen zu müssen. Darunter ging es nicht.

Aber Sex war mindestens ebenso gut, um sich abzulenken. Und zum Reden hatte sie ja eigentlich Lena.

»Und da dachtest du, du rufst mich an? Offenbar habe ich meinen Ruf weg«, erklärte er mit seiner dunklen, verführerischen Stimme. »Hast du auch gut darüber nachgedacht, was du da tust? Ich habe dir gesagt, was es bedeutet, mit mir schlafen zu wollen. Bist du dir sicher, dass du das willst?«

»Nein, bin ich nicht«, gab sie zu. Es war eher ein spontaner Einfall gewesen. Oder mehr ein Zwang, der sie den ganzen Tag über verfolgt hatte. Markus' Arm versprach Geborgenheit und ein paar Stunden, in denen ihre Gedanken nicht um diese blöde Kampagne kreisten.

Sie konnte sein Grinsen geradezu vor sich sehen. Es war erstaunlich, wie gut er sie durchschaut hatte. Beängstigend gut. Ob er das in irgendeiner Weise ausnutzen würde? Sie hatte sich in seinen Armen so gut gefühlt wie lange nicht mehr, eigentlich wie noch nie in irgendeiner ihrer Beziehungen. Er schien zu verstehen, was sie brauchte, selbst wenn sie selbst sich darüber nicht so ganz im Klaren war. »Pass auf, wir können doch auch einfach ein bisschen Spaß haben. Wie letzten Freitag. Ganz ohne dieses Dominanzgehabe.«

»Und wieso sollte ich mich darauf einlassen? Ich habe noch anderes zu tun, als mich mit dir herumzuschlagen.«

»Andere Frauen?«, rutschte es ihr heraus, ehe sie darüber nachdenken konnte. Sie musste klingen wie eine eifersüchtige, frustrierte Tussi! Ihr kamen beinahe die Tränen. Wieso gelang ihr an diesem Tag eigentlich gar nichts? Nicht einmal Markus zu einem unkomplizierten Quickie zu überreden!

»Nein, das nicht. Aber selbst ich muss ab und zu an den Schreibtisch. Außerdem bin ich gerade nicht in München, sondern in meinem Haus in Starnberg. Würde also mindestens eine Stunde dauern, bis ich bei dir sein könnte, alles in allem. Und vorher müsste ich noch mal nach den Hunden sehen«, erzählte er und klang keineswegs angefressen, weil sie ihn gerade ohne Grund angegangen war. »Wir können uns gerne treffen. Warte mal.« Sie hörte, dass er irgendwo blätterte.

Ob Markus tatsächlich einen altmodischen Terminkalender führte?

»Übermorgen Abend scheint niemand sonst etwas von mir zu wollen. Im *Cadeau*?«

Das hier lief in die falsche Richtung! »Ich habe gesagt, ganz ohne diesen Unsinn.«

»Erstens ist das kein Unsinn«, widersprach er streng. »Zweitens bekommst du mich nur mit diesem sogenannten Unsinn. Es macht mehr Spaß mit als ohne. Ich dachte, das habe ich dir eindeutig klargemacht.«

»Geht es dir nur um Spaß?«, warf sie ihm vor und versuchte, ihm den Schwarzen Peter zuzuschieben. Irgendetwas lief in ihrem Leben in den letzten Jahren ganz gewaltig schief. Wann war eigentlich der Zeitpunkt gewesen, seit dem sie es nötig hatte, irgendwelche Kerle um ein Date anzubetteln? Oder zickig zu werden, nur weil sie nicht so wollten wie sie?

Sie war immer stolz darauf gewesen, allein und unabhängig zu sein, aber seit Lena eine erfüllte Beziehung hatte, war das Singledasein nicht mehr halb so lustig wie früher. Nur kam eine Beziehung einfach nicht in Frage. Beziehungen gingen über kurz oder lang immer schief.

Immer. Und dieses Drama konnte sie sich getrost ersparen.

»Spaß ist mein Lebensmotto, Süße. Das Leben ist kurz genug, da will ich wenigstens Spaß haben, bis es irgendwann vorbei ist. Und jetzt sag mir nur nicht, dass ich mich damit vor Verantwortung drücke und davonlaufe und überhaupt. Das haben mir schon ganz andere gesagt.« Er seufzte auf. »Hast du Angst davor?«

»Ja«, gab sie leise zu und schloss kurz die Augen. Ja, sie hatte Angst, damit hatte er recht. Sie hatte Angst davor, dass er sie noch mehr durchschaute. Dass er die Mauer durchbrach, die sie um sich herum aufgebaut hatte. Keine Gefühle, keine Dramen, keine Verletzlichkeiten.

Nicht so wie zu Hause, als Gefühle alles zerstört hatten und ihre ganze Welt in einem einzigen Chaos versunken war. Der ekelhafte Tag, an dem ihr Vater sich einen Koffer geschnappt, das Nötigste gepackt hatte und gegangen war, war dazu einfach noch zu lebendig. Es war ihr sechzehnter Geburtstag gewesen. Ein sonniger, warmer Tag, der nach Blumen roch und nach frisch gebackenem Kuchen. Geendet hatte er mit zerschlagenem Geschirr, ihrer weinenden Mutter und einer Flasche Wein zusammen mit Lena.

»Du musst keine Angst haben. Ich verspreche dir hoch und heilig, dass du es genießen wirst. Ich spiele lange genug, um zu wissen, was ich dir zumuten kann und was nicht. Wieso lässt du dich von der Angst beherrschen? Das passt nicht zu dir, wirklich nicht.«

Felicitas hatte sich selten so entblößt gefühlt wie jetzt. Als ob Markus zielgerichtet all die Schichten wegwarf, mit denen sie sich irgendwann einmal umgeben hatte, um sich vor der Wirklichkeit zu schützen. »Ich will nur nicht von dir geschlagen werden. Von überhaupt niemandem, um genau zu sein.«

Er schwieg einen Augenblick. »Pass auf, Feli, das ist nichts, das man am Telefon besprechen sollte. Wenn wir wirklich spielen, will ich sowieso zuvor mit dir sprechen. Über das, was du dir zutraust, beispielsweise. Aber ich verspreche dir gerne noch einmal, dass ich dich nicht schlagen werde. Nicht, wenn du mich nicht darum bittest.«

»Was ich garantiert nie tun werde«, versicherte sie und erntete ein amüsiertes Lachen von ihm. »Und ich werde definitiv nicht vor dir knien oder so etwas.«

»Keine Sorge, Felicitas. Ich gehe nicht davon aus, dass Frauen vor mir knien. Jedenfalls nicht sofort. Du bist wirklich hartnäckig. Ich hätte gedacht, dass Lena dir ein paar mehr Vorurteile ausgeredet hat.«

Felicitas schnalzte mit der Zunge. »Ich will gar nicht hören, was sie mir zu erzählen hat. Basti hat ihr doch völlig den Kopf verdreht.«

»Oder sie ihm, wie findest du diese Lesart? Er hat seit über einem Jahr mit keiner anderen Frau mehr gespielt. Ich finde das höchst befremdlich. Und das wird dir bei mir sicher nicht passieren. Also, was ist? Sehen wir uns übermorgen? Im *Cadeau*? Anders bekommst du mich nicht, Süße. Das ist allein deine Entscheidung.«

»Vergiss es, Markus.« Zu ihrem Glück funktionierte ihr Verstand noch. »Ich habe doch schon gesagt, dass ich das nicht will, oder?«

Er lachte leise auf, als würde ihre Weigerung ihn einfach nur zutiefst amüsieren. Es war seltsam, dass es ihn anscheinend nicht kränkte, sondern dass er es im Gegenteil eher lustig fand. Als würde er mit ihr spielen und sie durch ihre Halsstarrigkeit nur zu seinem Spaß beitragen.

Felicitas lief ein kalter Schauder den Rücken hinunter. »Oh, Baby, du bist wirklich hartnäckig. Du lässt dich auf keine Wette ein, du lässt dich auf kein unverbindliches Angebot ein, und du lässt dich nicht einfach so einfangen, wenn du Sex willst. Du gefällst mir, weißt du das?«

»Idiot«, schnaubte sie und legte auf. Das konnte einfach nicht sein, dass sie sich von ihm in irgendeine Richtung drängen ließ, in die sie einfach nicht gehen wollte. So gut es sich vielleicht auch anfühlte, wenn er sie im Arm hielt, konnte dabei letztendlich doch nichts Gutes herauskommen.

* * *

Markus starrte lange auf das Telefon, nachdem sie aufgelegt hatte. Felicitas wurde mit jedem Gespräch rätselhafter. Sobald er dachte, sie zu durchschauen, veränderte sich das Bild vor seinen Augen, ohne dass er wirklich danach greifen konnte. Sie hatte verzweifelt geklungen, verzweifelt und zickig zugleich. Als ob sie eigentlich heulen wollte und sich selbst ihre Gefühle einfach nicht zugestand.

Diesen Gedankengang kannte er nur zu gut. Er strich einmal über den Bilderrahmen, der den Ehrenplatz an seinem Schreibtisch hatte – und wahrscheinlich bis in alle Ewigkeit behalten würde. Dann schob Markus sein Handy von sich und stand auf. Arbeiten würde er jetzt sowieso nicht mehr, dazu hatte ihn das Gespräch mit ihr zu sehr aufgewühlt. Sie beschäftigte ihn mehr als viele andere Frauen. Mehr als die meisten anderen Frauen, wenn er ehrlich war. Markus schaltete das Licht in seinem Arbeitszimmer aus und nahm wie automatisch den direkten Weg durch das Wohnzimmer auf die Terrasse. Die Nacht empfing ihn mit wohltuender Kühle und einem Hauch von Feuchtigkeit. Längst hatte sich Dunkelheit über den Ort gelegt, auch wenn die Tage inzwischen wieder länger wurden. Es dauerte keine zwei Sekunden, und der erste seiner Huskys kam auf ihn zugestürmt. Markus ignorierte seine Bemühungen, ihn zum Spielen zu animieren, auch dann, als die anderen vier Huskys sich um seine Beine scharten und es offenbar für eine gute Idee hielten, um diese Zeit noch irgendeinen Unsinn auszuhecken.

Gedankenverloren strich er seiner Leithündin über den Kopf und blickte hinaus in den dunklen Garten. Morgen früh würde er erst einmal eine ausgiebige Runde Skaten gehen, am besten mit den Hunden, so bekam er immer den Kopf frei. Felicitas' zickige Schale zu knacken und die Leidenschaft dahinter freizulegen war eine Aufgabe, die ihm Kopfzerbrechen bereitete. An dem Freitag hatte es funktioniert, weil sie viel zu überrascht gewesen war von ihren eigenen Gefühlen, um ihm etwas entgegenzusetzen.

»Nanook, altes Haus«, murmelte er und beugte sich zu seiner Leithündin herunter. Er packte sie hinter den Ohren und strich ihr über das weiche Fell. »Was machen wir jetzt mit der Frau, hm? Ignorieren wäre wohl das Beste, oder was meinst du?«

Er sah sich um, aber es lag nichts in Reichweite, um mit den Hunden zu spielen. Also setzte er sich einfach in das Gras und beobachtete sie dabei, wie sie miteinander tollten. Nur Nanook blieb stur neben ihm sitzen, als spürte sie, dass er sie jetzt brauchte. Eigentlich war es absurd, mit dem Hund darüber zu sprechen, was ihn bewegte. Nanook würde ihm kaum eine Antwort geben.

»Ja, ich weiß, sie ist eine Zicke. Und wahrscheinlich hasst sie Hunde«, fuhr er fort und begann damit, die Grashalme einzeln auszurupfen. »Und keine Sorge, Süße, ich mache nicht noch mal denselben Fehler.«

Nanooks Ohren bewegten sich unruhig hin und her. Wahrscheinlich spürte sie, wie es in ihm aussah. Felicitas beschäftigte ihn mehr, als gut für ihn war. Er sollte sich besser eine andere Frau suchen, irgendein Model oder irgendeine Frau im Club, vollkommen egal, solange es ihn von ihr ablenkte. Sie war nicht sein Typ! Er musste sich dies immer wieder vorhalten, um es nicht zu vergessen.

Sie mochte Ordnung und Disziplin in ihrem Leben, er dagegen hatte es lieber spontan. Sie stand noch nicht einmal auf Sex der wilderen Sorte, er dagegen hasste es, sich einschränken zu müssen. Sie würde alles für ihren Job geben, während er im Leben noch nie verstanden hatte, was so spannend an einem Bürojob sein konnte.

Und dennoch träumte er von ihren herausfordernd funkelnden Augen. Sie hatte noch nicht einmal eine besondere Augenfarbe, ein eher nichtssagendes Hellbraun, das nur in diesen ganz speziellen Momenten ein herrliches Funkeln bekam. Spontan würde er nicht sagen können, was an ihr besonders hübsch war, und dennoch zog sie sofort seine Blicke auf sich, sobald sie nur auftauchte.

»Verdammt, altes Haus. Wird Zeit für uns, mal wieder eine größere Tour zu planen, was meinst du? Alaska wäre doch mal was.« Markus holte tief Luft und genoss den Geruch von Erde, Hund und Nebel. Draußen zu sein hatte ihm schon immer geholfen. »Ich lege sie flach. Und wenn ich weiß, wie sie tickt, wird sie mir sowieso langweilig. Da kannst du Gift drauf nehmen. Und dann schlage ich sie mir aus dem Kopf, vergesse diese Sache und mache weiter wie immer.«

Jetzt drehte Nanook doch den Kopf und schien ihn aus ihren blauen Augen zu mustern. Er lachte leise auf.

»Okay, du nimmst es mir nicht ab. Keine Sorge, altes Haus, ich habe meine Lektion gelernt. Spiel, ja. Beziehung, nein. Klare Linie, Süße. Ich will einfach nur wissen, warum sie sich so sehr dagegen sperrt und es dann doch genießt. Das ist ungewöhnlich, weißt du. Und außerdem muss ich Basti vor ihr bewahren. Sie macht ihm das sonst noch alles kaputt.«

Er blinzelte, als er an den Grund dafür dachte, wieso er keine Frau mehr wollte in seinem Leben. Er hatte die Lektion gelernt, bitter gelernt. Vertrauen und Hingabe waren die eine Seite der Medaille. Die andere bedeutete, jemanden zu hintergehen und zu verraten. Er hatte seinen Frieden damit geschlossen. Solange alles im Bereich des Spiels blieb, war seine Welt in Ordnung. Aber in sein Leben würde er nicht noch einmal jemanden hineinlassen.

»Alaska, Yukon Trail. Das ist genau das richtige Projekt für uns, Nanook, altes Mädchen. Wir fangen morgen mit dem Training an«, beschloss er. »Und für Feli denke ich mir etwas aus. Wäre ja gelacht, wenn ich sie nicht geknackt bekomme.«

Er hatte noch jede Frau durchschaut. Jede außer der einen, die es geschafft hatte, ihm den Kopf zu verdrehen und sein Vertrauen zu missbrauchen. Damals war er ein junger Idiot gewesen. Jetzt wusste er, wie die Welt funktionierte. Und allein darum würde ihm derselbe Fehler nicht noch einmal passieren.

9

»Felicitas, kommst du mal kurz?«

Sie warf einen letzten Blick auf ihren Bildschirm, nahm noch einen Schluck Kaffee und stand dann auf. Wenn der Chef schon *Felicitas* sagte, konnte das nichts Gutes bedeuten. Die wenigen Meter durch das Großraumbüro kamen ihr so lange vor wie nie zuvor.

Ihr Chef ließ ihr den Vortritt, deutete stumm auf den Stuhl vor seinem Schreibtisch und schloss dann übertrieben deutlich die Tür hinter ihnen. Durch das Milchglas hindurch wurde der Rest des Büros zu einem verschwommenen Bild. Wie eine ferne Erinnerung.

Felicitas setzte ein freundliches Lächeln auf, während er sich Zeit ließ und ihnen gemächlich zwei Gläser mit Wasser füllte. Er stellte eins davon vor sie, ehe er sich hinter den Schreibtisch setzte. Sie presste die Lippen aufeinander, um ihn nicht anzufahren. Er sollte einfach sagen, was Sache war, und hier nicht diese Spielchen abziehen!

Philipp schien es weiter nicht eilig zu haben. Er lehnte sich zurück, wippte etwas mit dem Stuhl und kniff dann die Augen zusammen.

»Wie kommst du voran?«, begann er schließlich. Sein Unterton hatte etwas Unheilvolles.

Felicitas gönnte sich eine Sekunde, um nachzudenken, ehe sie antwortete. »Gut, keine Sorge. Wir haben die

Kampagne fast fertig. Nächste Woche können wir mit dem Kunden sprechen und die Details klarmachen.«

Er nickte. »Ich will ab jetzt jeden Abend sehen, was ihr gemacht habt. Wir dürfen diesen Auftrag nicht verspielen, das muss dir klar sein.«

Und wie es ihr klar war! Es kostete sie jede Nacht mehrere Stunden Schlaf, wie sollte sie das vergessen? Felicitas lächelte nur und hörte über seinen herablassenden Tonfall hinweg.

»Unter uns – Clemens und Tom wollen die Entscheidung über die Erweiterung der Geschäftsführung nicht mehr allzu lange hinausschieben. Wir brauchen uns ja nichts vorzumachen darüber, wer dafür in Frage kommt. Und ich verrate dir sicher auch kein Geheimnis, wenn ich sage, dass Clemens sich ziemlich für dich starkgemacht hat.«

Wieso schaffte Philipp es nur jedes Mal, aus einem harmlosen Gespräch so etwas wie eine Prüfungssituation zu machen? Seit sie hier war, zitterte sie vor ihm. Philipp hatte den künstlerischen Teil der Agentur unter sich, Clemens war für die Buchhaltung zuständig, und Tom hatte von Anfang an die Personalplanung übernommen. Aber Philipps Wort war es, das über Karrieren entschied. Wenn er befand, dass jemand nicht kreativ genug war, bedeutete dies das sichere Aus. Wenn jemand vor seinen Augen Gnade fand, war es das Ticket nach oben.

»Er hält es für eine gute Idee, Frauenquote und so. Angeblich macht sich das heutzutage gut. Ich bin zwar kein großer Freund von Karrierefrauen, aber gut. Die Zeiten ändern sich.«

Und Philipp war ein chauvinistisches Arschloch. Das hatte sie nach zwei Tagen hier in der Agentur mitbekommen und sich damit abgefunden. Felicitas nickte nur, ohne auf seine Bemerkung einzugehen. Es hatte einfach keinen Sinn, mit ihm zu diskutieren. Ändern würde er sich ja doch nicht mehr.

»Ich sehe durchaus, dass du uns einige gute Kunden hältst. Du hast ein paar Fans da draußen.« Sein schmales Lächeln wirkte beinahe widerwillig.

Wieso rief er sie extra zu einem Gespräch zu sich, wenn es ihm zuwider war, ihre Leistungen anzuerkennen?

»Nun ja, aber Tom und Alex sind so. Best friends forever.« Er kreuzte die Finger und grinste breit. »Tom findet dich viel zu arrogant, um dich auf die Kunden loszulassen. Also steht es derzeit eins zu eins. Und ich habe mich noch nicht entschieden.«

Kurzzeitig überkam sie das Gefühl, keine Luft mehr zu bekommen. Falls er damit bezweckte, noch mehr Feuer in den Konkurrenzkampf zu bringen, gelang es ihm wunderbar. Der Druck auf ihre Schultern schien immer größer zu werden.

»Alex hat die letzten beiden Kampagnen in den Sand gesetzt, das kann ich nicht leugnen.« Philipps Lächeln wurde noch breiter, aber es erreichte seine wasserblauen Augen nicht. »Und du hast wenigstens ab und zu ein paar neue Ideen.«

Aus seinem Mund klangen selbst Komplimente noch herablassend. Er hatte ihr einmal gesagt, dass er sie nur wegen der künstlerischen Arbeiten in ihrer Bewerbungsmappe genommen hatte und dass es ihm eigentlich darum ging, wieder etwas mehr wirkliche Kunst in die Werbung zu bringen, aber davon spürte sie meistens relativ wenig. Ob er schon immer so gewesen war?

»Du scheinst zu verstehen, worauf es ankommt. Alex dagegen ist gut, wenn es um traditionelle Formen geht. Aber er hat zu wenige gute Ideen.« Philipp legte die Fingerspitzen aneinander. Sein durchdringender Blick wanderte über ihren Oberkörper und blieb viel zu lange auf ihren Brüsten hängen.

Felicitas hatte das unangenehme Gefühl, von ihm förmlich ausgezogen zu werden. Sie kämpfte darum, die Fassade aufrechtzuerhalten und die Fassung zu bewahren. Sie musste sich diesen Blick einbilden, oder? Dass Philipp so offensichtlich auf ihre Brüste starrte, konnte nur ein Alptraum sein!

»Weißt du, die Entscheidung ist wirklich nicht einfach. Ich bin immer noch nicht ganz davon überzeugt, dass du die Richtige für den Job bist. Wir brauchen jemanden, der das mit ganzer Energie angeht. Was, wenn du doch irgendwann heiratest und Kinder bekommst? Teilhaber und Geschäftsführer ist kein Halbtagsjob, weißt du?« Sein väterlich-verständnisvoller Tonfall stieß ihr sauer auf. Sie hörte ihn schon sagen, dass das den Ausschlag für Alex geben würde, und legte sich Worte zurecht, um sich zu verteidigen.

Doch Philipp kam ihr zuvor. Sein Lächeln wirkte schmierig. »Ich würde gerne in Ruhe mit dir darüber sprechen. Darf ich dich heute nach der Arbeit noch ins *Hokkaido* einladen? Und vielleicht noch auf einen Drink?«

»Danke, nein.« Am liebsten hätte sie ganz andere Worte zu ihm gesagt. Er brauchte nicht zu glauben, dass sie ihn nicht verstand! »Ich habe wirklich viel Arbeit im Augenblick.«

»Oh, Felicitas ...« Er seufzte übertrieben auf. »Weißt du, das ist genau das, was ich nicht verstehe. So machst du nie Karriere. Ich darf dir doch sicher einen Rat geben, oder? Du musst auch dafür sorgen, dass die richtigen Leute wissen, was du kannst.«

Als ob er es nicht wusste! Er war nur ein Meister darin, es zu ignorieren! Felicitas atmete tief durch und hoffte, dass ihre Stimme sie nicht verriet.

»Danke, aber ich hatte durchaus das Gefühl, dass euch klar ist, was Alex und ich leisten.«

»Du, Feli, mir geht es um dich.« Ein Funkeln trat in seine Augen. »Ich will nur sehen, was du draufhast. Überzeug mich davon, dass du die Richtige bist.«

Chauvinistisches Arschloch! Sie schüttelte den Kopf und legte die Hand um das Wasserglas. »War es das? Ich habe wirklich noch zu tun, wenn das Zeug nächste Woche zum Kunden soll.«

»So wird das nie was, das ist dir hoffentlich klar. Wenn du es dir anders überlegst, sag Bescheid. Ich habe heute und morgen Abend nichts vor. Und ich habe immer ein offenes Ohr für dich.«

Das waren die Momente, in denen ihr die Kündigung nur noch verlockend und reizvoll erschien. Felicitas beschränkte sich auf einen knappen Gruß und ein gemurmeltes *Danke* und beeilte sich, um aus seinem Büro zu kommen, ehe ihr alle Sicherungen durchbrannten.

* * *

Die Büroräume mit ihrem offenen Loftcharakter machten wirklich viel her, das musste man Philipp, Tom und Clemens lassen. Zumindest in der Selbstvermarktung waren sie grandios. Felicitas lehnte sich gegen die kalte Steinwand neben der Kaffeemaschine und umklammerte ihren Kaffeebecher mit beiden Händen.

Das war ihre siebte Tasse heute, eindeutig zu viel. Aber in der letzten Zeit schlief sie einfach zu wenig, und wenn, dann nicht gut. Diese Kampagne lag ihr im Magen. Der ganze Druck, endlich etwas zeigen zu müssen, endlich etwas Gutes abzuliefern, machte ihr zu schaffen.

Eigentlich mochte sie Druck. Schon immer. Sie war schon immer der Prüfungstyp gewesen. Sie lief zu Höchstform auf, sobald die Zeit knapp wurde. Sie hatte die Kunst, ihre Leistung auf Knopfdruck abzuliefern, immer beherrscht. Bisher jedenfalls.

Philipp hatte ihr nicht gerade angeboten, dass er für sie stimmen würde? Und sein Preis war ein Abend? Ein Abend, der garantiert nicht an einer Bar enden würde, darauf würde sie alles verwetten. Dieser Macho musste sich selbst jetzt noch beweisen. Er wollte klarstellen, wer der Chef war, und das für alle Zeiten zementieren.

Ich hab dich gefickt, also bin ich der Chef hier. Das war es, was er bezweckte. Solche Spielchen konnte er vielleicht mit Praktikantinnen spielen, aber nicht mit ihr. Das war ihre Karriere nicht wert.

Oder vielleicht doch? Er hatte mehr als deutlich gemacht, dass er Alex bevorzugte oder wenigstens bereit war, Alex den Vorzug zu geben, wenn sie nicht auf sein Spielchen einstieg. Sie hatte in den letzten Jahren alles gegeben für diesen Job. Die Agentur war eine der besten weltweit, ihr Ruf war tadellos, die Kunden namhaft – für jemanden, der mit Leib und Seele Werbung machte, konnte es kaum einen besseren Arbeitsplatz geben. Und wenn sie sich hier durchsetzte, dann war sie am Ziel ihrer Träume. Sie war unabhängig. Sie verdiente genug, um keine Gefahr zu laufen, jemals wieder den letzten Cent umdrehen zu müssen.

»Und, was wollte der Chef von dir?«

Konnte Alex sie nicht einen Augenblick in Ruhe lassen? Er machte es absichtlich, das war ihr klar, und spätestens als sie ihn anblickte, gab es daran keinen Zweifel mehr. Alex hatte die Hände lässig in die Hosentasche geschoben. Heute war er im perfekten Dandy-Look gekleidet, geschniegelt und gestriegelt wie immer. Er musste jeden Tag Stunden damit zubringen, um derart perfekt auszusehen.

»Es ging um die nächste Beförderung«, erklärte sie kalt und hob die Augenbrauen. »Oder was dachtest du?«

Er zuckte mit den Schultern und lehnte sich gegen die Wand neben sie. Es war ihr unangenehm, zu ihm aufsehen zu müssen, aber sie würde ihren Platz hier nicht aufgeben.

»Oh, *Sweety* …« Er seufzte theatralisch. »Du hast doch sowieso schon verloren. Philipp würde niemals eine Frau in die Geschäftsführung lassen. Eher fällt uns der Himmel auf den Kopf. Du kennst ihn doch schon lange genug. Hätte Clemens dich nicht so protegiert, dann wärst du auch lange nicht Teamchefin geworden.«

Womit er recht hatte, hatte er recht. Felicitas hielt seinem forschenden Blick stand. Sie klammerte sich an den Gedanken, dass Alex offenbar auch nicht mehr allzu gut schlief, jedenfalls legten das die Schatten unter seinen Augen nahe. Er wirkte seltsam fahrig auf sie in den letzten Tagen.

»Vielleicht. Andererseits versteht er etwas von Kunst, und davon hast du keine Ahnung.« Sie versetzte ihm den kleinen Seitenhieb mit einem Lächeln auf den Lippen. »Alex, bitte, lass gut sein. Wir können sowieso nichts an ihrer Entscheidung ändern. Und wenn wir nicht aufpassen und diese Kampagne nicht hinbekommen, sind wir sowieso beide abgeschrieben.«

»Du bist dann abgeschrieben«, korrigierte er, klang jedoch nicht allzu selbstsicher dabei. »Du musstest das

Projekt ja unbedingt anders angehen, als wir es normalerweise tun.«

»Wer nicht wagt, und so weiter. Kennst du den Spruch?« Felicitas trank einen Schluck Kaffee und genoss den bitteren Geschmack auf ihrer Zunge.

Alex zog seine Mundwinkel nach oben und schnitt eine Grimasse. »Na, meinetwegen. Und wenn es hart auf hart kommt, hast du ja noch zwei handfeste Argumente anzubieten, nicht wahr?«

Im ersten Augenblick glaubte sie, sich verhört zu haben. Dann verschluckte sie sich beinahe an ihrem Kaffee. »Ich denke nicht, dass ich das nötig habe, Alex. Sei nicht kindisch. Ich liefere gute Arbeit ab, das ist alles.«

»Träum weiter, *Sweety*. Philipp schaut dir doch schon ewig auf die Titten. Du wärst blöd, wenn du das nicht ausnutzt, ganz ehrlich.«

»Wie selbstlos von dir.« Es klang nur halb nach einer Beleidigung, und halb ernst. Und zugleich besorgt. Ob Alex Angst hatte, von ihr ausgebootet zu werden? »Aber ich habe nicht vor, mich auf dieses Niveau hinabzubegeben, danke. Wenn ich etwas erreiche, dann aus eigener Kraft.«

»Du solltest es besser ausnutzen. Ich habe jedenfalls nicht vor, dir etwas zu schenken, meine Liebe. Und das weißt du.«

Als ob sie dafür eine Erinnerung brauchte! Felicitas hielt die Fassade aufrecht, bis Alex um die Ecke herum verschwunden war.

Nein, vor ihm würde sie sich nicht schwach zeigen. Und auch nicht vor jedem anderen ihrer Kollegen. Sie holte sich noch einen weiteren Kaffee aus der Maschine und kehrte an ihren Schreibtisch zurück.

Wie im Traum griff sie nach ihrem Handy. Sie hatte

sich jetzt seit fast zwei Tagen nicht mehr bei Markus gemeldet, und er nicht bei ihr. Offenbar meinte er das mit der Nicht-Beziehung ziemlich ernst. Immer wieder hatte sie darüber nachgedacht, was er jetzt wohl gerade tat. Mit wem er es tat. Und wo.

Ihre Gedanken drehten sich immer schneller, und ihre Phantasien waren im Laufe der letzten Woche immer wilder geworden. Wenn sie sich vorstellte, dass er gerade eben mit irgendeiner anderen Frau ... *spielte*, bekam sie große Lust, ihm eine zu scheuern. Obwohl er gar nicht hier war. Obwohl sie keinerlei Ansprüche auf ihn hatte.

Das lag alles nur an diesem Job und dem Druck, den sie sich mit dieser Kampagne machte, da war sie sich sicher. Schon das letzte Mal, als ein Großprojekt hatte fertig werden müssen, war sie beinahe unter dem Druck zusammengebrochen. Es war ihr erster eigener, großer Auftrag gewesen, und in den letzten Tagen vor der Präsentation hatte sie sich tatsächlich eingebildet, unbedingt einen Mann fürs Leben finden zu müssen.

Stress ließ die Menschen eben seltsam werden. Sie starrte auf ihr Handydisplay, entriegelte schließlich die Sperre und tippte auf das Nachrichtensymbol.

Eine kurze SMS konnte ja nicht schaden, und vielleicht ließ er sich sogar auf ein Date ein. Markus war in dieser Hinsicht keine Gefahr, weil er ja auch keine Beziehung wollte, also konnte sie das Beste aus der Situation machen.

Ein netter Abend, an dem sie vergaß, wie sehr alles um sie herum gerade aus den Fugen geriet.

Seine Antwort ließ nicht lange auf sich warten.

Ich hätte nicht gedacht, dass ich je wieder von Dir höre. Ich nehme an, dass Du immer noch nicht dazu bereit bist, Dich mit mir im Cadeau zu treffen. Was äußerst schade ist, aber wohl nicht zu ändern. Ich bin um halb neun bei Dir, und Gnade Dir Gott, Du zickst wieder herum. Ich will Spaß haben, Baby.

Seine direkte Ansage zauberte ein Lächeln auf ihr Gesicht. Markus war einfach unverbesserlich und wunderbar berechenbar. Das war genau das, was sie heute Abend brauchte. Schneller Sex für zwischendurch, und bloß nicht zu viele Gefühle daranhängen.

10

Markus parkte seinen SUV und starrte für einen Moment an der Hausfassade entlang nach oben. Ihre Nachricht hatte ihn nicht überrascht, und trotzdem hatte er sich gefreut, dass sie sich freiwillig bei ihm gemeldet hatte.

Selbst wenn sie nur Sex wollte und immer noch nicht dazu bereit war, über ihre selbstgesteckten Grenzen hinauszugehen. Sie hatte es zwar nicht ausdrücklich gesagt, aber aus jedem Wort in den Textnachrichten hatte ihn diese Botschaft geradezu angeschrien. Erfrischend ehrlich, beschloss er. Markus stieg aus seinem Wagen und klingelte bei ihr. Sie musste am Türsummer gewartet haben, so schnell öffnete sie ihm. Er verkniff sich ein Grinsen und ließ sich Zeit, die Treppen nach oben zu steigen.

Felicitas erwartete ihn an der Tür. Ihre Augen leuchteten, obwohl sie müde und abgekämpft aussah. Sie trug einen hervorragend geschnittenen Hosenanzug, der sie noch schlanker wirken ließ, als sie eigentlich schon war.

Schlank und zerbrechlich, hart an der Grenze zum Mageren. Markus umarmte sie und nahm unter ihrem frischen Parfüm den Geruch eines langen Arbeitstages wahr. Also war sie gerade erst von der Arbeit nach Hause gekommen?

»Hey, Sugarbaby«, begrüßte er sie und erwartete Widerspruch. Sie hatte nur ein müdes Lächeln für ihn übrig und trat beiseite, um ihn in die Wohnung zu lassen. Das passte gar nicht zu ihr. Irgendetwas lag ihr auf der Seele. Er musterte sie und schüttelte den Kopf. »Du legst es wohl darauf an? Haben wir nicht schon geklärt, dass ich dich so nicht sehen will?«

Wieder hoffte er auf Widerspruch, doch er erntete nur einen halb herablassenden, halb genervten Blick. Wirklich verstehen konnte er diese Reaktion nicht. Sie hatte ihn kontaktiert, eindeutig nach Sex – und zwar nur Sex – verlangt und wirkte abweisend und kühl wie immer. Nur für einen kurzen Augenblick huschte dieser Gedanke durch seinen Kopf: Was, wenn sie doch mehr wollte? Mehr als nur ein bisschen Spaß?

Es war ein absurder Gedanke. Beziehungen waren einfach nicht sein Ding.

»Du willst dich jetzt bestimmt damit entschuldigen, dass es ein langer Tag war«, unterbrach er ihren Versuch, irgendwie zum Reden anzusetzen. »Pass auf, Süße, so läuft das nicht. Ich bin kein allzu geduldiger Mensch.«

Immer noch widersprach sie ihm nicht, sondern starrte ihn aus ihren wunderschönen Augen an. Die dunklen Ringe unter ihren Augen betonten ihr Leuchten nur noch.

»Also, Zuckerpüppchen, du siehst doch ein, dass du mich enttäuscht hast, oder? Ich mache mir jetzt einen Kaffee. Du gehst in dein Bad, ziehst dich aus, und wenn du wiederkommst, bist du feucht. Von oben bis unten.« Er konnte sich ein Grinsen nicht mehr verkneifen und widerstand dem Versuch, sie an sich zu ziehen und zu berühren. »Ich hoffe, du verstehst, was ich meine?«

Sie nickte einfach nur.

»Und das merke ich mir auch. Dass du mir antworten sollst, habe ich doch auch schon gesagt, oder etwa nicht?« Sie machte es ihm erstaunlich einfach. Viel zu einfach dafür, dass sie normalerweise keinerlei Befehle akzeptierte. Irgendetwas lag ihr auf der Seele, ganz eindeutig. Oder spielte sie absichtlich mit?

Bei jeder anderen Frau hätte er das vermutet, aber nicht bei ihr. Es passte einfach nicht zu ihr. Markus wartete, bis sie im Bad verschwunden war und er das Rauschen der Dusche hörte.

Felicitas war ihm ein Rätsel. Nachdenklich betrachtete er die verschlossene Tür zu ihrem Schlafzimmer. Ja, es war ein Vertrauensbruch, gewissermaßen. Andererseits hatte sie ihm natürlich nicht direkt verboten, das Schlafzimmer zu betreten. Kurzerhand schob er die Tür auf. Ihr Wohnzimmer würde ihm nichts über sie verraten, dazu war es zu sehr darauf ausgerichtet, ein ganz bestimmtes Bild von ihr zu vermitteln.

Hinter der Tür erwartete ihn ein Raum, den er niemals mit dem Wohnzimmer in Verbindung gebracht hätte. Statt klarer, nüchterner Linien dominierten verspielte Formen. Sie hatte ein Bett mit einem verschnörkelten Metallrahmen. Weiße Vorhänge gaben dem Raum etwas Unschuldiges. An der Wand hing ein großer Spiegel in einem Goldrahmen. Links und rechts daneben hingen großformatige Bilder. Das linke zeigte maskenhaft wirkende, ineinander verschobene Bilder in kalten Farben. Kubismus? Den Kunstunterricht hatte er meistens geschwänzt. Das andere zeigte eine provenzalisch wirkende Landschaft in warmen Sommertönen. Er trat näher. Echte Ölfarben, stellte er fest, und keinerlei Signaturen.

Noch etwas, was nicht in sein Bild von ihr passte. Über dem Bett hing eine Leinwand mit einem Fotoausdruck, die beinahe die ganze Wand einnahm. Eine karge Landschaft, mit ihrer ganz eigenen Schönheit, schroffe Felsen, dazwischen glitzernder Schnee und am Fuße ein glatt daliegender See. Einzelne grüne Flecken brachten Farbe in das Bild.

Nur die Tatsache, dass auch hier nichts sinnlos herumlag, erinnerte ihn daran, wie durchorganisiert sie war. Markus öffnete ihre Schranktüren. Immer noch kein Chaos. Wenn sie irgendwo Unordnung hatte, dann definitiv nicht in ihrer Wohnung. Er fühlte sich unwohl dabei, so weit in ihren privaten Bereich vorzudringen, und schloss die Türen rasch wieder.

»Ich dachte, du wolltest einen Kaffee trinken.« Sie stand tatsächlich nackt in der Tür. Wasser tropfte aus ihren Haaren auf den Boden. Auf ihrer Haut hatte sich eine leichte Gänsehaut gebildet. Ein verführerischer Anblick.

»Ich habe mich umentschieden«, erklärte er und setzte sich auf den Bettrand. Wenigstens wieder etwas Widerspruch! Er streckte eine Hand nach ihr aus. »Komm her!«

»Nicht hier.« Sie deutete mit einem Kopfnicken in Richtung Wohnzimmer. »Die Tür war aus gutem Grund zu.«

»Zu unordentlich?«, neckte er sie.

»Zu privat«, gab sie kalt zurück und wich einen Schritt aus dem Schlafzimmer hinaus. Ihr schmaler Körper wirkte jetzt noch verletzlicher als sonst. Nur mit wenig essen konnte sie diese Figur sicher nicht halten, dazu wirkte sie zu durchtrainiert. Eher mit wahnsinnig viel Sport. Markus betrachtete sie eine Weile, während sie noch einen Schritt zurückwich.

»Wieso?«, reizte er sie weiter.

»Weil ich es nicht mit irgendwelchen Kerlen in meinem Schlafzimmer treibe. Das ist mein Zimmer. Also raus hier!«

Ihre Wut war faszinierend, genauso wie die Tatsache, dass sie sich offenbar nicht davon stören ließ, dass sie nackt vor ihm stand. Markus beugte sich etwas vor und blickte sie von unten her an. »Komm sofort her!«, befahl er leise und registrierte zufrieden den Schauder, der durch ihren Körper lief. Sie verschränkte die Arme vor der Brust.

»Du verstehst nicht wirklich, was das heißt, oder? Nein?« Sie hielt seinem Blick stand. Faszinierend.

»Nein.« Er konnte sich ein Grinsen nicht verkneifen. »Du kennst die Regeln. Sag dein Safeword oder nimm eine Strafe in Kauf. Ich werde dieses bockige Verhalten nicht länger akzeptieren.«

Sein ruhiger Tonfall verfehlte seine Wirkung nicht. Röte stieg ihr in die Wangen. Sie reckte das Kinn und warf dann lasziv ihre Haare zurück. »Versuch es.«

»Nur zu gern, Zuckerpüppchen.« Leider stand sie viel zu weit weg, um sie einfach zu packen und übers Knie zu legen. Sein Schwanz wurde ganz hart bei der Vorstellung, sie zu spüren. Ihre nackte Haut auf seiner Hose, ihr Zappeln, weil sie ihm noch entkommen wollte, seine Hand in ihrem Nacken. Markus atmete tief durch. »Oder möchtest du dich bei mir entschuldigen? Mir einen blasen, wie wäre es damit?«

Sie schnappte sichtbar nach Luft. »Vergiss es! Und jetzt komm raus da!«

»Dann komm und hol mich.« Ihre Blicke trafen sich. Sie durchschaute, dass es ein billiger Trick war, um sie in seine Nähe zu bekommen. Das sah er dem Funkeln in ihren Augen zu deutlich an. Dennoch machte sie einen Schritt auf ihn zu und streckte die Hand aus. Er spannte sich an und wartete auf den nächsten Schritt.

Ihre Hand legte sich auf sein rechtes Handgelenk. Ihr

Griff war erstaunlich fest. Andere Bilder von ihr tauchten in seinem Kopf auf. Felicitas, die ihm sagte, was er tun sollte. Felicitas, die ihre Macht über ihn auskostete und genoss. So wie nach dem Abend im Club.

Aber nicht jetzt. Er besann sich auf seine Rolle und packte sie, ehe sie reagieren konnte. Zu überrascht, um sich zu wehren, war sie ein leichtes Opfer. Er zog sie auf seinen Schoß und griff in ihren Nacken, um sie festzuhalten. Sie versteifte sich. Es war offensichtlich, dass sie es nicht genoss.

Was kein guter Anfang war. Außerdem hatte er ihr ein Versprechen gegeben. Und einmal abgesehen davon, er kannte diese Reaktion zu gut. Von damals, als er zu weit gegangen war. Markus hielt inne und betrachtete nachdenklich ihren Rücken. Ihre Muskeln zeichneten sich unter der Haut ab.

Zäh, das war ein Wort, das sie recht gut beschrieb. Zäh und unbeugsam. Sanft ließ er den Finger über ihre Wirbelsäule tanzen. Er rutschte auf dem Bett nach hinten und zog sie mit sich.

»Hier ist es doch viel schöner als dort draußen«, flüsterte er ihr ins Ohr und stupste mit der Nasenspitze gegen ihre Wange. »Ich will alles von dir sehen, mein Zuckerpüppchen. Ich bin nicht irgendein Kerl, das solltest du dir merken.«

Noch immer lag ein dunkler Schatten über ihrem Gesicht, als könnte sie es nicht glauben, dass er sie zu hart angefasst hatte. Sie schien irgendein echtes Problem mit dem Gedanken zu haben, sich einem Mann zu weit hinzugeben.

»Was ist das da?« Er deutete auf die Bilder an der Wand und zog sie zurück in seinen Arm, als sie aufstehen wollte. Er würde zu gern weitergehen und die Barrieren mit Gewalt einreißen, hielt sich nur mühsam davon zurück. So tief wollte er nie wieder sinken, und allein die Tatsache, dass sie diese starken Sehnsüchte in ihm hervorrief, sollte ihm eigentlich eine Warnung sein.

Sie brummelte etwas Unverständliches in das Kissen und blickte erst auf, als er unter ihr Kinn griff und sie dazu zwang, ihn anzusehen.

»Selbst gemalt?« Die Bilder hatten keine Signatur, also musste sie den Künstler entweder kennen – oder es selbst gemacht haben. Sie wurde rot, zuckte mit den Schultern und leckte sich über die Lippen.

»Früher mal. Ist ewig her. Ich hab immer ganz gerne gemalt. Nur ein Hobby, aber es hat mir geholfen, als ich ins Marketing eingestiegen bin«, erzählte sie schließlich und seufzte auf. »Kunst und all so was. Mochte ich schon immer, aber davon kann man ja nicht leben.«

»Und da liegt es natürlich nahe, BWL zu studieren und in die Werbung zu gehen«, kommentierte er und konnte sich ein Lächeln nicht mehr verkneifen. Auch über ihr angespanntes Gesicht huschte jetzt ein kaum sichtbares Lächeln. »Na, siehst du, geht doch. Jetzt lächelst du ja wieder.«

Markus zog mit dem Zeigefinger die kleine Falte nach, die sich von ihrem Mundwinkel aus nach oben zog. Es war ein wunderschönes Gefühl, sie zum Lachen zu bringen. Sie kuschelte sich an ihn und seufzte auf.

»Damals fand ich es tatsächlich logisch. Und wirklich schlecht habe ich nicht gewählt. Mir macht es Spaß. Wirklich.«

»Das würde ich nie bezweifeln.« Er hauchte ihr einen Kuss auf die Wange. »Aber?«

»Aber mein Chef ist ein sexistisches Arschloch, einer meiner Kollegen ein absoluter Widerling und auch ansonsten nervt mich gerade alles«, antwortete sie und bekam einen harten Zug um den Mund.

»Wieso machst du dann nicht etwas anderes?«

Ihm mochte diese Frage vielleicht logisch vorkommen, doch in dem Blick, den er von Felicitas auffing, stand purer Unglauben.

»Hör mal, ich arbeite für die beste Werbeagentur Deutschlands. Wir haben in den letzten Jahren so viele Preise abgeräumt wie kein anderer. Das gibt man doch nicht auf nur wegen ein paar dummer Machosprüche!« Ihre Lippen wurden zu einem dünnen Strich. »Ich komme schon klar. Nur manchmal wird es mir eben zu viel. Soll ja vorkommen, oder? Und dafür gibt es dann ja Kerle wie dich. Etwas Ablenkung für zwischendurch, das kann nie schaden.«

Sein Mund wurde ganz trocken bei dem Gedanken, dass sie wirklich nur etwas Abwechslung in ihm sah. Seltsam, denn genau das war es doch auch, was er in den Frauen normalerweise suchte. Abwechslung. Ein bisschen Spaß, der vom Alltag ablenkte, ein paar Stunden, in denen man alles um sich herum vergessen konnte.

Nein, das war eindeutig die falsche Richtung, in die sich alles entwickelte. Markus wickelte sich eine ihrer Haarsträhnen um den Zeigefinger. Er deutete auf die Fotoleinwand über dem Bett. »Und das da? Warst du dort selbst?«

»Patagonien«, sagte sie und zuckte mit den Schultern. »War mein bester Urlaub bisher. Ganz allein, nur mein Rucksack und ich. Lena hat sich sechs Wochen lang Sorgen gemacht, fürchte ich. Ein wenig leichtsinnig, ich weiß, aber ich musste einfach meine Ruhe haben.«

»Du wanderst?«

»Ich liebe es, draußen zu sein. Hauptsache weit weg

von jeder Zivilisation. Ich kann dir die Bilder zeigen, wenn du mir nicht glaubst.«

»Yukon Trail«, murmelte er in ihre feuchten Haare. »Mit dem Huskyschlitten.«

»Davon träume ich, seit ich denken kann«, fuhr sie fort. »Leider kann ich in der Wohnung keine Hunde haben, das geht einfach nicht. Ich habe schon ein paarmal überlegt, deshalb aufs Land zu ziehen, aber allein in einem Haus? Das wäre mir dann doch zu einsam auf Dauer.«

»Ich habe fünf Huskys«, erzählte er ihr und schob das schlechte Gefühl zur Seite. Er war nur irgendein Kerl für sie, das hatte sie gerade eben ja mehr als deutlich gemacht. Er musste wirklich aufpassen, ehe er wieder in dieselbe Falle lief wie damals. Gefühle wurden viel zu hoch aufgehängt, wenn es nach ihm ging. Er fickte. Und das war alles. »Ich hätte gerne mehr. Und ich habe gerade damit angefangen, für den Yukon Trail zu planen. Nächstes Jahr, wenn alles gutgeht. Ist gar nicht mal so einfach, die Hunde in die USA rüberzubekommen.«

»Da könnte man fast neidisch werden.« Wieder versuchte sie, aus seinem Griff zu entkommen, doch Markus hielt sie fest. Sie boxte ihm spielerisch gegen die Brust.

»Nicht so wild, meine Zuckerpuppe. Dir ist doch hoffentlich klar, dass ich das nicht dulden kann, oder?« Zärtlich küsste er sie auf die Stirn und zog sie an sich, als sie versuchte, sich zu wehren. »Wenn wir jetzt bei mir wären, würde ich dich fesseln. Und dann so lange vögeln, bis du endlich brav bist.«

Ihr helles Lachen war die pure Herausforderung. »Wie gut, dass wir nicht bei dir sind«, gab sie zurück und schaffte es irgendwie, sich aus seinem Arm herauszuwinden. Nur Sekunden später saß sie über ihm. »Und jetzt, großer Meister?« Ihre Augen funkelten. »Wer fickt hier wen?«

»Baby, wenn du wüsstest.« Mühsam kämpfte er das Verlangen zurück, den Wunsch, sie einfach auf das Bett zu werfen und zu nehmen. Nein, so kam er bei ihr nicht weiter. »Vielleicht gefällt es mir ja, was du gerade tust?«

Sie bewegte provozierend die Hüften und warf den Kopf in den Nacken. Wassertropfen lösten sich aus ihren feuchten Haaren und liefen ihr über den Körper. Ihre Nippel waren hart geworden. Er konnte sich kaum erinnern, jemals eine Frau so verführerisch gefunden zu haben.

»Ich dachte, du gibst hier den Ton an?« Der Spott in ihrer Stimme war von Erregung begleitet.

Markus griff an ihre Brüste und strich über die harten Nippel. Sie presste die Lippen zusammen und atmete schneller. »Heute vielleicht«, erwiderte er. »Aber das kann morgen schon wieder ganz anders aussehen.«

Die Röte auf ihren Wangen wurde intensiver. Der harte Zug um ihren Mund verschwand. Es war unglaublich, wie wunderschön sie war, wenn die Anspannung weg war und sie sich vollkommen gehen ließ.

»Was soll das heißen?« Ihre Stimme war ein heiseres Flüstern. Sie hatte die Augen halb geschlossen, wirkte, als könnte sie selbst kaum glauben, dass sie mit ihm über solche Dinge sprach.

»Ich mag unartige Mädchen«, sagte er und griff fester zu. Ihre Brüste waren klein und straff, genau richtig, um damit zu spielen. Ihre harten Nippel zu fühlen, schickte die Erregung geradewegs durch seinen ganzen Körper. »Oder um es klar und deutlich auszudrücken: Ich liege gerne oben. Aber ab und zu liege ich auch gerne unten. Oder auch: Ich habe meinen Spaß daran, Frauen zu dominieren. Und ab und zu lasse ich mich dominieren.«

Ihr Gesichtsausdruck war köstlich. Er nutzte ihre Verwirrung, um mit einer Hand über ihren flachen Bauch nach unten zu streichen und zielgerichtet zwischen ihre Beine zu greifen. Markus fühlte ihre Feuchtigkeit auf seinen Fingern und grinste breit.

»Sehr gut, Sugar, du bist also feucht. So muss das sein«, erklärte er und drang in sie ein. Sie setzte ihm erstaunlich wenig Widerstand entgegen. Ihre Leidenschaft war überwältigend. »Beschwer dich nur nicht, wenn es dir nachher unbequem wird. Ich hätte dich auch hier gefickt.«

Mit diesen Worten zog er sich aus ihr zurück und schob ihren Körper von sich herunter. Sie starrte ihn an, schien immer noch nicht ganz zu verstehen, was er ihr hatte sagen wollen – und keuchte überrascht auf, als er ihren Arm packte und sie nach oben zog.

»Komm mit, meine kleine Zuckerpuppe. Ich gebe dir noch genau eine Chance. Wenn du ab jetzt brav bist und machst, was ich sage, bin ich vielleicht gnädig mit dir.« Er hielt sie fest, während er aufstand, und zerrte sie dann mit sich hinüber in das Wohnzimmer. »Aber auch nur dann, meine kleine Hexe.«

11

Selten hatte sie sich so lebendig gefühlt wie in diesem Augenblick. Jede Faser ihres Körpers schien zu vibrieren. Felicitas versuchte, sich gegen ihn zu wehren, aber er schob sie unerbittlich hinüber in das Wohnzimmer.

Und wenn sie ehrlich war, wollte sie sich auch gar nicht allzu sehr gegen ihn wehren. Nur ein bisschen, damit er sich nicht zu gut vorkam dabei. Markus drückte ihren Oberkörper auf den Esstisch und legte ihr eine Hand in den Nacken.

»Nun, ist dir das lieber als in deinem Bett?«, fragte er zynisch und bedeutete ihr mit einem leichten Fußtritt gegen ihren Unterschenkel, die Beine zu spreizen.

Was sollte sie dazu schon sagen? Es hatte ihr nicht gefallen, dass er einfach so in ihr Schlafzimmer gegangen war, das war richtig. Es war ihr Schlafzimmer, ihr Rückzugsort. Kein Ort, an den sie Erinnerungen binden wollte. Felicitas schluckte und schloss die Augen. Mit einer Hand hielt er ihre Arme auf dem Rücken, die Hand in seinem Nacken dagegen griff noch fester zu. Beinahe schmerzhaft stark bohrten sich seine Fingerkuppen in ihre Haut.

»Ist es dir lieber, wenn ich dich hier ficke, einfach nur schnell und hart? Willst du das?« Er klang heiser, also erregte ihn diese Vorstellung.

Und sie fand es auch nicht zu schlecht, das musste sie zugeben. In ihrem Unterleib pochte es verlangend. Auch wenn die Tischkante in ihre Hüfte schnitt und der Holztisch eine unbequeme Unterlage war, es hatte etwas. Sein Verlangen zu spüren, einfach nur sein pures Verlangen, das war eine erstaunlich gute Vorstellung.

»So still auf einmal?« Er stellte sich zwischen ihre Beine. Der Stoff seiner Jeans rieb an ihrer nackten Haut. Felicitas konnte seine Erregung spüren. Er war bereits hart. Die Vorstellung, dass er sie jetzt nehmen würde, war definitiv gut.

»Zu schade, dass ich nichts habe, um dich zu fesseln.« Er leckte sich hörbar über die Lippen. »Eine kleine widerspenstige Sub wie du braucht eine härtere Behandlung, findest du nicht?«

Statt einer Antwort entfuhr ihr ein leises Wimmern. Die Vorstellung war übermächtig. Markus, der in sie eindrang, sie mit all seinem Verlangen in Besitz nahm. Felicitas schnappte nach Luft.

»Los, sag mir, was ich mit dir machen soll!«, forderte er sie auf und ließ ihren Nacken los. Er fuhr ihre Wirbelsäule entlang nach unten und griff dann energisch zwischen ihre Beine. Felicitas drückte sich gegen seine Finger. »Ich will es von dir hören!«, wiederholte er und drang spielerisch leicht in sie ein.

Felicitas bewegte ihre Hüften und rieb sich an ihm, aber er schaffte es, ihr geschickt auszuweichen. Sein Finger ruhte still in ihr. »Bitte«, flehte sie und presste dann die Lippen zusammen.

»Na, komm schon! Soll ich dich ficken? Dann bitte mich darum!« Seine raue Stimme jagte ihr einen Schauder über den Rücken. Langsam zog er sich aus ihr zurück, nur um dann mit zwei Fingern wieder in sie einzudringen. Felicitas konzentrierte sich auf ihren Atem, um das Verlangen zurückzudrängen.

Nein, so einfach würde sie es ihm nicht machen.

»Oh, auf einmal so verschämt?« Wieder ruhten seine Finger in ihr. Felicitas spürte das Pochen in ihrem Unterleib umso intensiver. Sie wimmerte leise auf.

»Ich will hören, wie sehr du mich begehrst.« Er beugte sich leicht über sie, denn sie konnte seinen warmen Atem an ihrem Rücken spüren. Ihre Knie zitterten. Seine Finger zogen sich aus ihr zurück. Immer noch hielt er mit einer Hand ihre Arme auf dem Rücken fest.

Ihre Erregung wuchs, als sie hörte, wie er den Reißverschluss seiner Hose öffnete. Nur Augenblicke später spürte sie seine Eichel an ihrem Kitzler. Er hielt sich nicht mit einem langen Vorspiel auf, sondern drang in sie ein.

Genau so, wie er es angekündigt hatte, stürmisch und leidenschaftlich und beinahe rücksichtslos. Felicitas wurde gegen die harte Tischkante gedrückt. Sie hatte ihm nichts entgegenzusetzen. Der Griff um ihre Arme wurde noch stärker. Er hielt sie fest, nahm ihr jede Bewegungsfreiheit, während er in sie stieß.

Für einen Moment glaubte sie, beinahe ohnmächtig zu werden, von seinem Verlangen einfach fortgerissen zu werden und nirgendwo mehr Halt zu finden. Er hielt nicht inne, um ihr Luft zu gönnen, sondern drängte ihr seinen Rhythmus auf. Sein Verlangen.

Es fühlte sich unbeschreiblich gut an.

* * *

Ohne jede Vorwarnung zog er sich aus ihr zurück. Felicitas stöhnte verzweifelt auf. Das konnte er nicht tun.

Nicht gerade jetzt! Nicht jetzt, da sie kurz vor dem Orgasmus gewesen war!

»Blas mir einen!«, befahl er und drehte sie herum. Er lächelte sie an, teuflisch und mit einem nicht mehr zu ignorierenden Schalk in den Augen. »Du hast dir keinen Orgasmus verdient, so wie du dich heute benommen hast.«

Ein Schwall kalten Wassers hätte sie nicht mehr aus ihren Träumereien reißen können. Zwischen ihren Beinen pochte es verlangend. Sie fühlte ihre eigene Feuchtigkeit, die Wärme, die Lust. Ihr eigenes unerfülltes Verlangen.

Herausfordernd hob sie das Kinn und erwiderte seinen Blick. Seine rechte Hand hielt immer noch ihre Handgelenke hinter ihrem Rücken gepackt. Mit der Linken griff er unter ihr Kinn.

»Du bist unbeschreiblich sexy, wenn dir etwas nicht passt«, flüsterte er und deutete einen Kuss an. »Zier dich nicht, Zuckerpüppchen. Das bekommt dir nicht gut, das kann ich dir versprechen.«

Die Gier in ihr reagierte auf seine Worte, ehe ihr Verstand sich einschalten konnte. Nur kurz zögerte sie, dann ging sie vor ihm auf die Knie. Die Härte des Parkettbodens nahm sie nur am Rande wahr. Seine Hand gab ihre Arme frei und legte sich dafür auf ihre Schulter. Die andere Hand krallte sich in ihre offenen Haare und führte ihren Kopf.

»Ich warte nicht allzu lange. Du solltest besser dafür sorgen, dass ich zufrieden bin, wenn du heute noch kommen willst.«

Er stieß gegen ihre Lippen. Die Selbstverständlichkeit, mit der er sich nahm, wonach ihm war, lullte sie ein. Trotzdem kostete es sie Überwindung, seinem Befehl wirklich zu folgen. Sie hatte das noch nie gern getan, einen Mann mit ihrem Mund verwöhnen. Oder wie auch immer sie dazu sagen sollte. Und der Gedanke, dass Markus gerade eben noch in ihr gewesen war, machte es nicht besser.

»Und wehe dir, irgendetwas geht daneben«, drohte er düster. »Ich merke mir deine Verfehlungen, mein Püppchen. Und früher oder später kommt der Tag, an dem du dafür wirst büßen müssen.«

Er meinte jedes Wort davon ernst, das spürte sie. Seine Drohung jagte ihr Schauder über den Rücken. Sie blickte zu ihm hoch, direkt in seine grün schimmernden Augen. Sein dunkler Blick war voller Lust. Und Erwartung. Er schien es kaum erwarten zu können, sie in Besitz zu nehmen.

Wortlos zog er ihren Kopf etwas mehr in den Nacken. Sein Gesicht kam ihr jetzt hart vor. Sein männliches Kinn passte so unwahrscheinlich gut zu seinen hohen Wangenknochen. Seine Lippen glänzten sinnlich und feucht. Ob er sie auch irgendwann einmal auf diese Weise verwöhnen würde?

Er kniff die Augen zusammen. Sie verstand die Drohung hinter dieser Geste, ohne dass es weitere Worte brauchte, und öffnete vorsichtig die Lippen. Sofort drang er in sie ein, ohne ihr lange Zeit zu geben, sich an dieses Gefühl zu gewöhnen.

Es war offensichtlich, dass er ihr gerade demonstrierte, wie viel Macht er über sie hatte. Felicitas kämpfte gegen den Drang, sich irgendwie aus seinem Griff zu befreien. Er stieß in ihren Mund und kümmerte sich nicht darum, dass sie kaum noch Luft bekam. Das Verlangen, das er auch zuvor gezeigt hatte, lebte er jetzt ungezügelt aus.

Sie schmeckte ihre eigene Lust auf seinem Schwanz. Es war ein seltsamer Gedanke, einer, der sie einerseits abstieß – und der andererseits die Lust in ihrem Körper noch mehr anfachte. Es war unerhört, was er tat, und es war unerhört gut.

Felicitas schloss die Lippen fest um ihn, begann, mit der Zungenspitze sanft an seiner weichen Haut auf und ab zu gleiten, während er in sie stieß. Sie entlockte ihm damit ein leises Stöhnen. Bald wurde er langsamer, gab ihr die Gelegenheit, ihre Zunge über ihn tanzen zu lassen. Er lockerte den Griff um ihr Haar ein wenig und schenkte ihr mehr Freiheit.

Sie dankte es ihm, indem sie ihre Finger mit zu Hilfe nahm. Vorsichtig streichelte sie über seine Hoden und griff fester zu, als er zustimmend aufstöhnte. Ihre Zungenspitze stieß gegen seine Eichel, drängte sich in die kleine Öffnung an der Spitze und streichelte über sein Glied, sobald er wieder in sie drang. Sie vergaß, dass sie das niemals hatte tun wollen. Es war wunderbar, seine Reaktionen zu spüren, seine unverfälschte Lust.

Sein Glied pulsierte unter ihren Lippen. Mit der Zunge spürte sie die Adern, strich zärtlich über die weiche Haut und leckte ihm ungestüm über die Eichel. Er ließ zu, dass sie an ihm spielte, sanft an ihm knabberte, mit ihren Lippen an ihm saugte und ihn in den Wahnsinn trieb.

Dann machte er ihrem neckischen Treiben ein Ende. Wieder packte er ihr Haar fester und drang in sie. Sie spürte, dass er kurz vor dem Höhepunkt war. Ein Hauch von Ekel und Angst kam in ihr auf. Das war es immer gewesen, was sie an dieser ganzen Sache am abstoßendsten gefunden hatte. Sie mochte weder den Geschmack von Sperma noch den Gedanken, es im Mund zu haben.

Markus ließ ihr jedoch keine Wahl. Sein Griff wurde unerbittlich. Sie konnte sich nicht gegen ihn wehren. Alles, was ihr noch übrigblieb, war, sich zu entspannen und sich auf das vorzubereiten, was unweigerlich kommen würde.

Sein bitterer Geschmack füllte ihren Mund. Der Drang, es einfach auszuspucken, wurde übermächtig. Ihr blieb die Luft weg. Er stieß weiterhin in sie, weniger stark als zuvor. Die Drohung stand immer noch deutlich im Raum. Felicitas ergab sich seinem Verlangen und schluckte.

»Gut gemacht, mein Zuckerpüppchen«, lobte er sie und strich ihr liebevoll über die Wange. Seine Hand blieb unter ihrem Kinn liegen. »Und jetzt reden wir noch einmal darüber, was ich von dir erwarte. Möchtest du mir irgendetwas sagen?«

Sein Lob war Balsam auf ihrer Seele und beruhigte ihr wild schlagendes Herz. Felicitas schloss die Augen. Es fühlte sich einfach nur richtig an, ihm zu gehorchen. Er zog sich aus ihr zurück und streichelte über ihre Lippen. Seine Berührung hinterließ ein brennendes Kribbeln.

»Es tut mir leid«, murmelte sie und hoffte darauf, dass ihn das dazu brachte, auch ihr einen Höhepunkt zu schenken. Er lachte leise auf und zog seine Hose hoch. Eindeutiger konnte es nicht sein, oder?

Die Tatsache, dass sie vor ihm kniete, wurde ihr mit einem Mal deutlich bewusst. Er stand vor ihr, angezogen und überlegen, während sie zu seinen Füßen kauerte. Sie wollte aufstehen, doch er war schneller. Seine Hand auf ihrer Schulter hielt sie zurück.

»Was tut dir leid, Subbie?«, fragte er sanft nach. »Dass du unwillig warst? Ich habe es genossen. Ich mag es, wenn du mir einen guten Grund gibst, um dich zu bestrafen.«

Nein, irgendetwas lief hier falsch. Felicitas schüttelte

den Kopf, fühlte sich hilflos und fremd. Sie hatte keine Ahnung, was er von ihr wollte. Oder wie sie reagieren sollte. Er hatte ihren ganzen Widerstand einfach gebrochen mit seiner Leidenschaft.

»Und außerdem ist es umso schöner, wenn ich weiß, dass ich mir deine Unterwerfung erst habe verdienen müssen«, erklärte er und zwinkerte ihr zu. »Komm hoch! Ich will dich.«

Er zog sie nach oben, ehe sie reagieren konnte, und drückte sie mit dem Rücken nach unten auf den Tisch.

»Nimm die Beine hoch!«, befahl er und zog endlich sein Poloshirt aus. Allein dass er ihr erlaubte, ihn zu sehen, seine Muskeln spielen zu sehen, war Belohnung genug. Felicitas konnte es kaum fassen, dass sie ihm wirklich gehorchte und die Beine nach oben zog. Sein Blick war brennend und voller Begehren zwischen ihre Beine gerichtet.

Sich ihm so offen und ungeschützt zu zeigen war erregend. Ihr Herz schlug schneller, als er auch den Rest seiner Kleidung loswurde. Er war schon wieder steif. Nur kurz spielte sein Daumen an ihrem Kitzler, ehe er in sie drang.

Sie war mehr als nur bereit für ihn. Sie konnte es kaum erwarten, dass er sie mit seinen Stößen zum Höhepunkt brachte. Er offenbar auch nicht, denn er stieß hart und tief in sie. Markus spiegelte ihre Lust, nahm ihre Bewegungen auf und gab ihr genau das, was sie jetzt brauchte.

Mit einer Hand hielt er ihre Arme über dem Kopf fest, die andere legte er auf ihren Hals, ohne zuzudrücken. Aber allein der Gedanke daran, dass er es tun könnte, ließ das Adrenalin durch ihre Adern schießen. Ihr Verlangen nach ihm wurde immer stärker.

Felicitas gab auch den letzten Widerstand auf. Es

hatte keinen Sinn. Sie ließ sich einfach von ihm treiben, in einen Orgasmus, der ihren ganzen Körper zum Beben brachte, in eine Welt, in der die einzige Verbindung zur Wirklichkeit seine heftigen Stöße waren. Er und der Halt, den er ihr gab.

* * *

Seine schützende Umarmung tat gut. Er hielt sie fest und küsste sie aufs Haar, den Nacken, die Ohren. Jede Stelle ihres Körpers, die er erreichen konnte, ohne sie loszulassen.

Zum Glück war ihre Couch groß genug für sie beide. Felicitas liebte dieses Gefühl seiner Wärme neben sich. Sie liebte seinen Geruch, der jetzt durchsetzt war von Lust und Sex. Sie liebte seinen ruhigen Atem.

»Bleibst du?«, fragte sie schließlich leise und krallte die Finger in die wenigen Härchen auf seiner Brust. »Über Nacht, meine ich?«

»Soll ich?«, fragte er zurück und hielt nicht ein mit seinen Küssen. »Aber ich schlafe nicht auf der Couch, nur dass das klar ist.«

Sie kicherte leise. »Unsinn, natürlich nicht. Aber mein Bett ist groß genug für uns beide.«

»Ich dachte, in dein Schlafzimmer darf ich nicht.«

Sie liebte dieses schelmische Grinsen, das bis zu seinen Augen reichte. Markus hatte Charme, keine Frage, und er wusste, wie er ihn einsetzen musste.

Felicitas ignorierte das schlechte Gefühl in ihrem Magen und erwiderte das Lachen. »Vielleicht mache ich für dich eine Ausnahme.«

»Soll ich mich geehrt fühlen?«

»Das kannst du dir jetzt aussuchen.« Sie küsste ihn

schnell und kurz auf die Stirn. »Vielleicht bin ich auch nur egoistisch. Ich brauche Ablenkung, morgen wird ein verflucht harter Tag. Mein Job ...«

»Scht«, machte er und legte einen Zeigefinger auf ihre Lippen. »Vergiss deinen Scheißjob für heute Nacht. Ich dachte, ich hätte dir gerade jeden Gedanken daran aus dem Kopf gevögelt. Aber offenbar hast du noch nicht genug?«

Sie schüttelte den Kopf. Er beugte sich zu ihr, griff mit der Hand unter ihr Kinn und küsste sie, ehe sie sich wehren konnte. Seine Lippen pressten sich mit aller Gewalt auf ihre. Seine Zungenspitze drang in ihren Mund, spielte an ihrer Zungenspitze, schickte Schauer von Erregung durch ihren Körper. Er schmeckte wahnsinnig gut. Nach Lust. Und mehr.

»Dann habe ich meinen Job nicht gut gemacht«, sagte er schließlich und löste sich schwer atmend von ihr. »Ab ins Bett mit dir. Ich will dich von hinten. Bis dir alle Sinne vergehen.«

Das klang gut. Felicitas hing an seinem Blick. Er stand auf und nahm sie auf seine Arme, trug sie hinüber in ihr Bett und warf sie auf die Matratze.

»Auf alle viere, Subbie«, befahl er mit heiserer Stimme und schnalzte mit der Zunge, als sie nicht schnell genug reagierte.

Herausfordernd wackelte sie mit dem Hintern, was er mit einem Lachen kommentierte.

»Verführerisch, Subbie, verführerisch«, sagte er dann und machte keine Anstalten, sich hinter sie zu knien. »Und irgendwann wirst du mich darum bitten, dass ich dir diesen süßen Hintern versohle, bis er rot glüht und du nicht mehr sitzen kannst. Aber bis dahin belasse ich es dabei, dich zu ficken.«

Sie konnte sich nicht vorstellen, dass irgendjemand sonst es so gut beherrschte, mit ihr und ihrer Lust zu spielen. Felicitas wimmerte eine Bitte in ihr Kissen, die gar nicht dazu gedacht war, von ihm verstanden zu werden. Er tat trotzdem genau das, was sie wollte.

Er kniete sich hinter sie und nahm sie noch einmal. Mit aller Leidenschaft, die er aufbringen konnte. Und so lange, bis ihr alle Sinne schwanden.

12

Felicitas sank neben ihrer besten Freundin ins Gras und grub die Zehen in die weiche, leicht feuchte Erde. Es fühlte sich gut an, wieder echtes Gras unter den Füßen zu spüren. Sie hatte ihre Schuhe am Rand der Rasenfläche ausgezogen und war den Rest barfuß gegangen.

Endlich Sommer, oder wenigstens Frühsommer! Eigentlich war es noch viel zu kalt für ein Picknick im Park, doch davon wollten sie sich nicht abhalten lassen. Seit Jahren eröffneten sie den Sommer mit einem gemeinsamen Picknick im Englischen Garten, und diesmal hatte Lena die Tradition nicht gebrochen. Keine Spur von Sebastian.

Sie umarmte ihre Freundin kurz und nahm dann ein Sektglas von ihr entgegen. Sie prosteten sich zu.

»Und, wie läuft's?«

Felicitas hörte genau heraus, worauf Lena hinauswollte. Es gab nur eine Sache, die sie brennend interessierte: wie es zwischen ihr und Markus stand. Sie trank ihren Sekt und grinste ihre Freundin breit an. »Keine Sorge, es läuft. Wie immer eben.«

Lena verdrehte die Augen. »Zwischen dir und Markus.«

»Weiß ich, dass du das meinst.« Sie beobachtete Lena aus dem Augenwinkel. Sie wirkte viel entspannter als früher. Ihre Kleidung strahlte eine feminine Eleganz aus. Insgesamt schien sie erstaunlich zufrieden. »Du und Basti?«

»Wie immer eben«, gab Lena zurück und streckte ihr die Zunge heraus. Ein glückliches Leuchten erschien in ihrem Gesicht. Konnte man nach einem Jahr wirklich noch so über beide Ohren verliebt sein? »Du brauchst mir nicht zu sagen, dass du nichts von ihm hältst.«

Felicitas beschränkte sich auf ein nichtssagendes Schulterzucken. Sie hatte Lena oft genug bequatscht, diese seltsame Beziehung zu Sebastian abzubrechen, das stimmte. »Hat der feine Herr denn inzwischen einen Job?«

Der vorwurfsvolle Unterton in ihrer Stimme entlockte Lena ein leichtes Knurren. »Nein, hat er nicht. Du kennst ihn. Er ist unglaublich chaotisch, was das angeht, und er hat eben keine Ahnung, was genau er mit seinem Leben anfangen soll. So etwas dauert.« Lena streckte sich aus und räkelte sich zufrieden auf der Picknickdecke. »Er hat ein paar Ideen, aber noch nichts Konkretes.«

Felicitas schnaubte. Lena war einfach viel zu gut für diese Welt! Selbst wenn man ihr direkt ins Gesicht sagte, dass man sie nur ausnutzen wollte, sie würde es mit sich machen lassen! »Oh, wunderbar. Der feine Herr liegt also zu Hause auf der faulen Haut, während du arbeitest? Und wenn du nach Hause kommst, schnipst er mit den Fingern und du fällst vor ihm auf den Boden? Himmel, Lena, wach auf!«

Ihre Freundin brauchte erstaunlich lange für eine Antwort. »Du siehst das alles viel zu einfach, Feli. Basti gibt mir den Rückhalt, den ich brauche. Er glaubt an mich. Und ich kann mich um ihn kümmern. Ich brauche jemanden, für den ich das tun kann. Wir passen zueinander. Er gibt mir, was ich brauche, und ich tue für ihn, was ich kann.«

»Was für ein Quatsch! Du lässt dich ausnutzen!« Felicitas stürzte ihren Sekt hinunter. Jedes Mal, wenn sie auf Basti zu sprechen kamen, endete es beinahe im Streit. Von dieser Beziehung hielt sie nichts, von dem Sex, den die beiden hatten, ganz zu schweigen.

Lena zuckte mit den Schultern. »Nein, Feli, wirklich nicht. Ich liebe das Gefühl, für ihn da sein zu dürfen.«

»Du lässt dich ausnutzen und findest das auch noch gut? Schon mal was von Emanzipation gehört, Lena? Davon, dass es besser ist, eigenständig zu sein? Du machst dich von ihm abhängig!« Felicitas rupfte wütend ein paar Grashalme ab. Eigentlich war sie ja auch nicht besser, nicht viel jedenfalls. Wenn sie nur daran dachte, dass sie sich tatsächlich von Markus hatte herumkommandieren lassen! Mehr konnte man mit seinen eigenen Prinzipien nicht brechen, oder?

»Du und ich, wir sind eben grundverschieden. Schon immer gewesen.« Lena streckte die Hand aus und legte sie auf ihren Oberarm. »Ich habe immer jemanden gebraucht, um den ich mich kümmern kann. Dich. Max. Sebastian. Ist doch okay, oder? Du brauchst jemand ganz anderen. Jemanden wie Markus.«

»Red keinen Unsinn, Lena. Du weißt ganz genau, warum ich niemals eine feste Beziehung zu irgendwem haben werde. Den Schuh ziehe ich mir nicht an.« Das fehlte ihr noch, dass Lena wieder damit anfing! Lena sollte erst einmal ihr eigenes Leben auf die Reihe bekommen, und nicht in ihrem Leben herumpfuschen!

»Oh, komm schon! Wie alt bist du, Feli? Vierunddreißig? Du solltest langsam darüber hinwegkommen. Das ist ewig her. Und nicht jede Beziehung muss so enden!«

»Und was ist mit Max und dir? Das Traumpaar schlechthin, und nach zehn Jahren – Ende. Zack, finito, aus der Traum!« Die Wut brannte immer noch in ihr, diese unglaubliche, alles verzehrende Wut – und die Angst davor, noch einmal verlassen zu werden. Dieser eine Tag, an dem ihre heile Welt aufgehört hatte zu existieren – was würde sie darum geben, um das ungeschehen zu machen?

»Ach ja? Und was genau hast du gerade in deinem Leben, das es so besonders macht?«

Lena klang fast ein wenig schnippisch dabei. Felicitas verdrehte die Augen. »Arbeit, Sex, Reisen. Mehr braucht der Mensch nicht. Ich habe alles, was ich je gewollt habe. Ich war so ziemlich überall, wo ich je hinwollte. Neuseeland. Australien. Thailand. Patagonien. Bali. Ecuador. Ohne Mann und ohne Kind an der Backe. Ich habe einen Job, der mir gefällt. Und ich habe mir das alles selbst erarbeitet. Meinst du, das gebe ich für irgendeinen Kerl auf?«

Beruhigend legte Lena ihr die Hand auf den Arm. »Süße, ich weiß, du hast echt was geleistet. Darauf kannst du auch stolz sein. Aber das kann doch nicht wirklich alles sein, oder? Und Markus? Ihr passt so gut zusammen!«

»Meine Güte, Lena, wir haben miteinander geschlafen, wenn du es unbedingt wissen willst.« Es war erstaunlich, dass Lena immer noch rot wurde, obwohl sie es doch war, die in irgendwelchen SM-Clubs ein und aus ging! »Aber er hat den unglaublichen Vorteil, eine gute Nummer nicht mit Liebe zu verwechseln. Etwas Festes ist das noch lange nicht zwischen uns. Und wenn ich es mir recht überlege, sollte ich mir am Wochenende mal wieder einen neuen Kerl suchen. Ehe Markus noch denkt, er könnte irgendwelche Ansprüche auf mich erheben.«

»Bitte, tu das nicht.« Lena wirkte auf einmal weniger aufgebracht als besorgt. »Du würdest ihm das Herz brechen.«

Felicitas lachte hell auf. »Was für ein Unsinn, Lena. Markus und das Herz brechen? Dem? Im Leben nicht!«

Ihre Freundin griff nach der Sektflasche und schenkte ihnen nach, ein klares Manöver, um Zeit zu gewinnen. »Ich glaube schon. Ich kenne ihn jetzt doch schon eine Weile. Er mag dich.«

»Fällt dir auf, was für einen Unsinn du gerade von dir gibst? Du hast heute noch keinen vernünftigen Satz gesagt, Süße.«

»Das ist kein Unsinn, Felicitas. Ich weiß nicht, was Markus erlebt hat, aber irgendetwas in seinem Leben hat ihn dazu gebracht, sich zu verschließen. Basti weiß es, aber er hält dicht.« Lena schlürfte ihren Sekt und blickte nach oben in die Baumkronen. »Ich weiß auch nicht. Soll ich dir etwas über ihn verraten?«

Wollte sie es wirklich wissen? Je mehr sie von ihm erfuhr, desto enger fühlte sich die Schlinge um ihren Hals an. Sie wollte keine Beziehung. Nicht mit ihm und nicht mit irgendeinem anderen!

»Weißt du, Feli, Markus ist nicht halb so cool, wie er tut. Ich habe manchmal den Eindruck, dass er einfach selbst nicht so ganz weiß, wo er steht. Er braucht Halt. Er braucht jemanden wie dich, jemanden, der Ordnung in sein Leben bringt.« Der ernste Tonfall ihrer Freundin gefiel ihr gar nicht. Es war, als würde Lena damit weiter an der Schlinge ziehen. »Das ist nicht halb so einfach wie bei Basti und mir. Wir wissen, wo wir stehen. Aber Markus ... hat er dir schon gesagt, worauf er so steht?«

Nein, so etwas wollte sie gar nicht wissen! Es war okay so, wie es war. Felicitas schüttelte den Kopf und kämpfte gegen die Neugier an. Am liebsten hätte sie Lena ausgequetscht wie eine Zitrone. Seit seinen Andeutungen konnte sie nur noch darüber nachdenken, als ob sie keine wichtigeren Probleme in ihrem Leben hatte. Die Vorstellung von Markus, der sich ihr unterwarf, der tat, was sie wollte, spukte in ihrem Kopf herum.

Aber das widersprach all ihren Grundsätzen.

»Markus ist nicht nur bi, sondern auch Switcher. Manchmal habe ich das Gefühl, er war auch mal ein klein bisschen in Basti verliebt.« Lena kicherte verhalten. »Weißt du, Süße, Markus ist eine ziemlich komplexe Person. Er braucht endlich jemanden wie dich, als Anker. Jemanden, der ihm Rückhalt gibt. Jemanden, der weiß, wohin er will in seinem Leben. Markus hat einfach nichts, Süße.«

»Willst du mir damit sagen, dass ich diesen Mann nicht nur mit der gesamten Frauenwelt, sondern auch mit sämtlichen schwulen Männern dieses Planeten teilen müsste?«, schlussfolgerte Felicitas und schnappte nach Luft. Das beklemmende Gefühl in ihr wurde immer stärker. Also nicht nur, dass sie bei jeder hübschen Frau Eifersuchtsanfälle aushalten müsste, nein, das reichte wohl nicht? »Das macht ihn nicht unbedingt attraktiver. Und du weißt sehr genau, wieso.«

Ein tiefer Blick aus Lenas Augen traf sie. Diesen Blick hatte sie schon zu Schulzeiten gehasst, genau wie Lenas unglaublich treffsichere Art, ihre heimlichsten Gefühle zu ahnen. Gut, sie waren Freundinnen seit dem Sandkasten, da war das wohl normal. »Wenn er denn jemanden finden würde, den er in sein Herz lässt, wäre Markus der Letzte, der denjenigen hintergeht. Er hat ein Herz aus

Gold, dieser Mann. Aber ehe er das zeigt, beschränkt er sich selbst. Ich sage doch, dass er Angst vor irgendetwas hat.«

Felicitas verdrehte die Augen. »Es gibt keinen Grund, Mitleid mit ihm zu haben. Der Mann ist mit dem goldenen Löffel im Mund geboren worden. Er braucht nur irgendwo aufzutauchen und kann sich vor Frauen nicht mehr retten. Meine Güte, Lena, alles, was er braucht, ist ein Dämpfer für sein Ego.«

Wieder lachte Lena hell auf. »Oh, das auch, keine Frage. Darum finde ich ja, dass ihr gut zusammenpasst. Du würdest ihm den Kopf schon waschen, wenn es sein muss!«

Energisch griff Felicitas nach der Sektflasche und schenkte ihre Gläser wieder voll. »Vergiss es, Lena. Und du weißt genau, wieso, also versuch es nicht mal. Ich lasse dich in Ruhe mit deinem Basti. Also lass du mich auch in Ruhe, klar?«

Lena hob die Augenbrauen, sagte jedoch nichts mehr und wechselte dann das Thema.

Felicitas war selten so erleichtert gewesen wie in diesem Moment.

* * *

Nachdem sie die Sektflasche geleert hatten, hatte Lena tatsächlich noch einen Rotwein aus ihrem Picknickkorb geholt. Felicitas wollte lieber nicht darüber nachdenken, wie sie morgen früh aufstehen und es ins Büro schaffen sollte. Dazu war der Abend viel zu schön. Die Augenblicke allein mit ihrer besten Freundin waren selten geworden, seit Lena diese seltsame Beziehung mit Basti hatte.

»Sag mal, Lena ...« Ihr Kopf schwirrte. Sie wusste,

dass sie eigentlich viel zu weit ging. Und nüchtern hätte sie sich niemals getraut, sie zu fragen. Aber der Alkohol schaltete ihren Verstand gerade sehr wirksam aus. »Was genau findest du an der Beziehung zu Basti?«

Lena zuckte unbekümmert mit den Schultern. Ihre Wangen waren vom Alkohol gerötet. »Du verstehst es ja doch nicht«, gab sie dann zurück. »Lass mich einfach, okay?«

»Nein, ernsthaft.« In Felicitas' Kopf drehte sich alles. Sie konnte die Worte einfach nicht mehr zurückhalten, sosehr sie es auch wollte. Die Neugier tief in ihr gewann den Kampf gegen ihre Vernunft. »Erklär es mir.«

»Spaß, Feli. Nimm es nicht zu ernst. Es ist einfach nur eine weitere Art, Spaß miteinander zu haben.« Lena nippte an ihrem Wein und blickte hinauf in den dunkel gewordenen Nachthimmel.

»Aber das kann doch nicht alles sein, oder? Außerdem macht es sicher keinen Spaß, wenn er dich schlägt«, beharrte Felicitas auf einer genaueren Antwort. Sie wusste, dass sie eigentlich nicht einmal neugierig sein durfte. Aber ihrem Körper war das gerade egal. Es war wie in den Momenten, in denen Markus bei ihr war. In denen er ihre Barrieren einfach durchbrach und sich über ihren Kopf hinwegsetzte, ob sie es nun wollte oder nicht.

»Nicht immer, nein.« Lena schloss halb die Augen, als müsste sie nachdenken. »Aber meistens schon. Ich kann es nicht beschreiben, Feli. Ich mag es einfach. Das Gefühl, dass er mich in der Hand hat, dass er mich verletzen kann, aber es nicht tut. Ich liebe es, wenn meine Welt sich nur noch um ihn dreht und alles, was für mich zählt, sein Wohl ist. Weil er sich um den ganzen Rest kümmert.«

Felicitas seufzte auf. Gut war das hier eindeutig nicht.

Sie rettete sich in eine Lüge. »Ich verstehe es einfach nicht.«

»Weil du es nicht willst, Süße.« Lena lächelte und blickte sie von der Seite an. »Du denkst zu viel nach. Und du lässt dich immer noch viel zu sehr von der Vergangenheit leiten.«

»Nein, ich vermeide nur die Fehler anderer Leute.« Die Fehler ihrer Mutter. Felicitas zog die Beine an und umfasste ihre Knie. Damals war ihre Welt zusammengebrochen. Ihre Eltern hatten auf sie immer so einig und herzlich gewirkt, und trotzdem war es von einem Tag auf den anderen aus gewesen. Ihr Vater war gegangen, ein paar Monate darauf hatten sie das Haus verkauft, und ab da war alles nur noch ein einziger Streit gewesen. Ihre Mutter hatte nie gearbeitet, sich stattdessen um Haus und Kind gekümmert, und am Ende war sie die Dumme gewesen. Wegen jedem Pfennig hatten die beiden sich gestritten. Sie hatte sich ihr Studium mühsam verdienen müssen, mit Kellnern und vor allem dem Nebenjob als Schreibkraft in einer Anwaltskanzlei. Und wenn nicht Lena gewesen wäre, ihre beste Freundin mit dem absolut perfekten Zuhause, in das sie sich immer hatte flüchten können, hätte selbst das wahrscheinlich nicht funktioniert.

Sie hatte sich geschworen, nicht denselben Fehler zu machen. Sie würde niemals, in ihrem ganzen Leben nicht, dasselbe mit sich machen lassen wie ihre Mutter.

»Süße, ich weiß. Als ich mit Max Schluss gemacht habe, habe ich dasselbe gedacht. Nie mehr einen Mann, der mich verletzen kann. Aber letzten Endes ist das das Risiko, das man eingehen muss, wenn man die schönen Seiten haben will. Keine Liebe ohne Schmerz«, erwiderte Lena und strich sanft über ihren Rücken. »Aber das musst du selbst wissen, Feli. Ich kann dir nur sagen, was ich darüber denke.«

»Langsam wird mir kalt.« Felicitas sammelte einige Papierteilchen auf, die sich vom Etikett der Sektflasche gelöst hatten. Nein, sie wollte nicht darüber nachdenken. Sie hatte sich ihre Welt so wunderbar zurechtgelegt und zurechtgebogen. Markus hatte darin einfach keinen Platz. »Und in ein paar Stunden klingelt wieder der Wecker.«

»Wem sagst du das, Süße? Wir werden alt.« Lena erhob sich mit einem Seufzen und legte die Picknickdecke zusammen. »Sehen wir uns am Wochenende?«

»Ich denke schon. Es sei denn, ich muss arbeiten, keine Ahnung.« Wahrscheinlich eher nicht, wenn Lena Basti mitschleppte. Dauernd dieses unverschämt strahlende Glück zu sehen passte auch nicht in ihre Welt. Felicitas umarmte ihre Freundin und schluckte all die Dinge hinunter, die sie noch hatte loswerden wollen.

Sie würde es einfach machen wie immer.

»Und, Süße?« Lena drehte sich noch einmal um, obwohl sie ihre Sachen schon zusammengepackt hatte. »Versuch es wenigstens einmal in deinem Leben, bitte. Markus würde niemals deine Grenzen verletzen, das kann ich dir versichern. Wenn ich neben Basti jemandem vertraue, dann ihm. Er würde dir niemals weh tun.«

»Klar. Er würde mich nur schlagen«, schnaubte Felicitas und verschloss diesen Gedanken möglichst weit weg in ihrem Kopf. Ehe ihr Körper wirklich noch auf dumme Ideen kam. So durfte es einfach nicht sein. »Träum weiter, Lena. Ich brauche keinen Mann, und schon gar keinen wie Markus, der ständig zu weit geht.«

»Dir ist echt nicht zu helfen.« Lena lachte auf. »Seine Nummer hast du ja. Lass dich nur einmal darauf ein,

Süße, und ich schwöre dir, du wirst es nicht bereuen. Wenn ich dir einen Tipp geben darf: Markus steht auf Dreier, und wenn Basti mich nur lassen würde, könnte ich das jeden Tag haben.«

»Danke, das wollte ich jetzt nicht wissen.« Felicitas verzog das Gesicht, und gleichzeitig schlug ihr Herz schneller. Sie fühlte die Röte in ihre Wangen steigen und zwang sich dazu, die Bilder zu ignorieren, die auf einmal in ihrem Kopf auftauchten. Lena lachte nur hell auf und zwinkerte ihr zu. »Nein, wirklich nicht. Und ich will auch nicht wissen, was du und Basti so macht, ehrlich nicht. Was ich davon halte, habe ich dir ja schon gesagt.«

»Tu's für mich, Süße.« Mit einem Mal verschwand das Lachen aus Lenas Gesicht. »Im Ernst, Feli. Du stellst mich dauernd vor die Wahl zwischen Basti und dir, und das, ohne auch nur den Hauch einer Ahnung zu haben. Das geht nicht gut auf Dauer.«

»Wolltest du nicht nach Hause? Und Kuppeln funktioniert bei mir nicht, das habe ich doch schon klargestellt, nicht wahr?« Felicitas wich dem durchdringenden Blick ihrer besten Freundin aus und hoffte, dass Lena ihr ihre Gefühle nicht ansah.

Dass allein der Gedanke an Sex mit Markus Hitze in ihren Körper trieb, brauchte niemand zu wissen. Dass sie die Stärke seiner Arme schön fand und sich in den Tiefen seiner Augen verlieren konnte, das ging nur sie selbst etwas an.

13

Schweiß lief ihm über den Rücken, obwohl die Luft noch frühlingshaft kühl war. Die Häuser warfen lange Schatten auf die Straßen, und eigentlich war das gar nicht seine Zeit. Markus hatte sich Rockmusik auf das Handy gezogen und genoss die schnellen Schlagzeugrhythmen, während er möglichst gleichmäßig über den Asphalt glitt. Skaten nach dem Winter war immer wieder herrlich, und die Hunde fanden es genauso. Er hatte alle Mühe, mit ihnen mitzuhalten.

Vor allem Nanook zog, als ginge es jetzt schon um den Rekord auf der Strecke nach Whitehorse. Das alte Mädchen hatte eindeutig noch Kraft genug, um die Strecke mitzumachen.

Das penetrante Klingeln seines Handys zerstörte das Zusammenspiel aus Musik und Bewegung und brachte ihn aus dem Takt. Markus ließ sich für einen Augenblick von den Hunden ziehen und nahm das Gespräch an, ohne auf das Display zu schauen. Wer ihn um diese Zeit anrief, musste einen guten Grund haben.

»Morgen. Hast du gerade Zeit?« Felicitas, und sie klang ein wenig angespannt. »Ich bin gerade auf dem Weg zur Arbeit und habe noch ein paar Minuten. Ich steige immer eine Station früher aus und laufe, um wenigstens ein bisschen Bewegung zu haben.«

Markus verkniff sich ein Grinsen. Dass sie ihn anrief,

musste seine Gründe haben, und dass sie derart belangloses Zeug vor sich hin plapperte, erst recht. »Schön. Interessiert mich jetzt nicht wirklich. Ich bin gerade mit den Hunden draußen, skaten. Und wollte eigentlich auch meine Ruhe haben.«

»Darum gehst du auch ans Telefon.«

»Hätte ja wichtig sein können.« Sie war wunderbar schnell aus der Fassung zu bringen, wenn man nur wusste, wie. »Also, was gibt's? Sag bloß, du willst endlich vor mir auf die Knie fallen und mich um eine Session anflehen?«

Die Vorstellung hatte etwas, das konnte er nicht leugnen. Gerade weil sie so spröde und abweisend war, reizte es ihn, sie aus ihrem Schneckenhaus zu locken.

Sie schnaubte hörbar und schwieg dann erstaunlich lange. »Lach nicht, aber ja. Wegen Lena. Sie hat mich gestern Abend darum gebeten, und irgendwie hat sie recht. Ich kann nicht dauernd an ihr und Basti herumkritisieren, ohne zu wissen, von was genau ich rede.«

»Das war nicht die Begründung, die ich hören wollte, Felicitas.« Markus hielt nun doch an, weil seine Konzentration es einfach nicht zuließ, weiterzuskaten und zugleich mit ihr zu sprechen.

»Aber wenigstens ist das eine ehrliche Begründung.« Sie lachte überdreht auf. »Also, was sagst du?«

»An mir soll's nicht liegen.« Es sagte sich leichter, als es sich anfühlte. Er hatte seine Gründe, keine Beziehung zu wollen und bloß nicht zu viele Gefühle zu investieren. Wo er nichts fühlte, da konnte er auch nicht überreagieren, nicht den Bogen überspannen. »Aber ich kann dir nicht versprechen, dass es dir Spaß macht, Zuckerpüppchen. Du weißt, dass du mir so einiges schuldig bist, und das gedenke ich mir zu holen. Morgen Abend im *Ca-*

deau, neunzehn Uhr. Und denk daran, was ich dir über Respekt gesagt habe.«

Sie hatte ziemlich Glück, dass sie weit genug weg war, um ihm gerade nicht in die Hände zu fallen. Er brauchte diesen einen Tag, um sich selbst zur Ruhe zu rufen. Felicitas reizte ihn, bis ans Äußerste zu gehen und sich über alle ihre Grenzen hinwegzusetzen.

Diesen Fehler hatte er schon einmal gemacht, und wiederholen würde er ihn bestimmt nicht. Sie allein entschied darüber, wie weit er gehen würde.

»Dann sehen wir uns morgen Abend, neunzehn Uhr, geht klar.« Wieder lachte sie überdreht auf. »Und Markus – das mit den Schlägen gilt immer noch, nur dass wir uns da nicht falsch verstehen.«

»Sei einfach morgen um sieben da, Baby.« Und wie er Lust hatte, sie über seine Knie zu legen und diese Sturheit aus ihr herauszuschlagen! Nur würde das zu nichts führen, und auf genau diesem Weg hatte er sich schon einmal sein Leben ruiniert. »Was ich mit dir anstelle, entscheide immer noch ich.«

Damit legte er auf und schnalzte mit der Zunge, um die Hunde wieder zum Laufen anzutreiben. Bis morgen etwas zu organisieren würde schwer werden, aber er wusste schon, wen er um Hilfe bitten könnte. Schläge kamen vielleicht nicht in Frage, aber das bedeutete nicht, dass er ihr dieses Verhalten durchgehen lassen musste.

So nahe war er noch nie davor gewesen, ihren Panzer zu knacken und endlich hinter ihre Fassade zu blicken.

* * *

Wieso nur hatte sie sich von ihm dazu breitschlagen lassen, ihn im Club zu treffen? Ein Hotel wäre tausendmal besser gewesen. Oder ein anderer neutraler Boden. Egal wo, egal was. Vor allem, wenn er wirklich nur reden wollte, wie er behauptet hatte.

Felicitas' Hände zitterten, als sie aus ihrem Mantel schlüpfte und ihn an den Gorilla hinter der Garderobe reichte. Er grinste wissend.

»Felicitas Wiegand«, sagte er, ehe sie auch nur ein Wort herausbekam. »Diesmal auf der Clubliste vorhanden. Und außerdem wartet Markus schon.«

Konnte er sich dieses Grinsen nicht sparen? Und das Funkeln in den Augen? Dieser Typ war ihr hochgradig unsympathisch. Ein klassischer Türsteher-Typ mit viel zu hochgezüchteten Muskeln. Wahrscheinlich hatte er unter dem schwarzen T-Shirt eine protzige Tribaltätowierung. Mit ziemlicher Sicherheit stammten seine Eltern aus Russland. Sie reckte das Kinn und bedachte ihn mit einem warnenden Blick. Wenn er glaubte, sie einschüchtern zu können, dann lag er eindeutig falsch.

Der Typ grinste nur noch breiter und zeigte eine ganze Reihe blendend weißer Zähne. Felicitas beschloss, dass er ihre Aufmerksamkeit nicht verdiente. Wortlos drehte sie sich um und ging auf den Barraum zu.

»Der Chef wartet oben. Treppe hoch, Gang bis ans Ende, letzte Tür rechts«, rief der Gorilla ihr hinterher. Felicitas lief ein kalter Schauder über den Rücken. Sie straffte die Schultern noch etwas mehr. Gut, dann eben nicht in die Bar. So einfach war sie nicht zu beeindrucken.

Energisch ging sie Treppe nach oben und nahm sich bei jedem einzelnen Schritt vor, nicht vor ihm einzuknicken. Was auch immer Markus sich einbildete, das hier war eindeutig nicht ihre Welt. Und würde es auch niemals werden. Durfte es niemals werden, ganz einfach.

Sie stieß die Tür auf, die der Gorilla ihr genannt hatte, und betrat den dahinterliegenden Raum, der vollkommen im Dunkeln lag. Felicitas hielt inne und atmete tief durch. Wenn Markus glaubte, damit etwas zu erreichen, dann war er bei ihr an der falschen Adresse!

Sie machte noch einen Schritt in den Raum hinein. Er sollte nicht denken, dass er ihr damit Angst machte. Nicht mit ein bisschen Dunkelheit. Sie drängte ihre Neugier zurück. Von solchen Spielchen würde sie sich nicht beeindrucken lassen! Es war vollkommen egal, was ihr Körper ihr sagte, sie war einfach nicht für solche Dinge geschaffen. Punkt. Sie war unabhängig, stark und vor allem nicht bereit, ihm die Kontrolle zu überlassen.

»Meinst du, das macht mir Angst, großer Meister?«, fragte sie und bemühte sich darum, spöttisch zu klingen. Ihre Stimme zitterte mehr, als sie gehofft hatte. Sie drängte die Neugier sofort wieder zurück. Sie wollte nicht wissen, was hinter den anderen Türen auf diesem Gang geschah. Sie hatte ein zufriedenes, erfolgreiches Leben, in dem sie keine Kerle gebrauchen konnte. Nicht einmal welche, die nur spielen wollten.

Plötzlich packte jemand von hinten ihre Oberarme. Sie fühlte die Wärme eines Körpers, weit genug weg, um keine Einzelheiten zu spüren. Die Finger gruben sich fester in ihre Haut und zogen ihr die Arme auf den Rücken. Felicitas schrie auf, was den anderen dazu veranlasste, ihre Arme nur noch mehr zu verbiegen. Eine Augenbinde legte sich über ihre Augen. Kalte schwarze Seide. Jemand verknotete die Enden, während jemand anderes sie immer noch festhielt.

»Markus, das ist nicht lustig!«, protestierte sie und versuchte, sich aus dem eisernen Griff zu befreien, der ihre Arme auf dem Rücken zusammenhielt. Ihr schnürte es beinahe die Luft ab. So hatte sie sich das gar nicht vorgestellt. Überhaupt nicht.

»Angst?«

Das war nicht seine Stimme. Felicitas stockte der Atem. Das war nicht Markus. Und ja, verdammt, sie hatte Angst. Sie hatte keine Ahnung, nach welchen Regeln hier gespielt wurde! Seile schlangen sich um ihre Oberarme. Der Typ hinter ihr zog sie fest, ungerührt von ihren Versuchen, sich aus seinem Griff zu befreien.

»Viel Spaß heute Abend!« Wer auch immer es war, er kam ihr viel zu nahe. Seine Stärke umhüllte sie. Sie versuchte, nach ihm zu treten, doch derjenige lachte nur leise auf und wich ihr offenbar mit Leichtigkeit aus. Er schob sie weiter in den Raum, hielt irgendwo inne und bedeutete ihr mit grobem Druck gegen ihre Unterschenkel, die Beine weiter auseinanderzunehmen.

»Lass den Quatsch, Markus!« Felicitas spürte die Tränen in ihren Augen aufsteigen. So hatte sie sich den Abend nicht vorgestellt. Sie hatte sich vorgenommen, Markus noch einmal die Meinung zu sagen und ihm eindeutig klarzumachen, dass sie mit seiner Art von Sex nichts anfangen konnte. Nichts zu fühlen, egal welche Tricks er auffuhr. Nicht schon wieder dem Verlangen in ihr nachzugeben.

Und jetzt stand sie hier zusammen mit einem Wildfremden, der ihr körperlich weit überlegen war. Das Schlimmste war noch nicht einmal das Gefühl, ihm vollständig ausgeliefert zu sein, sondern dieses unmissverständliche Pochen in ihrem Unterleib. Sie kämpfte dagegen an. Wenn einer die Kontrolle hatte, dann sie. Über ihr Leben, ihren Körper und überhaupt.

Der Fremde zog ihre auf dem Rücken gefesselten Arme nach oben. Felicitas sperrte sich dagegen, bis der

Schmerz in den Schultern zu groß wur leicht nach vorn, gab seinem Verlange te sogar die Beine etwas, als er noc Unterschenkel schlug. Er hob ihre ihr Oberkörper weit nach vorn g befestigte er die Fesseln irgendwo a sie hörte ein metallisches Klacken, das nur Karabinerhaken stammen konnte. Dann verschwa seine Wärme, und Augenblicke später hörte sie eine Tür. Hatte er sie wirklich allein gelassen? So? Vollkommen allein? Ihr Herz schlug immer schneller. Bilder tauchten in ihrem Kopf auf, die viel zu erregend waren, um sie zuzulassen. Nein, sie wollte sich nicht von ihm mit irgendwelchen Tricks dazu bringen lassen, Dinge zu tun, die eine Frau nicht tun sollte. Vor allem nicht eine Frau, die Wert auf ihre Unabhängigkeit legte.

Wieder hörte sie Schritte. Sie versuchte, sie zuzuordnen, aber es gelang ihr nicht. Nicht der Typ jedenfalls, der sie gefesselt hatte. Wie dumm konnte man eigentlich sein, ihm einfach so zu vertrauen? Nur weil sie ihn kannte? Und weil Lena ihn mochte? Panik stieg in ihr auf. Felicitas kämpfte gegen die Tränen an. Den Gefallen wollte sie ihm nicht tun.

»Ich liebe es, wenn meine Subs Panik bekommen. Und das bekommen sie meist völlig zu Recht.« Unvermittelt tauchte neben ihr die Wärme eines Körpers auf. Sie erkannte die Stimme nicht. Es war jedenfalls nicht Markus. Oder war Markus gar nicht schuld, und der Gorilla erlaubte sich einen Spaß mit ihr? Nach ihm klang es aber auch nicht. Felicitas biss sich auf die Unterlippe.

»Ja, genau, kämpf dagegen an, wenn du meinst, dass es dir guttut.« Eine Hand legte sich warm auf ihren Rücken. Er ließ sich Zeit, strich langsam ihre Wirbelsäule nach unten und über ihren Hintern. »Deine Klei- gefällt mir nicht.«

elicitas verkniff sich ein Grinsen. Sie hatte absicht- ch zu einer langweiligen Anzughose und einer noch langweiligeren Hemdbluse gegriffen. Markus hatte bestimmt damit gerechnet, dass sie sich für ihn hübsch machte, aber darauf konnte er lange warten. Die Wut sammelte sich in ihrem Bauch und strömte durch ihren Körper.

»Sehr schön, so ist es gut.« Seine Hand glitt ihren Hosenbund entlang nach vorn und öffnete den Knopf. Er hielt inne, beugte sich zu ihr und küsste sie zärtlich auf die Wange. »Ich habe Zeit, Süße.«

Sie wüsste zu gern, wer es war. Markus auf jeden Fall nicht. Der Gorilla auch nicht, da war sie sich ziemlich sicher. Wieder lief eine Panikwelle durch ihren Körper.

»Das Messer, Konstantin.«

Seine Ankündigung reichte, um ihr einen Schrei zu entlocken. Hier lief überhaupt nichts so, wie sie es erwartet hatte. Gegen irgendwelche Spielchen von Markus hatte sie sich gewappnet. Aber das? Und wer war dieser Konstantin? Sie hörte schwere Schritte und spürte dann kaltes Metall an ihrem Hals.

»Stillhalten, Süße. Markus ist ebenfalls der Meinung, dass deine Kleidung in keiner Weise der Situation entspricht. Du weißt doch, dass Ungehorsam bestraft werden muss, oder?«

Die Panik schoss durch ihren Körper und schärfte ihre Sinne. Sie hatte keine Ahnung, wie sie sich verhalten, wie sie mit diesem seltsamen Fremden umgehen sollte, in dessen Gewalt sie geraten war. Sie konnte nur hoffen, dass Markus nach ihr suchte und sie rechtzeitig fand. Energisch zwang sie sich dazu, nichts zu empfinden. Und schon gar keine Lust oder Neugier, so wie ihr Körper es gerade verlangte.

»Du solltest mir antworten, wenn ich eine Frage stelle.« Das Metall glitt langsam nach unten, mit genug Druck, damit sie es spüren konnte, aber nicht stark genug, um ihre Haut aufzuritzen. »Hör mir gut zu, Subbie: Du hast hier keinerlei Rechte. Mein Wille ist alles, was für dich noch Bedeutung haben sollte.«

»Bist du bescheuert?« Felicitas' Stimme überschlug sich. Ihr Herz schlug immer schneller und dröhnend laut. »Mach mich sofort los!«

»Schweig!«

Die Stimme duldete keinen Widerspruch. Aber nicht mit ihr. Sie hatte sich noch nie sagen lassen, was sie tun sollte!

»Hättest du wohl gerne, was? Das ist doch wirklich armselig«, schimpfte sie. Sie durfte nicht darauf hereinfallen, sie durfte einfach nicht. »Was auch immer du von mir willst, ich bin mit Markus verabredet! Und außerdem will ich das hier nicht!«

»Schweig«, wiederholte der Fremde, mit noch mehr Nachdruck diesmal. Die Messerspitze drückte sich etwas weiter in ihre Haut. »Oder ich kneble dich. Wäre dir das lieber?«

Sein Tonfall sagte ihr deutlich, dass er es ernst meinte. »Untersteh dich!«, zischte sie trotzdem und rief sich selbst zur Ruhe. Wenn sie herausfand, wo dieser Typ stand, vielleicht konnte sie ihn dann mit einem gezielten Tritt zwischen die Beine ausknocken? Selbstverteidigungskurse mussten doch zu irgendetwas gut sein!

Nur wie verteidigte man sich gegen den eigenen Körper, der sie verriet? Sie hatte alle Mühe damit, gegen die aufkeimende Lust zu kämpfen. Was, wenn er sie wirklich nahm, hier und jetzt und ohne dass sie sich wehren konnte? Die Vorstellung war gut, verboten gut. Und gehörte sich einfach nicht!

»Oh, Süße ... weißt du, wie niedlich du bist?« Der Fremde lachte auf. »Und ich beneide Markus überhaupt nicht. Er hat sich ganz schön Arbeit aufgehalst mit dir. Falls man dich überhaupt erziehen kann ...«

Dieser Fremde hatte eindeutig nicht mehr alle Tassen im Schrank! Felicitas schnaubte wutentbrannt auf und spannte ihren Körper an. Früher oder später würde er ihr nahe kommen, und dann konnte sie ihm alles heimzahlen! Offenbar war bei ihm noch nicht angekommen, dass Frauen heutzutage keine Ware mehr waren, mit der man machen konnte, was man wollte!

»Wunderschön. Ich kann deine Angst spüren.« Wieder lachte er leise und höhnisch auf. Die Messerklinge glitt ein kleines Stück nach unten. »Aber jetzt wollen wir uns nicht mehr mit Kleinigkeiten aufhalten, nicht wahr, meine Süße? Jetzt sorgen wir erst einmal dafür, dass du annehmbar aussiehst. Was hältst du davon?«

Sein plötzlich so herablassend-verständnisvoller Tonfall gefiel ihr noch weniger. In aller Seelenruhe zerschnitt er mit dem Messer ihre Bluse, bis die Stofffetzen von ihrem Körper fielen. Ungerührt setzte er sein Werk an ihrer Hose fort und raubte ihr mit jedem Schnitt ihren Schutz. Ihr BH folgte, und beinahe hätte sie sich gewünscht, er würde die Chance nutzen, um sie anzufassen – dann hätte sie wenigstens ein Ziel gehabt, auf das sie ihre Angst und Wut richten konnte. Felicitas hielt mühsam ihre Tränen zurück. Erst als er auch ihren Slip zerschnitt, konnte sie ein Schluchzen nicht mehr unterdrücken.

Die Dunkelheit und die Kälte um sie herum machten sie vollkommen fertig. Gänsehaut breitete sich auf ihrem

Körper aus. Sie hatte das ungute Gefühl, von gierigen Augen angestarrt zu werden. Männer, die sie nur zu gern anfassen würden, aber es aus irgendeinem Grund nicht taten. Allein die Vorstellung davon ließ ihre Nippel hart werden. Was, wenn sie wirklich ausgeliefert war? Wenn sie an ihrer Lust spielen, sich an ihr gütlich tun würden, ohne dass sie sich wehren konnte?

»Möchtest du mir etwas sagen?« Markus! Er war ihre Rettung! Er hatte sie gefunden.

Seine Stimme schlich sich direkt in ihren Unterleib. Felicitas biss die Lippen zusammen. »Bisher hast du dich ja nicht unbedingt vorteilhaft präsentiert, aber vielleicht möchtest du dich ja entschuldigen?«

Sie hatte keine Tür gehört, also musste er die ganze Zeit im Raum gewesen sein! Hitze stieg ihr in die Wangen. Auf eine seltsame Art war es ihr peinlich, dass er gesehen hatte, wie sie sich aufführte.

Und andererseits – er sollte ruhig wissen, dass sie sich weder von ihm noch von seinen Freunden oder seinen seltsamen Spielchen beeindrucken ließ. Sie hatte ihre Grundsätze, und dazu gehörte, sich nicht von Machos blenden zu lassen.

»Entschuldigen? Wofür?«, gab sie zurück, weniger selbstsicher, als sie es sich gewünscht hatte.

»Für deine Widerspenstigkeit vielleicht? Oder für deine nicht gerade ansprechende Kleidung? Außerdem warst du zu spät.«

Sie spürte eine sanfte Berührung im Nacken. Seine Fingerkuppen strichen langsam über ihre Wirbelsäule nach unten und schenkten ihr einen wohligen Schauder.

»Na und?«, erwiderte sie patzig. Das hier war also ein abgekartetes Spiel gewesen! Aber nicht mit ihr!

»Ich habe dir doch schon klargemacht, was es zum

Thema Respekt zu sagen gibt. Hast du eine Entschuldigung dafür, dass du unsere Verabredung nicht ernst nimmst?« Seine Hand blieb knapp über ihrem Hintern liegen. Wärme durchströmte ihren Körper, und seltsamerweise verschwand ihre Angst mit jeder Sekunde, in der sie ihn spürte.

»Weil wir keine Verabredung hatten, Idiot. Mach mich sofort los! Das ist wirklich nicht lustig!«

»Du kennst deine Safewords, Zuckerpüppchen.« Er hauchte ihr einen sanften Kuss auf den Nacken, kaum spürbar, und zog dann eine Strähne aus ihrer Hochsteckfrisur. »Möchtest du, dass es vorbei ist? Möchtest du das wirklich?«

Felicitas brachte keinen Ton mehr heraus. Noch immer war die Angst da, ein bedrohlicher Schatten im Hintergrund, überlagert von der Erleichterung, dass Markus hier war. Und inmitten all dieser Verwirrung war da diese seltsame Sehnsucht, dieses Spiel weiterzuspielen, allein um zu sehen, was passieren würde.

»Du sagst ja gar nichts.« Seine Lippen glitten über ihre Haut, als wären es hauchzarte Schmetterlingsflügel. »Ich nehme das als Einwilligung, Zuckerpüppchen. Solange ich kein *Rot* von dir höre, lasse ich dich nicht los.«

Nein, sie wollte nicht darüber nachdenken, was hier gerade passierte. Und sie wollte einfach nur gehen, die Tür hinter sich zuschlagen und den verfluchten Tag vergessen, an dem sie mit Alex in diesen blöden Club gegangen war. Und sie wollte unbedingt wieder dieses herrliche Gefühl von Geborgenheit erleben, das sie nach dem Sex mit Markus gespürt hatte.

»Find dich damit ab. Was auch immer heute passiert, es passiert, weil ich es will. Weil du mir gehörst, und weil alleine ich es bin, der über deinen Körper verfügt.

Lass dich fallen, mein kleines Püppchen. Du brauchst dir keine Gedanken zu machen.«

Sein beschwörender Tonfall beruhigte ihr wild schlagendes Herz tatsächlich. Was er ihr anbot, war unwahrscheinlich verlockend. Nicht denken. Nicht selbst verantwortlich sein. Sich einfach führen lassen.

»Keine Schläge«, murmelte sie mit letzter Kraft. »Und kein Schmerz.«

»Lass dich überraschen, meine Süße. Aber sei dir versichert, dass ich deine Grenzen achte.« Er biss ihr zärtlich in die Schulter und legte eine Hand auf ihre rechte Brust. Instinktiv wusste sie, dass sie ihm vertrauen durfte in dieser Hinsicht. Seine Wärme spendete Trost, seine Stärke verdrängte die Angst vor dem Fremden. Und seine Arme waren es, die sie schützen würden.

Ohne jede Vorwarnung ließ er sie los. »Die Beine etwas weiter auseinander!«, befahl er kühl. »Leander, dein Mädchen. Tob dich aus!«

Leander. Leander und Konstantin. Wenigstens hatte sie jetzt Namen zu den beiden Fremden im Raum. Felicitas seufzte auf und ergab sich in das Schicksal, das er ihr zugedacht hatte.

* * *

Hände glitten über Felicitas' Körper. Sie war sich sicher, dass es nicht nur zwei Hände waren. Nicht nur dieser Leander. Und auch nicht nur Markus. Ihre Berührungen vertrieben die Kälte und Angst aus ihrem Körper. Das Wissen, dass sie so einfach nicht aus dieser Situation herauskam, hatte wirklich etwas Befreiendes. Sie vernahm ein leises Summen, das einen Vibrator ankündigte.

Die Welle an Empfindungen, die ihren Körper überflutete, war viel zu heftig. Sie konnte nicht mehr widerstehen, konnte ihnen nichts entgegensetzen. Ihre innere Verwirrung war wie ein Strudel, der jedes Denken hinfällig machte. Sobald sie versuchte, einen klaren Gedanken zu fassen, machte dieser Strudel an Empfindungen jeden Versuch gleich wieder zunichte.

Hauchzart huschten die Fingerkuppen über ihre Haut und schenkten ihr immer neue Schauer. Sie ließen ihre Brüste aus, näherten sich dem Bereich zwischen ihren Beinen nicht und fachten gerade deshalb ihre Sehnsucht nach mehr an. Wieso hielten sie sich so zurück? Wieso nutzten sie ihre Hilflosigkeit nicht aus, um sie dort anzufassen, wo sie es unbedingt wollte?

Sie spürte, wie ihre Brustwarzen unter den Berührungen hart wurden. Ob den Männern ihr Anblick gefiel? Dieser Leander hatte behauptet, sie würde ihm gefallen. Markus? Markus hatte mit keiner Silbe irgendetwas in die Richtung angedeutet.

Ein starkes Vibrieren an ihrem Kitzler ließ sie zusammenzucken und vertrieb die letzten Gedanken. Jemand presste den Vibrator ohne jedes Erbarmen und ohne jedes Vorspiel geradewegs auf ihre empfindlichste Stelle. Ihr Körper reagierte verräterisch gut auf diese Stimulation. Ihr Unterleib zog sich schmerzhaft zusammen. Sie wollte mehr. Sie wollte nicht nur ein klein wenig berührt werden.

»Du machst das gut. Wenn du wüsstest, wie verführerisch du aussiehst, Zuckerpüppchen. Ich liebe gefesselte, wehrlose Frauen, die nur noch aus Lust bestehen.« Markus musste sich von hinten an sie schmiegen, so fühlte es sich jedenfalls an. Er sprach nahe an ihrem Ohr. Sein heißer Atem strich über ihren Hals. »Harte Nippel. Eine willige, feuchte Möse. So gefällt mir das.«

Felicitas' Mund wurde trocken. Die Bilder, die er damit in ihren Kopf schickte, waren verführerisch. Die starke, unerbittliche Stimulation an ihrem Kitzler brach ihren Widerstand und brachte sie schneller in einen Zustand der Erregung, als ihr lieb sein konnte.

»Soll ich dir verraten, was wir mit dir vorhaben?« Markus' Zungenspitze leckte über ihre Haut und hinterließ eine warme, feuchte Spur. Ein sanftes Züngeln an ihrem Ohrläppchen entlockte ihr ein heiseres Stöhnen.

»Ja, genau, so ist es gut. Zeig mir, wie sehr du nach uns verlangst«, forderte Markus zärtlich. »Ich will dir zusehen, wie du immer geiler wirst, meine Süße.«

Seine groben Worte trafen auf das Feuer in ihrem Inneren und ließen es noch heißer auflodern. Sie hatte sich niemals so benutzt gefühlt wie in diesem Augenblick. Und nur selten so gut wie gerade jetzt.

»Konny und ich werden dir jetzt zuschauen. Und was dann passiert, werden wir sehen, wenn du bereit dafür bist«, kündigte Markus an. Er sog die zarte Haut in ihrem Nacken zwischen seine Zähne und biss zu. Der sanfte Schmerz jagte durch ihren Körper und brachte sie für den Moment auf den Boden der Tatsachen zurück.

»Du gehörst jetzt Leander. Lass dich von ihm verwöhnen, Süße. Du solltest es genießen, solange du kannst.«

Das klang nicht gut. Felicitas keuchte enttäuscht auf, als er sie wirklich losließ und ihr seine Wärme entzog. Sie wollte weiter seine Hände auf ihrem Körper spüren! Ihre Haut prickelte, ihre Nippel lechzten nach einer Berührung. Egal, was er dafür verlangt hätte, sie hätte es getan. Aber er gab ihr die Chance dazu nicht. Er überließ sie Leanders unerbittlichem Spiel an ihrem Kitzler.

14

Sobald Haut auf Haut traf, jagten kleine elektrische Stöße durch Felicitas' Körper. Was Leander tat, war die reinste Qual. Der Vibrator bildete den gleichmäßigen Hintergrund für seine Finger, die immer wieder in sie eindrangen. Seine Zunge glitt über ihre Schamlippen, über die Innenseiten ihrer Oberschenkel, um ihren Kitzler. Zielstrebig brachte er sie bis an den Rand des Höhepunktes, dann hielt er inne, bis sie wieder etwas abgekühlt war, nur um sein Spiel von neuem zu beginnen.

Inzwischen war sie so weit, Markus im Zweifel auch auf Knien um einen Orgasmus anzuflehen. Ihr Kitzler war überreizt, so dass das Vibrieren leicht schmerzhaft wurde. Seine Finger reichten nicht aus, um ihre Lust zu befriedigen. Seine Zunge sorgte nur dafür, dass sie noch erregter wurde.

Ohne jede Vorwarnung strich einer seiner Finger über ihren Anus und drückte sanft gegen die Muskeln. Sofort verspannte sich ihr Körper.

»Nicht bewegen!« Es war Leanders kalte Stimme, die ihr den Befehl gab, nicht Markus' warmer Befehlston. Felicitas hielt still, weil sie seinen Zorn nicht unnötig heraufbeschwören wollte. »Du wurdest noch nie in den Arsch gefickt, nehme ich an?«

»Nein«, konnte sie schließlich nur flüstern und hielt den Atem an.

»Interessant«, erklärte er, als hätte er ein Studienobjekt vor sich. »Nun, das wird sich heute ändern, Süße.«

Etwas Hartes drückte gegen ihre Muskeln. Er schob dieses Ding in sie, überwand ihren Widerstand und streichelte sie beruhigend, bis ihr Körper sich an den Eindringling gewöhnt hatte. Es hatte keinen Sinn, darüber nachzudenken, ob sie das hier wollte – Leander hatte ihr einfach keine Wahl gelassen.

»Äußerst interessant. Entspann dich, Süße. Das ist nur ein Plug, um dich vorzubereiten.« Das Vibrieren stoppte. Seine Körperwärme verschwand. Sie lauschte auf seine Schritte, die bald verklangen. Er musste sich darum bemühen, leise zu gehen. Augenblicke später wurden ihre Hände aus den Fesseln befreit. Sie klammerte sich an den Mann, den sie aufgrund seines frisch-herben Parfüms als Markus identifizierte. Sie wollte nicht alleingelassen werden mit diesen seltsamen Gefühlen, die durch ihren Körper jagten!

Er führte sie vorsichtig durch den Raum, gab ihr mit seinem starken Arm Halt.

»Knie dich hin!«, befahl er schließlich und griff nach ihrem rechten Bein, um sie zu führen. Sie spürte kaltes Leder unter ihrem Knie. Ein Sofa vielleicht? Sie widerstand dem Drang, sich die Augenbinde abzunehmen. Stattdessen rutschte Felicitas vor, stieß gegen warme Haut und wurde nur eine Sekunde später von starken Händen nach vorn gezogen. Unter sich nahm sie einen Körper wahr. Sie schauderte, als ihr klarwurde, was das bedeutete.

»Ja, genau so, Süße. Ich will, dass du ihn fickst. Komm schon, hol dir, was du brauchst«, flüsterte Markus ihr ins Ohr und dirigierte sie weiter. Seine starke Hand war es, die sie über das erigierte Glied des Mannes unter sich schob. Seine Hände führten den Schwanz in sie ein, drückten ihre Hüften nach unten, bis sie die warme Haut seiner Hüften spürte. Ob es Konstantin war oder Leander? Sie hätte zu gern gewusst, wer von den beiden gerade in den Genuss kam.

»Wie verführerisch.« Markus zog ihre Arme nach hinten und zwang sie dazu, ihren Rücken nach hinten zu überstrecken. »Na los, du brauchst es nicht zu leugnen. Du bist geil. Du willst nichts sehnlicher als einen Orgasmus. Hol ihn dir!«, feuerte er sie an. Vorsichtig begann sie, auf dem Fremden unter sich auf und ab zu gleiten. Markus stützte ihren Oberkörper, zog ihren Kopf nach hinten und belohnte sie mit einem leidenschaftlichen Zungenkuss.

Tausende Wellen brandeten durch ihren Körper. Felicitas wurde überrollt von ihren Empfindungen. Sie spürte Tränen auf den Wangen, Tränen, die er kommentarlos und zärtlich mit dem Daumen beiseitewischte. Ihre Muskeln schlossen sich um den steifen Penis, nahmen ihn in sich auf, als würde sie wirklich nach einem Orgasmus gieren.

Schwer atmend löste sich Markus von ihr. »Stütz dich vorn ab!«, befahl er und schob sie in die Richtung. Sie kam auf alle viere, ohne den Mann unter sich aus ihrem Griff zu entlassen.

Etwas stieß gegen ihre Lippen. Sie öffnete ihren Mund bereitwillig, wusste sofort, was der Mann vor ihr von ihr wollte. Es kam ihr ganz natürlich vor, ihm Einlass zu gewähren. Sie schmeckte den typischen Geschmack eines Kondoms, darunter sein pulsierendes, dickes Glied. Es war faszinierend, mit der Zunge darüberzulecken und seine Erregung zu erkunden. Er gab ihr nicht lange, um sich daran zu gewöhnen.

Grob griff er in ihre Haare, zog sie noch etwas weiter nach vorn und stieß in ihren Mund. Er nahm keine Rücksicht auf sie, drang in sie, bis sie glaubte, zu ersticken, und machte damit ihre Versuche zunichte, ihm zu gefallen. Seine harten Stöße raubten ihr den Atem und lenkten ihre Konzentration weg von dem Glied, auf dem sie gerade ritt.

Finger strichen ihr sanft über die Pobacken. Die Hände nahmen sich Zeit, um sie zu massieren, über ihren verschwitzten Rücken zu fahren und sie mit zärtlicher Wärme zu bedecken. Er gab ihr damit Sicherheit und beruhigte ihre wild flatternden Nerven. Alles fühlte sich einfach nur noch unwirklich an. Er begann, den Plug in seine Spiele einzubeziehen. Ihr kam es vor, als würde sie den Mann unter sich nur noch stärker spüren, jedes Mal, wenn er den Plug ein wenig hin und her bewegte.

Wenn irgendwer gesagt hätte, sie würde so etwas hier willenlos über sich ergehen lassen, sie hätte denjenigen glatt für verrückt erklärt. Es war auch einfach wahnsinnig, was sie hier tat. Drei Männer? Das war zu absurd!

Das wohlige, erregte Stöhnen der beiden Männer trieb auch ihre eigene Erregung an. Sie war das Objekt ihrer Begierde, ohne dass sie etwas ändern konnte – oder etwas dafür tun musste. Sie musste einfach nur über dem einen knien und erdulden, dass der andere sich an ihrem Mund bediente.

Ein kalter Schauder ließ ihren Körper erstarren, als der Mann hinter ihr den Plug langsam herauszog. Provozierend spielte er damit an ihrem Hintern und gab ihr damit zu verstehen, dass er kein Erbarmen kennen würde. Egal, was sie tat, er würde sie sich auch noch nehmen. Die Erregung in ihrem Unterleib wurde zu einem fordernden Pochen, zu einem schmerzhaft starken Ziehen. Wie auf

Kommando gab der Mann vor ihr sie frei und zog sich aus ihr zurück.

»Bitte«, bettelte sie. Ein letzter Rest ihres Verstands sagte ihr, dass sie gerade verrückt wurde. Flehte sie wirklich diesen Fremden darum an, dass er sie von hinten nahm? Oder irgendeinen anderen Kerl darum, ihn lecken zu dürfen?

»Was, Zuckerpüppchen?« Das war Markus. Sie lauschte, konnte aber nicht heraushören, ob er vor oder hinter ihr stand. Jedenfalls war er nicht der Mann unter ihr, das konnte sie damit endgültig ausschließen. »Was sollen wir mit dir machen? Gefällt es dir, uns allen gleichzeitig zu dienen? Reicht das, um deine Gier zu stillen?«

Oh, Himmel, nein, es reichte nicht. Sie hatte keine Ahnung, wo die Gier in ihr auf einmal herkam! So stark hatte sie selten empfunden. So intensiv hatte sie nie wahrgenommen, wie es sich anfühlte, wenn Haut auf Haut traf. So deutlich hatte sie noch nie gerochen, das etwas blumige Aftershave des Mannes unter ihr, die herbe Zitronennote des Mannes vor ihr und diese männlich-holzige Note des Mannes hinter ihr. Drei Männer, die in ihr nichts weiter sahen als ein Lustobjekt.

Sie wusste, dass sie sich aufregen sollte. Doch ihr Verstand setzte aus, sobald der Mann hinter ihr den Plug wieder in sie schob. Er tat es langsam und vorsichtig, drehte das Spielzeug etwas herum und zog es wieder heraus. Seine Bewegungen nahmen den Rhythmus auf, den der Mann vor ihr vorgab. Ihr Körper war ein einziger Spielball ihrer Erregung, schien aus nichts anderem mehr zu bestehen als aus purer Lust.

»Sag mir, Süße, wo würdest du gerne einen Schwanz spüren?« Das war der andere, dieser Leander. Er klang abgehackt und erregt, so als müsste er sich anspannen, um nicht zu kommen. »Sag es uns!«

Nein, das konnte sie auf keinen Fall tun! Nicht, wenn einer der Männer unerbittlich den Plug herauszog und wieder in sie hineintrieb! Die Nervenenden dort unten waren so herrlich empfindsam, und jede Reibung schickte elektrische Schauder durch ihren Körper.

»Los, mein Püppchen, sag es! Oder bist du doch nicht so geil? Wir können dich auch gerne in Ruhe lassen, wenn es das ist, was du willst.«

Seine sanfte Stimme enthielt eine unmissverständliche Drohung. Nein, alles, nur das nicht! Felicitas keuchte auf. Er ließ ihr keine große Wahl.

»Mein Hintern«, flüsterte sie mit brüchiger Stimme.

»Oh, Zuckerpüppchen, ich kann dich nicht hören. Möchtest du uns damit sagen, dass wir dich in deinen hübschen Arsch ficken sollen?«

»Ja«, hörte sie sich selbst sagen. Sie schmeckte Tränen auf ihren Wangen. »O bitte, ja!«

Das alles war nicht real. Das alles geschah nicht wirklich, oder? Der Mann hinter ihr spielte noch ein wenig mit dem Plug, dann legte er das Spielzeug zur Seite. Ihre Sinne schärften sich. Sie hörte einen Reißverschluss, spürte nur wenig später ein kaltes Gel und einen Finger, der dieses Gel an ihrem Hintern verteilte. Ein Finger drang leicht in sie ein, und die Kälte beruhigte ihre Nerven ein wenig. Wieder spürte sie eine Eichel an ihren Lippen. Willig öffnete sie den Mund und nahm ihn auf. Der Mann vor ihr ließ ihr keine große Wahl, drang in sie ein und raubte ihr den Atem mit seinen festen Stößen.

»Du solltest dich sehen, mein Zuckerpüppchen. Jedes deiner Löcher mit einem Schwanz gestopft. Ich finde das unbeschreiblich geil.«

Musste Markus unbedingt so grob werden? Und so deutlich? Scham kroch über ihren Rücken, und ihre Erregung ließ ein wenig nach. Offenbar hatte er das erreichen wollen, denn Markus lachte leise auf.

»O ja, ich liebe kleine Schlampen wie dich, willig und offen.« Der Finger zog sich aus ihr zurück.

Sie konnte es nicht leugnen, sie gierte danach, ihn auch dort zu spüren. Sie schob sich ihm entgegen, so weit sie konnte, ohne den Mann unter sich zu verlieren. Er erhörte sie ohne weiteres Zögern. Sie fühlte seine Eichel, auch sie bedeckt mit kaltem Gel. Er ließ sich Zeit damit, in sie einzudringen. Er schien zu spüren, wann es ihr zu viel wurde, denn immer wieder hielt er inne, gab ihr Gelegenheit, sich an ihn zu gewöhnen.

Es fühlte sich unbeschreiblich an, die beiden Männer in sich zu spüren. Ihr Unterleib schien zu klein und zu eng für sie, und dennoch schafften sie es, beide in sie einzudringen. Der Mann hinter ihr setzte seinen Weg fort, langsam und ruhig. Mit jedem Millimeter, mit dem er sie eroberte, verlor Felicitas mehr an Halt. Sein Glied und das des Mannes unter ihr schienen sich aneinander zu reiben. Es fühlte sich wahnsinnig gut an, auf diese Weise von ihnen beiden ausgefüllt zu werden.

Der Mann hinter ihr drang einmal vollständig in sie ein und hielt dann inne. Finger strichen über ihren Rücken. Er wartete, bis ihre Aufregung sich gelegt hatte, dann begann er sanft in sie zu stoßen. Ganz von selbst übernahm er die Führung und gab den Rhythmus vor.

Sie war sich sicher, dass es Markus war. Ja, sie hatte keinen Anhaltspunkt, keine Beweise, an denen sie es festmachen konnte. Aber irgendwie konnte sie es sich nicht vorstellen, dass er diese Sache einem anderen überließ.

Und das fühlte sich großartig an. Ihm zu gehören, seinem Willen zu folgen und nicht weiter nachzudenken. Sie vergaß, was sie hier gerade tat. Sie vergaß, dass sie sich gerade von drei Männern benutzen ließ, ihnen einfach nur dazu diente, dass sie ihre Lust an ihr stillen konnten. Sie ließ sich von ihnen treiben, sich einfach auf der Woge ihrer Gefühle mitreißen. Es war zu viel auf einmal, viel zu viel. Felicitas wusste schon lange nicht mehr, ob es ein einziger Höhepunkt war, der einfach nicht enden wollte, oder ob sie immer wieder aufs Neue kam. Es fühlte sich jedenfalls an wie ein nicht enden wollender Orgasmus.

Es spielte keine Rolle. Die Männer würden sie nicht gehen lassen, ehe sie nicht alle drei gekommen waren. Sie konnte daran nichts ändern. Sie konnte nur Markus' feste Stöße an den Mann unter ihr weitergeben, sich weiter von Markus lenken lassen und darauf vertrauen, dass sie wussten, was sie taten.

Endlich spürte sie, wie der Mann vor ihr sich seinem Höhepunkt näherte. Er stieß noch heftiger in ihren Mund als zuvor, doch ehe er kam, zog er sich aus ihr zurück. Sie vernahm sein heiseres Stöhnen, als er das Kondom von seinem Glied zog. Ob er sich selbst bis zum Ende brachte? Es klang danach. Felicitas brauchte keine Aufforderung, um sich etwas aufzusetzen und ihm ihre Brüste anzubieten.

Er nahm ihre Einladung dankbar an. Warm und feucht ergoss er sich über sie. In diesem Augenblick kam auch der Mann unter ihr. Sie fühlte seinen Orgasmus schmerzhaft stark. Sein Schwanz schien noch größer zu werden, ehe er abspritzte.

Sie wollte ihn nicht gehen lassen. Ihre Muskeln klammerten sich um ihn, hielten ihn fest, auch wenn er weich und nachgiebig wurde. Sie wollte nicht, dass es vorüber war. Es war wie ein Rausch, in dem sie gefangen wurde. Ein Rausch, der hoffentlich nie verging!

»Kleines Luder.« Das war eindeutig Markus' Stimme. Ein spielerisch leichter Hieb traf ihre Pobacken. Sie gab nun doch nach und ließ zu, dass der Mann sich unter ihr hervorwand. Das Leder der Couch war warm von seiner Haut.

Plötzlich fühlte sich alles seltsam leer an, leer und ein bisschen wund. Nur noch der Mann hinter ihr drang in sie ein, stieß sie fest und unnachgiebig. Felicitas stöhnte auf und hoffte, dass er sich noch Zeit ließ.

Doch Markus' Hände krallten sich besitzergreifend in ihre Hüfte. Er zog sie fester an sich und eroberte sie voll und ganz. Seine Stöße wurden rücksichtslos und hart, nur noch dazu gedacht, sich selbst Befriedigung zu verschaffen. Felicitas gab sich diesem Verlangen hin. Alles, was noch zählte, war er. Seine Lust füllte sie aus, und als er schließlich kam, fühlte sie sich einfach nur noch gut.

Es hätte nicht schöner sein können. Er zog sich aus ihr zurück. Sie sank nach unten auf die Couch, kuschelte sich an das Leder und spürte diesen seltsamen Gefühlen nach, die von ihr Besitz ergriffen.

Zufriedenheit. Ruhe. Und vollkommene Befriedigung. Liebevoll nahm ihr jemand die Augenbinde ab. Sie blinzelte gegen die plötzliche Helligkeit und blickte in Markus' strahlende Augen, sobald sie wieder klar sehen konnte.

»Hey, meine Süße«, flüsterte er und zog sie in seine Arme. »Willkommen zurück auf der Erde. Du bist unbeschreiblich sexy, wenn du kommst, weißt du das?«

Sie seufzte einfach nur auf und kuschelte sich an seine Brust. Sie wollte nicht, dass es hier schon endete!

* * *

Leander und Konstantin waren schon aus dem Raum gewesen, noch ehe sie wieder ganz aus diesem Traum aufgewacht war. Sie hatte nur einen flüchtigen Blick auf die beiden erhascht, war sich aber sicher, in Konstantin den Gorilla vom Eingang wiedererkannt zu haben. Markus hatte sie mit einem eleganten Wickelkleid und seidig schimmernder Unterwäsche überrascht. Alles davon passte wie angegossen. Er hatte sie in ein edel ausgestattetes Bad geführt und sich um alles gekümmert, von einer Haarbürste angefangen bis hin zu einer Probepackung Feuchtigkeitscreme für ihr Gesicht. Als sie ihm angezogen in der Bar gegenübersaß, kam ihr die Erinnerung an gerade eben vor wie die Erinnerung einer Fremden.

»Leander ist Anwalt. Ein ziemlich guter sogar. Er und Konstantin sind seit Ewigkeiten zusammen. Gesucht und gefunden, kann man da nur sagen, Spießbürger pur. Sie schuldeten mir noch einen Gefallen. Du musst zugeben, die Gelegenheit, darauf zurückzukommen, war mehr als nur gut.« Markus beantwortete ihre unausgesprochenen Fragen bereitwillig und schien nichts dabei zu finden. Er schenkte ihnen Wein ein. Mit einem leisen Klirren stießen sie an. Ein rundes Tischchen stand zwischen ihnen. Felicitas streckte wohlig die Beine aus und lehnte sich in ihrem Ledersessel zurück.

»Konstantin ist Ingenieur, und nebenbei steht er ganz gern hier an der Bar. Oder eben auch am Empfang. Leander arbeitet ziemlich viel, und auf diese Weise sitzt er wenigstens abends nicht alleine daheim. Mit Kindern ist es ja eher schwierig.« Markus grinste breit und zuckte mit den Schultern. »Spießbürger, sage ich doch. Konny ist ein absoluter Schatz. Und Leander würde ihm die Welt zu Füßen legen, wenn das ginge. Erinnere mich daran, dass ich dir die beiden mal irgendwann in etwas unverfänglicherer Umgebung vorstelle.«

Wie sollte sie ihnen nur unter die Augen treten? Felicitas spürte die Hitze in ihren Wangen. »Lieber nicht«, flüsterte sie.

Er lachte nur. »Oh, komm schon, du hast uns heute wirklich gut unterhalten. Kein Grund, um sich zu schämen, wirklich nicht.«

»Markus, ich denke nicht, dass das in irgendeiner Form Sinn hat. Ich behalte lieber für mich, was ich in meiner Freizeit tue. Und vor allem mit wem«, widersprach sie ihm und suchte seinen klaren Blick.

»Ich sollte dich öfter überraschen, Zuckerpüppchen. Ich liebe es, wenn du deine Gefühle ohne jede Maske zeigst. Und wenn es nur deine Angst ist«, ging er über ihren Einwand hinweg. Er beugte sich über den Tisch und strich ihr sanft über die Wange. Felicitas schloss die Augen. »Ich will sehen, was in dir steckt.«

Das klang viel zu verbindlich für ihr Empfinden. Panik stieg in ihr auf, weil er gerade all ihre Prinzipien über Bord warf. Früher oder später würde er sie verlassen, daran gab es keinen Zweifel. Markus hatte einen Ruf als notorischer Playboy, und sie wollte gar nicht wissen, mit wem er sonst noch seine Spielchen trieb. Es war besser, sich nicht zu sehr zu binden.

»Und wir haben keine Beziehung, klar? Sonst sehen wir uns nächste Woche im Standesamt wieder, mitsamt weißem Kleid und Kutsche und allem anderen Kitsch, der Lena so einfällt.« Er trank seinen Wein aus und warf einen Blick auf die Armbanduhr. »Dein Taxi sollte gleich da sein. Ich bringe dich noch nach draußen.«

Selbstverständlich hatten sie keine Beziehung. Was auch immer das zwischen ihnen war, nur weil sie miteinander schliefen, bedeutete das gar nichts. Alles andere kam sowieso nicht in Frage. Erleichterung erfasste sie bei seinen klaren Worten.

Keine Beziehung. Niemand, der sie verlassen würde, niemand, der ihre Unabhängigkeit in Frage stellte und sie über kurz oder lang hintergehen würde. Nur guter Sex, über dem sie ihren Stress vergessen konnte.

15

Der Stress auf der Arbeit wurde einfach nicht weniger. Felicitas starrte auf die Reste ihrer Präsentation. Am Abend zuvor hatte alles wunderbar funktioniert, ehe sie nach Hause gegangen war. Die Bilder waren genau so auf dem Bildschirm erschienen, wie sie es gewollt hatte. Jetzt machte das Programm, was es wollte. Die Bilder tanzten wild umher.

Sie hasste es, wenn die Technik versagte. Natürlich tat sie das immer genau dann, wenn man keine Zeit für diese lästigen Arbeiten hatte! Mit einem Seufzen machte sie sich daran, aus den zerschossenen Resten der Datei wieder eine brauchbare Dokumentation zusammenzubauen. Langsam lief ihr wirklich die Zeit davon. Philipp hatte deutlich gemacht, dass er die Geduld verlor. Alex hatte nur noch ein Grinsen für sie übrig, wann immer sie ihn um Hilfe bat. Und Nina hatte wohl beschlossen, sich dumm zu stellen.

Es war einfach nur noch zum Kotzen, anders konnte sie es nicht ausdrücken. Alles hier ging ihr auf die Nerven, die Geräusche der anderen Computer im Hintergrund, das Gluckern der Kaffeemaschine, die leisen Gespräche ihrer Kollegen.

Dass ausgerechnet jetzt Philipp auf sie zusteuerte, machte es nicht besser. Felicitas atmete tief durch und klickte eilig die zerschossene Präsentation zur Seite. Philipp lächelte sie freundlich an und schob sich auf ihren Schreibtisch. Er hielt zwei Kaffeetassen in der Hand und reichte ihr eine davon.

»Einen wunderschönen guten Morgen«, begrüßte er sie und blickte von oben auf sie herunter. Wieder hatte Felicitas das ungute Gefühl, dass er auf ihre Brüste starrte. Sie war heilfroh darum, heute trotz des sonnigen Wetters zu einem einfachen T-Shirt mit Rundhalsausschnitt und einem dünnen Schal gegriffen zu haben.

»Morgen«, gab sie zurück. »Was gibt es denn?«

Bei einem einfachen *Schönen guten Morgen* würde es sicher nicht bleiben. Dazu war Philipp wirklich nicht nett genug. Sie war auf das Schlimmste gefasst.

»Clemens und ich wollen nachher einen Zwischenstand. Der Kunde hat angerufen. Sie brauchen die Kampagne früher als gedacht. Irgendein Marketingfuzzi bei denen im Haus hat sich einfallen lassen, dass jetzt der ideale Zeitpunkt für den Launch wäre.«

War das sein Ernst? Felicitas drängte die aufkeimende Panik zurück. Und wieso überlegten sie sich so kurzfristig, wann sie ihr neues Produkt auf den Markt bringen wollten? So etwas entschied man doch nicht von heute auf morgen, oder?

»Ja, ich weiß, aber so ist das Geschäft nun mal. Der Kunde will, wir springen«, erklärte Philipp ihr mit einem eindeutig herablassenden Unterton in der Stimme. »Ich hoffe, das ist kein Problem für dich? Wir haben eine Telekonferenz um halb fünf, mit dem leitenden Manager unseres Kunden. Bis dahin brauchen wir etwas Vorzeigbares. Ich zähle auf dich.«

Schwarze Flecken tanzten ihr vor den Augen. Das konnte nur ein schlechter Scherz sein, oder? Erst zerschoss die zickende Technik ihr die Präsentation, dann kam Philipp auf die Idee, von heute auf morgen Ergebnisse zu fordern, und dann? Sie wollte gar nicht wissen, welche Überraschungen dieser Tag sonst noch für sie bereithielt.

»Du wirkst etwas blass. Schlecht geschlafen?« Philipp schlürfte hörbar seinen Kaffee, als wäre er zutiefst entspannt. »Weißt du, wenn es dir zu viel wird, übernehme ich das gerne für dich. Du musst es nur sagen, dann vertröste ich den Kunden für dich. Oder schicke Alex vor. Er hat schon das letzte Mal schlechte Arbeit abgeliefert. Der Kunde wäre nicht überrascht, wenn er es wieder tut. Und du kannst dir bis übermorgen oder so Zeit lassen und das ganze Projekt retten.«

Die Gegenleistung, die er dafür erwartete, ließ er wohlweislich unausgesprochen. Felicitas bemühte sich um ein freundliches Lächeln.

»Nein danke, das kriege ich schon hin. Halb fünf hast du gesagt? Dann bin ich um halb vier mit der Präsentation bei euch, und wir können das Ganze noch gemeinsam durchsprechen.«

Für einen Moment entglitt Philipp sein Lächeln, dann stand er auf und klopfte ihr wohlwollend auf die Schulter. »Ich wusste, dass du es hinkriegst. Du bist einfach unser bestes Pferd im Stall.«

Der Drang, ihm eine zu scheuern, wurde immer größer. Philipp konnte von Glück reden, dass er schon zu weit weg stand. Noch einmal grinste er sie schmierig an, ehe er die Finger zu einem Victoryzeichen erhob.

»Ich freue mich auf nachher«, schob er noch hinterher, ehe er sich umdrehte und in seinem Büro verschwand.

Sie fragte sich immer mehr, warum sie sich das antat. Wie von selbst tasteten ihre Finger nach dem Handy. Gegen die Wut und den Ärger gab es genau eine Sache, die definitiv half.

Markus.

Ja, irgendwie war sie wahnsinnig. Aber Lenas Worte gingen ihr einfach nicht mehr aus dem Kopf. Er würde die Verantwortung für alles tragen, und sie konnte einfach nur abschalten. Das klang zu gut, um wahr zu sein.

Hast Du am Wochenende Zeit? Ich habe darüber nachgedacht, Markus, und ich will, dass Du einen Schritt weiter gehst. Schlag mich, schrieb sie und schickte die SMS ab, ehe sie es sich anders überlegen konnte.

* * *

Sein bulliger SUV wirkte wie ein Panzer. Felicitas kletterte auf den Beifahrersitz und vermied jeden Blick zu ihm hinüber. Ob es ihm komisch vorkam, dass sie auf einmal doch mehr wollte? Sie hoffte, mit ihrer Kleidung diesmal seinen Geschmack getroffen zu haben. Der Rock floss in einer weichen Linie um ihre Knie. Dazu hatte sie High Heels gewählt und ein enganliegendes Top mit einem raffinierten Carmen-Ausschnitt.

»Du hast deine Haare gefärbt«, war sein erster Kommentar, nachdem er sich wieder in den Verkehr eingefädelt hatte. Felicitas kniff die Augen zusammen. Damit hatte sie nun nicht gerechnet, dass ihm ausgerechnet das als Erstes auffallen würde.

»Dunkel hast du mir besser gefallen. Ich stehe nicht auf blond«, fügte er hinzu und schien genau zu wissen, dass er sie damit provozierte.

»Ob du darauf stehst oder nicht, ist mir bei der Wahl meiner Haarfarbe ziemlich egal«, gab sie zurück und hoffte, dass er ihr nicht anmerkte, wie sehr sie das traf. Sie hatte tatsächlich darüber nachgedacht, was er darüber denken würde, als sie die Strähnen hatte färben lassen.

»Das will ich auch hoffen.« Ein freches Grinsen tauchte in seinem Gesicht auf. »Aber im Ernst, Felicitas – dunkel steht dir besser. Blond macht dich weich und viel zu nachgiebig.«

Damit machte er die Verwirrung in ihr komplett. Es klang nach einem seltsam verdrehten Kompliment, irgendwie. Sie biss sich auf die Unterlippe und starrte aus dem Fenster, während er den Club ansteuerte.

»Und du bist dir sicher, dass du das durchziehen willst?«, fragte er und parkte ein. »Das kommt etwas überraschend.«

»Ich habe mit Lena darüber gesprochen«, erklärte sie, als ob das wirklich ein guter Grund dafür war, jetzt auf einmal so wahnsinnige Dinge zu tun. »Bitte, Markus. Ich will es ausprobieren.«

Er zuckte mit den Schultern und bedeutete ihr, endlich auszusteigen. Ehe sie wusste, wie ihr geschah, war er um das Auto herum und zog ihr die Arme auf den Rücken.

»Sehr gut, Zuckerpüppchen, so habe ich mir das vorgestellt. Ich werde dich jetzt fesseln. Und dann werden wir sehen, wohin uns der Abend führt«, kündigte er düster an.

Felicitas widerstand dem Drang, sich dagegen zu wehren. Weiche Schnüre legten sich auf ihre Haut. Er zog die Knoten eng, aber nicht fest genug, um ihr jeden Bewegungsspielraum zu nehmen.

»Wenn dir etwas nicht gefällt, sag dein Safeword«, schärfte er ihr noch einmal ein und schob sie dann in Richtung Club. »Und denk nicht nach, denk einfach nicht nach. Du gehörst mir, und was immer jetzt geschieht, geschieht, weil ich es will.«

Das war ein herrlich befreiender Gedanke. War es das, was Lena damit meinte, dass sie sich bei Sebastian fallen lassen konnte? Felicitas bekam nur am Rande mit, wie sie den Club betraten und die Treppe nach oben nahmen. Markus schob sie einfach weiter, öffnete eine Tür und schubste sie geradezu in den Raum.

Felicitas stolperte einen Schritt zurück, sobald sie verstand, was ihre Augen gerade sahen. Auf einem Stuhl inmitten des Raumes kniete eine junge Frau, deren Augen mit schwarzem Stoff verbunden waren. Abgesehen von einem eng gebundenen Korsett war sie nackt. Ihre Hände waren an ihre Oberschenkel gefesselt. Ihr Hintern reckte sich verführerisch weit nach oben. Das allein war schon ein Wunder. Sie musste sich mit ihrer ganzen Kraft darauf konzentrieren, das Gleichgewicht zu wahren.

Ein Spotlight richtete sich geradewegs auf sie, ansonsten lag der Raum im Dunkeln. Sie schwitzte und hatte gleichzeitig Gänsehaut. Felicitas konnte ihre Angst förmlich selbst spüren. Obwohl sie die junge Frau noch nie zuvor gesehen hatte, fühlte sie sich ihr auf eine seltsame Weise verbunden.

Markus schmiegte sich von hinten an sie und hielt sie in seinen Armen. »Sieh zu«, flüsterte er ihr ins Ohr. »Und denk daran: Was auch immer geschieht, sie hätte ein Safeword. Sie will es, jedenfalls ganz tief in ihrem Herzen.«

Die junge Frau schien bemerkt zu haben, dass jemand den Raum betreten hatte, denn sie drehte kurz den Kopf, nur um dann sofort in ihre ursprüngliche Haltung zurückzukehren. Ihre Muskeln zitterten von der ungewohnten Haltung auf der schmalen Sitzfläche des Stuhls.

Die Anspannung im Raum stieg. Felicitas kaute auf ihrer Unterlippe herum und hoffte darauf, dass Markus wusste, was vor sich ging. Sie beobachtete die junge

Frau, die Muskeln, die sich unter der Haut abzeichneten. Die fest aufeinandergepressten Lippen. Die abstehenden harten Nippel ihrer Brüste.

Felicitas schluckte, um die Trockenheit aus ihrem Mund zu vertreiben. Zu gern wüsste sie, was Markus mit dieser Sache hier bezweckte. Doch er würde kaum etwas sagen, und außerdem wagte sie es nicht, die Anspannung im Raum mit ihren Worten zu zerreißen.

Endlich hörte sie Schritte in der Dunkelheit jenseits des Spotlights. Ein Mann trat heraus, unauffällig gekleidet und trotzdem mit einer überwältigenden Präsenz, die sofort den ganzen Raum einzunehmen schien. Eine graue Stoffhose spannte sich eng über seine schmalen Hüften. Dazu trug er ein weißes Hemd, das im Licht des Spotlights hell leuchtete. Und in der Hand hielt er eine Peitsche.

Felicitas spürte seinen Blick nur kurz auf sich ruhen. Er nickte Markus knapp zu, dann wandte er sich der jungen Frau auf dem Stuhl zu.

»Wir haben Zuschauer, meine kleine Blume.« Er blieb einen Schritt hinter ihr stehen, nah genug, um sie spüren zu lassen, dass er da war. Ein Schaudern lief durch ihren Körper. Er streckte die Hand aus und legte sie auf ihren Rücken. »Ich erwarte, dass du dich entsprechend verhältst. Du weißt, wieso ich dich strafe?«

»Ja, Herr«, antwortete sie ruhig. Ihre Stimme zitterte vor unterdrückter Anspannung, und dennoch sprach sie klar und deutlich. »Ich habe gegen die Regeln verstoßen. Ich habe Sie enttäuscht.«

»Ich will, dass du jede einzelne deiner Verfehlungen aufzählst. Dann entscheide ich, wie viele Schläge es dafür sein sollen.« Felicitas' Blick blieb an der Peitsche in seiner Hand hängen. Die vielen Schnüre wirkten einschüchternd und jagten ihr einen kalten Schauder über den Rücken. Wäre Markus nicht gewesen, sie hätte den Raum sofort verlassen.

»Ich habe am Montag und am Mittwoch Unterwäsche getragen. Am Montag habe ich keinen Rock angezogen, wie von Ihnen gewünscht, Herr, sondern Jeans. Im Sport war ich auch nicht. Und ich habe mich selbst befriedigt, Herr. Am Dienstag. Ich konnte nicht anders. Ich habe mich von meiner Lust hinreißen lassen, Herr.«

»Das ist keine Entschuldigung«, entgegnete er hart und nahm die Hand von ihrem Rücken. Sie erwiderte nichts, ergab sich stumm in ihr Schicksal. Felicitas kniff die Augen zusammen. Wieso entschuldigte die junge Frau sich dafür, dass sie ihr Leben selbst in die Hand nahm? Markus schien zu fühlen, dass sie aufbegehren wollte, denn er fasste an ihre Brust und begann, sie fest und zärtlich zugleich zu kneten.

Der Mann umrundete die Frau einmal, dann blieb er vor ihr stehen. Ohne jede Vorwarnung griff er in ihr Haar, fasste es zu einem Pferdeschwanz zusammen und hielt sie daran fest.

»Keine Bewegung!«, befahl er. »Ich werde dich jetzt aufwärmen. Um wie viele Schläge möchtest du mich bitten, meine Blume?«

»So viele wie Sie denken, dass notwendig sind, um meine Fehler zu bestrafen, Herr«, erwiderte sie und seufzte leise auf. »Bitte, Herr.«

»Sag mir eine Zahl«, forderte er und ließ die Schnüre seiner Peitsche über ihren Rücken tänzeln. »Und wähle weise, meine Süßeste.«

Felicitas' Magen zog sich zusammen. Ihre Hände waren schweißnass, und spätestens jetzt war der Punkt gekommen, an dem sie liebend gern den Raum verlassen hätte. Die Vorstellung, dass diese junge Frau sich tatsächlich schlagen lassen wollte, war zu seltsam. Und das erwartungsvolle Pochen in ihrem Unterleib machte es nicht gerade besser.

»Zwanzig, Herr. Plus zehn mit der Gerte für meinen unerlaubten Orgasmus.« Ihre Stimme zitterte vor Aufregung.

»Braves Mädchen«, lobte er und ließ die weichen Schnüre auf ihrem Rücken hin und her tanzen. Noch berührten nur die Spitzen ihre Haut, ganz sanft und zart. »Du wirst zählen. Und wenn du dich nur ein einziges Mal verzählst, fange ich von vorne an. Aber zuerst will ich deine Tränen sehen.«

Er packte den Pferdeschwanz noch fester und trat so nahe an sie heran, dass ihr Kopf an seiner Hüfte zum Liegen kam. Felicitas wollte die Augen schließen und schaffte es doch nicht, sich abzuwenden. Der Mann holte aus und ließ die Schnüre auf den Hintern seines Opfers sausen. Das Klatschen trieb Felicitas Gänsehaut auf die Arme. Sie atmete tief ein. Markus' Griff um ihre Brüste wurde stärker. Er hielt sie, während der Fremde weiter den Hintern der jungen Frau traktierte. Schlag um Schlag, bis die Frau schluchzte und leise um Gnade wimmerte.

»Ruhe!«, befahl er barsch. »Du weißt, womit du es dir verdient hast!« Dennoch schluchzte sie wieder auf, als er mit den Schlägen fortfuhr.

Lust sah definitiv anders aus. Und das wollte sie, dass Markus mit ihr machte? Felicitas hatte das Gefühl, dass alles um sie herum sich zu drehen begann. Die Zeit kam ihr endlos vor, bis er schließlich dieses Folterinstrument senkte und ihren Kopf losließ. Die junge Frau zitterte und hielt sich nur noch mühsam aufrecht.

»Dein Hintern leuchtet wunderschön.« Die Stimme des Mannes war jetzt ebenfalls anders als vorher, dunkler und voller Bewunderung. Er ging um die Frau herum und beugte sich hinter ihr nach unten, um ihre Pobacken zu küssen. Seine Finger strichen sanft über ihre Haut. »Sie fühlt sich ganz heiß an, meine Blume. Bist du bereit?«

Seine Finger verschwanden zwischen ihren Beinen. Das Stöhnen der jungen Frau ließ keine Zweifel daran, was er dort tat. Dieser Anblick hatte etwas, durchaus. Wenn da nicht diese grässliche Peitsche in der Hand des Mannes wäre.

»Du bist feucht, meine Schlampe. Und du hast mir nicht geantwortet. Möchtest du, dass ich deine Strafe verdopple?«

Sein listiger Unterton verhieß nichts Gutes. Die Frau seufzte wohlig auf und konzentrierte sich sichtlich darauf, nicht umzufallen.

»Ja, Herr«, antwortete sie irgendwann und stöhnte leidenschaftlich auf. Der Mann lächelte nur kurz, dann ließ er sie los und verschwand für einen Moment im hinteren Teil des Raumes. Zurück kam er mit einer Reitgerte in der Hand.

»Zwanzig mit der Reitgerte, das sollte genügen, meine Blume. Vergiss das Zählen nicht«, bestimmte er und stellte sich wieder genau wie zuvor vor sie. Er hielt ihr die Reitgerte an die Lippen, und sie küsste sie. Diesmal barg er ihren Kopf in seiner linken Hand, während er in der Rechten die Reitgerte hielt.

»Danke, Herr«, erwiderte sie und kuschelte sich an ihn. Felicitas schluckte. Ein leiser Schrei entfuhr Felicitas, als die Reitgerte das erste Mal auf den Hintern der jungen Frau traf.

Der Mann lächelte wissend in ihre Richtung. Für einen Moment galt seine Aufmerksamkeit ihr, ehe er sich wieder seinem Spielzeug zuwandte. Unter seinem Blick wäre sie am liebsten im Boden versunken.

Nein, das konnte nichts mit Lust zu tun haben. Selbst wenn die Frau sich nach jedem Schlag bedankte und ihre Stimme lustvoll zitterte und ihre Nippel hart waren. Das war einfach unmöglich! Auch wenn sie sich an ihn schmiegte, sich den Schlägen entgegenreckte, das war einfach nicht möglich! Außerdem schluchzte sie und hatte Tränen auf den Wangen. Wenn das nicht eindeutig war!

Worauf hatte sie sich da nur eingelassen? Ob Markus wirklich so etwas mit ihr tun wollte? Oder ob er sie gar an diesen Kerl dort übergeben würde? Er hatte ja offensichtlich keinerlei Bedenken gehabt, sie mit irgendwelchen ihr wildfremden Männern zu teilen, also war das durchaus im Bereich des Möglichen.

Er konnte schlicht und ergreifend alles mit ihr tun. Körperlich war er ihr weit überlegen, zusammen mit diesem anderen Kerl sowieso. Panik stieg in ihr auf. Nein, das hier war so gar nicht ihre Welt!

Endlich kam die junge Frau bei zwanzig an. Ihr Peiniger strich ihr noch einmal mit der Gerte über den Rücken, was ihr ein müdes und wohliges Stöhnen entlockte. Unter Tränen bedankte sie sich bei ihm für die Schläge und küsste dann sogar wieder die Reitgerte, mit der er sie soeben misshandelt hatte.

Er ließ sie los und trat einen Schritt von ihr weg. »Ich hoffe, das genügt, damit du dich in Zukunft an deine Regeln hältst, meine allerliebste Blume.« Liebevoll strich er mit der Hand über ihre Wange und ließ zu, dass sie sich hineinschmiegte. »Ich bin stolz auf dich, Lilly. Du hast dir deinen Orgasmus redlich verdient.«

Felicitas schaffte es endlich doch, ihre Augen zu schließen. Sie wollte nur noch weg aus diesem Raum. Egal, wie sehr sie es versuchte, sie konnte es sich einfach nicht vorstellen, sich von Markus schlagen zu lassen. Oder auch von irgendeinem anderen Mann. Nur wie sollte sie ihm das klarmachen? Einen Rückzieher machen, jetzt, da sie ihn so deutlich darum gebeten hatte? Rückzieher waren in ihrem Leben nicht vorgesehen.

16

Kein Rückzieher! Felicitas sagte sich diesen Satz immer wieder vor, als wäre er ein Mantra. Kein Rückzieher, keine Schwäche. Nicht vor ihm oder sonst irgendwem. Sie hatte es ja nicht anders gewollt. Ein dummer Einfall, vielleicht, aber das würde sie ihm gegenüber garantiert nicht zugeben.

Ihr Körper fühlte sich steif und fremd an. Mit aller Kraft kämpfte sie gegen die Übelkeit an, als Markus sie losließ. Kalte Seide legte sich über ihre Augen. Er zog den Knoten der Augenbinde an ihrem Hinterkopf fest und packte dann ruppig ihr Handgelenk.

»Jetzt kommen wir zu dir, Subbie«, versprach er düster und zog sie mit sich. Beinahe wäre sie gestolpert. Die Angst in ihrem Magen lähmte sie, mehr als sie zugeben wollte. Die Zunge klebte an ihrem trockenen Gaumen. Markus zog sie irgendwohin, in einen Raum, der bedeutend kälter war als der andere. Sie fröstelte und konnte sich kaum aufrecht halten, als er sie losließ.

»Nun, Subbie, sag mir – was soll ich mit dir anfangen? Dich schlagen?« Sein höhnischer Tonfall zog ihr den Magen zusammen.

Was sollte sie darauf schon antworten? Ja? Felicitas hatte das Gefühl, sich beinahe übergeben zu müssen vor Angst. Sie wollte die Kontrolle nicht abgeben, niemals. Es war ihr Leben!

»Du siehst faszinierend aus, Süße. Dein ganzer Körper zittert vor Angst. Weißt du, wie erregend ich das finde? Auf die Knie!«

Der klare Befehl zeigte Wirkung und sprach sie tief in ihrem Inneren an. Ihr Körper schien geradezu froh darüber zu sein, dass er ihr jegliche Entscheidung abnahm. Sie sank nach unten, erleichtert darüber, nicht mehr auf ihren wackeligen Beinen stehen zu müssen.

Sanft legte er ihr die Hand auf die Wange. »Braves Mädchen«, lobte er und streichelte sie zärtlich. Seine Finger hinterließen ein warmes Kribbeln auf ihrer Haut. Eine Fingerkuppe zwängte sich zwischen ihre Lippen. Ganz von allein stupste sie mit der Zunge dagegen und leckte an seinem Finger, bis er sich ihr wieder entzog. Ein sehnsüchtiges Seufzen entfuhr ihr.

»Nun, meine süße, kleine Sub. Was soll ich mit dir nur anfangen?« Sie hörte seine Schritte. Offenbar befanden sie sich in einem Raum mit Holzboden. Ihre Knie protestierten bereits. Aber was sollte sie schon dagegen tun? Ihre Hände waren auf dem Rücken gefesselt. Ihre Augen verbunden. Und der Rest ihres Körpers reglos vor Angst.

»Ich will nicht so sein, mein Zuckerpüppchen. Für dich ist das alles neu. Ich gebe dir die Wahl: Reitgerte, Flogger oder Paddle? Was darf es denn sein?«

Jedem seiner Worte war deutlich anzuhören, wie sehr er die Situation genoss. Sie hatte doch keine Ahnung! Sie konnte ins Blaue hinein irgendetwas sagen! Felicitas schnürte es die Luft ab. Gar nichts davon? Das war die Antwort, die ihr auf der Zunge lag.

»Ich will Antworten, wenn ich dich etwas frage!«, herrschte er sie an. Nur Augenblicke später wurde sie grob nach oben gezogen und nach vorn gestoßen. Ihre Oberschenkel trafen auf irgendetwas Hartes. Holz vielleicht. In ihrem Kopf wirbelten die Gedanken wild durcheinander. Markus nutzte ihre Reglosigkeit, um ihre Arme für einen Moment zu befreien. Er zog die Träger ihres Tops nach unten und schob das Kleidungsstück in ihrer Taille zusammen. Die Träger ihres BHs folgten. Ehe sie reagieren und sich wehren konnte, drückte er ihren nackten Oberkörper nach vorn. Er hielt ihre Arme fest, bog sie dann nach vorn und fesselte sie an das Möbelstück, auf dem ihr Körper zum Liegen gekommen war.

»Schon besser«, befand er und fuhr ihre Wirbelsäule entlang. Seine Berührung tat gut. Sie war beruhigend und warm. Felicitas keuchte auf. Sie brauchte seinen Trost, seinen Zuspruch.

Zwischen all der Angst wurde ihr eins mit einem Mal klar: Er hatte sie in der Hand. Was auch immer er vorhatte, sie konnte sich nicht dagegen wehren. Sie war ihm ausgeliefert, voll und ganz und ohne auch nur noch ein kleines bisschen daran ändern zu können. Abgesehen von dem Safeword. Ob das der Moment war, um ihm Einhalt zu gebieten? Felicitas schauderte und kämpfte gegen den Drang an, ihn zurückzuweisen. Dazu fühlte es sich zu gut an. Dazu war das Verlangen in ihr längst zu stark.

Wortlos machte er sich an ihren Kleidern zu schaffen. Er zog das Top und den Rock über ihre Hüften nach unten und bedeutete ihr mit stummen Gesten, kurz die Beine zu heben, um die Kleidung ganz abstreifen zu können. Nur noch bekleidet mit ihren High Heels, strich die kalte Luft über ihre nackte Haut. Felicitas fröstelte noch mehr.

»Die Beine auseinander!«, befahl er barsch. »Ich will sehen, was du zu bieten hast!«

Es fühlte sich an wie im Rausch, als würde es gar nicht

wirklich passieren. Die Angst brandete immer noch durch ihre Adern, wirkte wie ein Katalysator für ihre Lust. Stärker als sonst spürte sie das Pochen in ihrem Unterleib, diesen Anflug von Gier, der sich in ihr breitmachte und das Kommando über ihren Körper übernahm.

»Beschwer dich nicht. Du hast mich darum gebeten«, erklärte er. Seine Hände legten sich warm und fest auf ihre Pobacken. Er begann damit, sie zu kneten und zu streicheln. Seine Finger huschten über ihren Rücken, über ihre Oberschenkel, kehrten immer wieder zu ihrem Hintern zurück und strichen flüchtig über ihre Schamlippen. »Ich mag dich ganz genau so sehen. Voller Angst. Die Beine breit für mich. Und trotz allem geil.«

Ein Finger drang in sie. Felicitas stöhnte auf. Er wusste, wie er sie berühren musste, um die Lust hervorzulocken. Seine Finger waren meisterlich darin, die Angst zu Sehnsucht werden zu lassen. Sie fühlte ihre Feuchtigkeit zwischen den Schenkeln, das deutliche Anzeichen dafür, dass sie ihn begehrte.

Die Angst, dass er sie schlagen könnte, war immer noch da. Unter all der Lust waren noch immer die Bilder in ihrem Kopf, von dieser jungen Frau auf dem Stuhl, die unter den Schlägen ihres Herrn geweint und gestöhnt hatte. Markus war auf seine Weise genauso brutal und rücksichtslos. Er zwang sie, sich ihrer Lust zu ergeben und sich ihm zu öffnen, sich ihm voll und ganz hinzugeben.

Immer wieder drangen seine Finger in sie. Er trieb sie bis kurz vor den Höhepunkt, dann ließ er plötzlich von ihr ab. Ein schreckliches Gefühl der Leere blieb zurück.

»Ich erwarte immer noch eine Antwort!«, fuhr er sie an. Wieder hörte sie seine Schritte. »Peitsche, Flogger oder Paddle? Die Anzahl bestimme ich.«

Die Antwort blieb ihr im Hals stecken. Wieso merkte er nicht, dass sie das nicht wollte? Die Panik kehrte zurück, stärker als jemals zuvor. Wenn er das tun würde, wenn er sie schlagen würde, sie würde ihm nichts mehr entgegenzusetzen haben. Sie würde ihm gehören, voll und ganz und bis in ihr tiefstes Inneres.

Und genau das war es, was sie niemals riskieren wollte. Einem anderen Menschen so viel von sich preiszugeben, dass er sie verletzen konnte, mehr als nur körperlich. Felicitas schüttelte stumm den Kopf. Seine Schritte hörten sich an, als würde er sie umrunden.

»Weißt du, worauf du gerade liegst? Dieses hübsche Möbelstück heißt Strafbock. Geradezu geschaffen für böse Mädchen wie dich, die eine Züchtigung mit jeder Bewegung herausfordern«, erklärte er und umrundete sie weiter. Unruhig spreizte Felicitas ihre Beine etwas mehr, in der Hoffnung, ihn damit vielleicht von den Schlägen abbringen zu können. Er lachte auf.

»Oh, Zuckerpüppchen, versuch es gar nicht. Ich bin es, der über dich bestimmt, wann begreifst du das endlich?« Etwas berührte ihren Rücken. Sie schrie auf. Sekunden später musste sie erleichtert kichern, denn was auch immer er gerade über ihren Rücken gleiten ließ, es fühlte sich nicht schmerzhaft an. Eher weich und rund.

»Du kannst noch lachen, Zuckerpüppchen? Bin ich zu geduldig mit dir?«, kommentierte er und ließ dieses Ding ihre Wirbelsäule entlang nach unten gleiten. Er teilte ihre Schamlippen und stieß damit in sie.

Im selben Moment schaltete er den Vibrator an. Felicitas seufzte zufrieden auf, als ihre Vermutung bestätigt wurde. Keine Schläge, zumindest jetzt noch nicht. Stattdessen nahm er den Vibrator zu Hilfe, um ihre Lust weiter anzufachen. Er vertrieb die Angst aus ihrem Körper, ersetzte sie durch Lust und Sehnsucht. Ihr Unterleib schien in Flammen zu stehen, verlangte nach mehr. Elektrische Ströme von Lust brannten sich durch ihren Körper.

Auch dieses Spiel beherrschte er meisterlich. Er schien zu ahnen, wann sie kurz vor dem Höhepunkt stand, und genau in diesen Momenten schaltete er die Vibration langsamer. Alle ihre Muskeln verspannten sich, sehnten sich nach dem erlösenden Orgasmus. Er enthielt ihn ihr vor, ließ sich weder durch Flehen noch durch Aufforderungen dazu verleiten, ihr die Erlösung zu gewähren.

Felicitas verlor jedes Gefühl für Zeit und Raum. Ihre Welt bestand nur noch aus dem Verlangen, das immer stärker wurde und alles andere verdrängte. Irgendwann zog er den Vibrator aus ihr und schaltete ihn ab.

»Bitte«, wimmerte sie. »Bitte, Markus, bitte nimm mich!«

Er ließ sich Zeit mit seiner Antwort. Zeit, in der die kalte Luft über ihre erhitzte Haut strich und in der die Leere in ihr immer größer wurde.

»Langsam sollte dein Platz dir doch klargeworden sein, oder? Wie hast du mich anzureden, Zuckerpüppchen?«

Ihre Schamlippen pochten. Ihr Kitzler war längst überreizt, aber die Sehnsucht in ihr noch lange nicht befriedigt.

»Bitte, Herr«, flüsterte sie, und die Worte fühlten sich vollkommen selbstverständlich und normal an. »Bitte, Herr, bitte nimm mich.«

Er regierte nicht auf ihre Bitte. Ob er sie erhören würde? Die Fesseln an ihren Armen wurden gelöst. Felicitas hielt unwillkürlich die Luft an.

Noch immer grob und herrisch zog er sie an sich und schubste sie dann durch den Raum. Sie fiel auf alle viere nach unten, auf eine Matratze oder etwas ähnlich Weiches, mit Leder Überzogenes. Felicitas hatte keine Chance, sich gegen ihn zu wehren.

Nur Augenblicke später war er über ihr und drang in sie. Eine Hand in ihrem Nacken drückte ihren Kopf unsanft nach unten. Er nahm sich, was er von ihr wollte, ohne sich groß um sie und ihre Gefühle zu scheren.

Es war einfach nur herrlich, von ihm benutzt zu werden. Nichts, das mehr in ihrer Verantwortung lag. Nichts, was sie noch tun konnte.

Der Höhepunkt, der ihren Körper schüttelte, kam viel zu schnell und heftig. Felicitas schluchzte auf, bat ihn darum, nicht aufzuhören, und Markus tat ihr den Gefallen.

Er hörte nicht auf, stieß weiter in sie, zwang ihr weiter seinen Willen auf und erfüllte damit die Sehnsucht, die sie sich selbst nicht einzugestehen wagte. Noch nie zuvor hatte sie sich so verstanden gefühlt wie in diesem Augenblick von ihm.

* * *

Ihre Wärme an seiner Seite zu spüren war seltsam beruhigend. Markus fuhr ihr durch die langen Haare, kämmte die Locken mit seinen Fingern und freute sich über ihren gleichmäßigen Atem. Ihre Gefühle zu erleben und zu spüren war etwas ganz Besonderes. Nur dann, wenn die Angst groß genug wurde, schien sie bereit dazu, sich fallen zu lassen, dann, wenn sie nicht mehr anders konnte. Liebevoll entfernte er die Augenbinde von ihrem Kopf, zog sie an sich und barg ihren Kopf in seinen Händen. Sie war verschwitzt und in Tränen aufgelöst, und trotzdem unwahrscheinlich schön.

»Irgendetwas, was wir besprechen sollten?«, flüsterte er an ihrem Ohr und schlang die Arme enger um ihren Oberkörper. Sie schlug die Augen auf und betrachtete ihn eingehend.

Falten tauchten auf ihrer Stirn auf. Sie schüttelte energisch den Kopf und zeigte ihr übliches angestrengtes Lächeln. Keine halbe Stunde war seit ihrem letzten Orgasmus vergangen, und Felicitas die Coole war zurück. Markus tippte mit dem Zeigefinger gegen ihre Nase.

»Gar nichts? Sugar, das kannst du mir nicht weismachen«, sprach er weiter und lachte leise auf, als sie nur die Lippen aufeinanderpresste. »Wir sollten wirklich reden.«

»Worüber? Meine Güte, Markus, du nimmst das alles zu ernst«, erwiderte sie. Ihre Stimme zitterte ein wenig, ansonsten war die Fassade wieder zurück. Felicitas, die sich von niemandem etwas sagen ließ, die man nicht aus der Fassung bringen konnte und die in allen Dingen immer die Überlegene sein musste.

Langsam glaubte er zu verstehen, wie sie tickte. »Hast du immer noch Einwände gegen Schläge?«, wischte er ihren Kommentar zur Seite. »Die süße Lilly sollte dich eigentlich vom Gegenteil überzeugen. Sag mir, dass es geklappt hat!«

Ihr rechter Mundwinkel zuckte nach oben. Sie hatte wahrscheinlich keine Ahnung, wie süß diese Geste aussah, sonst hätte sie sich auch diese Regung längst abgewöhnt.

»Vergiss es, Markus. Ich lasse mich von niemandem schlagen. Nie und nimmer. Und diese ganze SM-Sache kann mir gestohlen bleiben.«

Also hielt sie immer noch daran fest. Markus seufzte leise auf. »Dir ist aber schon klar, dass auch das, was wir beide gemacht haben, schon unter SM fällt?« Er drückte ihr einen Kuss auf die Stirn und legte einen Finger auf ihre Lippen. »Schmerz gehört dazu, das wirst du auch noch lernen. Aber nur, wenn du mich lieb darum bittest.«

Das herausfordernde Funkeln in ihren Augen machte es ihm schwer, eine ernste Miene zu wahren. »Ich bin mir ziemlich sicher, dass auch du es genießen könntest. Wenn du es zulässt, Feli.«

»Das ist doch nicht normal!« Sie wand sich aus seinem Arm, ehe er reagieren konnte, und setzte sich ruckartig auf. Hektisch suchte sie nach ihren im Raum verteilten Kleidungsstücken. »Hör auf damit, Markus! Wie oft muss ich dir noch sagen, dass das nichts für mich ist?«

Er wartete, bis sie wenigstens zur Hälfte wieder bekleidet war. »Feli, bitte, im Ernst: Schläge sind nicht für jeden etwas. Für dich offenbar überhaupt nicht. Und weißt du was? Das ist vollkommen okay. Es reicht, wenn du weißt, dass ich es tun könnte. Allein darum geht es. Darum, dass du dich mir unterwirfst und ich alles mit dir tun könnte. Das ist der Reiz daran. Alles andere ist Zugabe.«

»Das Ganze ist nichts für mich«, fauchte sie und schlüpfte in ihr Top. »Wann verstehst du das endlich? Ich würde mir niemals von irgendeinem Kerl sagen lassen, dass ich keine Unterwäsche anziehen soll. Oder wann und wie ich mich selbst befriedigen darf. Markus, wir leben nicht mehr im letzten Jahrtausend!«

»Nimm es nicht so ernst. Natürlich kann Lilly machen, was sie will. Sie muss nur die Konsequenzen ihrer Handlungen tragen«, schnitt er ihren Widerspruch ab. »Bitte, Felicitas, lass uns darüber reden. Ich verstehe, dass du verwirrt bist, wirklich.«

»Ich bin überhaupt nicht verwirrt. Ich weiß sehr genau,

was gut für mich ist und was nicht«, entgegnete sie und drehte ihre langen Haare mit energischen Bewegungen im Nacken zu einem Knoten. »Und solange du weiter auf diese Sache hier bestehst, ist es wohl besser, wenn wir uns nicht mehr sehen. Geht das in deinen Kopf? Ein Nein ist und bleibt ein Nein!«

Jetzt weiter auf sie einzureden würde überhaupt nichts bringen. Markus beobachtete sie stumm dabei, wie sie auch noch den Rest ihrer Kleidung in Ordnung brachte und zu guter Letzt ihre Schuhe anzog. Ihre Reaktion gefiel ihm überhaupt nicht. Ob er doch zu weit gegangen war? Sie brauchte Angst, um aus ihren gewohnten Mustern auszubrechen, so weit war er schon. Sie brauchte dieses Gefühl des Unausweichlichen, um auch nur für den Hauch eines Augenblicks die Kontrolle abzugeben.

Aber ob ihr das auch bewusst war? Und ob sie es wirklich wollte? Sie machte es ihm nicht gerade einfach mit ihrem störrischen Verhalten. Sie schenkte ihm einen letzten herablassenden Blick, dann verließ sie das Zimmer und schlug hörbar die Tür hinter sich zu.

Das war überhaupt nicht gut. Er würde Lena bitten, sie morgen anzurufen und sich um sie zu kümmern. Und am Montag würde er sie von der Arbeit abholen und sie dazu zu bringen, mit ihm zu reden. Er musste einfach wissen, was sie empfand, wenn sie erst einmal ihre Angst vor dem Kontrollverlust überwunden hatte.

17

Die Arbeit war eine willkommene Ablenkung. Den Sonntag hatte sie damit verbracht, die Präsentation auf Hochglanz zu polieren. Sie fühlte sich gut vorbereitet und sicher in ihrem Thema – und das war die beste Voraussetzung für einen gelungenen Vortrag.

Felicitas kontrollierte vor dem Spiegel ein letztes Mal den Sitz ihres Kostüms und strich dann noch eine verirrte Haarsträhne zurück in ihre strenge Hochsteckfrisur. Heute galt es, wenn sie wirklich die Lorbeeren für dieses Projekt einheimsen wollte. Ihre Auftraggeber hatte ein Team geschickt, um die ersten Ergebnisse in Augenschein zu nehmen. Wenn sie mit ihren Vorschlägen ins Schwarze traf, war ihr der Erfolg so gut wie sicher.

Und es war eine hervorragende Entschuldigung, um nicht weiter nachzudenken. Sobald ihre Gedanken von der aktuellen Kampagne wegdrifteten, tauchten die Bilder vom Samstagabend wieder auf. Diese Lilly und ihr sehnsuchtsvolles Betteln um mehr. Ihr Peiniger, der anscheinend genau gewusst hatte, wie viel er seiner Partnerin zumuten konnte. Markus, der voller Kraft und Gewalt alle ihre Barrieren niedergerissen hatte.

Es machte keinen Sinn, es weiter zu leugnen. Die Art, wie er die Kontrolle an sich gerissen hatte, hatte etwas in ihr zu Fall gebracht. Sie hatte es genossen, von ihm nach seinem Gutdünken behandelt zu werden.

Sie betrachtete ihr Spiegelbild und zwang sich ein Lächeln auf die Lippen. Das war immer noch das beste Mittel gegen Aufregung, Lächeln, bis die Mundwinkel schmerzten und der Körper glaubte, gerade in Wahrheit eine erfreuliche Situation zu erleben. Auch diesmal funktionierte es, ihren Körper zu überlisten. Ihr Herzschlag beruhigte sich. Sie ging noch ein letztes Mal mit dem Puder über ihre Stirn und packte dann ihre Schminksachen energisch zurück in die Handtasche.

Sie war perfekt vorbereitet. Sie wusste, dass sie ihre Sache gut gemacht hatte. Was sollte dann schon passieren? Es gab keinen Grund, sich kleiner zu machen, als sie war. Und vor allem gab es keinen Grund, die Chance nicht zu ergreifen, die sich ihr gerade bot.

Dennoch hatte sie einen Frosch im Hals, als sie in den Meetingraum trat und noch einmal die technische Ausrüstung überprüfte. Seit dem seltsamen Zwischenfall letzte Woche traute sie sich selbst nicht mehr über den Weg. Gestern hatte alles perfekt funktioniert, doch das musste nichts heißen. Sie prüfte alle Anschlüsse, kontrollierte, ob die Präsentation tatsächlich bereits offen war, und ließ sie kurz anspielen.

Es sah alles ganz normal aus. Felicitas trank einen Schluck Wasser und warf einen nervösen Blick durch die halb durchsichtigen Fenster aus dem Meetingraum hinein in das Großraumbüro. Noch unterhielt Philipp sich mit dem Kunden. Sie hatte die Abordnung ihres Auftraggebers nur kurz aus dem Augenwinkel gesehen, als sie am Morgen angekommen waren, drei Männer in nichtssagenden Anzügen. Sie wusste noch nicht einmal ihre Namen. Philipp hatte es nicht für notwendig gehalten, ihr diese Informationen zu geben.

Aber es spielte ohnehin keine Rolle. Sie setzte sich halb

auf die Tischplatte neben den Tablet-PC und betrachtete noch einmal die Startseite ihrer Präsentation. Die ersten Worte zählten, so war es immer.

Nur am Rande bekam sie mit, dass jemand den Raum betrat, ein einzelner Mann, den sie nicht kannte. Knapp nickte sie ihm zu, wollte dann wieder in der Präsentation herumklicken, ehe ihr Verstand sich einschaltete. Sie kannte ihn nicht. Also konnte er nur zum Team ihres Kunden gehören.

Sofort sprang sie auf und setzte ihr freundlichstes Lächeln auf. »Felicitas Wiegand«, stellte sie sich vor und streckte ihm die Hand entgegen.

Er hatte ein charmantes Lächeln, das bei allem Amüsement keinerlei Zynismus in sich trug. Kleine Grübchen auf seinen Wangen verstärkten diesen Eindruck noch. »Robert Klein«, erwiderte er. »Marketingleiter bei *Green Essentials*. Wir hatten schon ein paarmal telefoniert. Ich wollte eben die Gelegenheit nutzen und mit Ihnen alleine sprechen, Frau Wiegand. Soweit ich Philipp verstanden habe, verantworten Sie die Kampagne? Er hat es zwar nicht direkt gesagt, doch ich hatte den Eindruck, als würde nicht er persönlich die Fäden in der Hand halten in dieser Sache.«

Er hielt offenbar nicht sehr viel von Smalltalk. Felicitas nickte und gönnte sich einen kurzen Augenblick, um ihre Gedanken zu ordnen. Dass er sie so direkt darauf ansprach, konnte alles Mögliche bedeuten. Ob ihr Kunde unzufrieden war, weil nicht der Agenturchef persönlich sich dieser Sache annahm?

»Ja, das ist richtig, im Wesentlichen obliegt die Kampagne mir, auch wenn Philipp sich die künstlerische Leitung natürlich vorbehalten hat. Aber Grundidee und Umsetzung fallen in meinen Verantwortungsbereich.«

Seinem freundlichen Mienenspiel war nicht anzusehen, was er davon hielt. Das nette Lächeln mit den Grübchen, erkannte Felicitas, war die perfekte Tarnung für seine Gedanken. Überhaupt schien er sich hinter einem perfekten Aussehen zu verstecken. Sein Anzug saß wie angegossen, ein Maßanzug. Die blaue Krawatte passte zu seinen braunen Augen und dem Einstecktuch. Der Anzug selbst hatte ein sehr dezentes Fischgrätmuster, das in keiner Weise aufdringlich wirkte.

»Dann muss ich Ihnen gratulieren«, sagte er schließlich, ohne dass sich sein Mienenspiel groß veränderte. »Sie haben den Nerv getroffen, das kann ich Ihnen schon sagen. Wir bei *Green Essentials* wollen etwas andere Wege gehen als der Mutterkonzern, das ist der Sinn der ganzen Sache. Eine ganz neue Produktlinie mit einem ganz neuen Image, grüner und jünger eben. Und genau das haben Sie getroffen.«

»Vielen Dank«, erwiderte sie und hatte alle Mühe, ihr Erstaunen über dieses offen ausgesprochene Lob zu verbergen. Philipp hielt es nie für nötig, irgendetwas zu loben. Bestenfalls sagte er gar nichts oder rang sich ein knappes Lächeln ab. Im Normalfall fand er alles, was man ihm vorlegte, gerade gut genug.

»Wirklich, Frau Wiegand, sehr gelungen. Ich habe es Philipp gegenüber auch schon durchblicken lassen, und wenn Sie jetzt noch die letzten Unklarheiten beseitigen, bin ich mir sicher, dass wir ins Geschäft kommen. *Green Essentials* wird definitiv darüber nachdenken, Ihnen in Zukunft exklusiven Zugriff auf unsere Kampagnen zu geben.«

Sie wollte einfach nicht glauben, was er da sagte. Es kam selten genug vor, dass eine Firma sich an eine Werbeagentur band. Die meisten Firmen schrieben ihre

Kampagnen immer neu aus, vertrauten darauf, dass der Wettbewerb die besten Ideen zutage fördern würde. Es war ein harter Kampf um Aufträge, gerade auf diesem Niveau.

»Was ich bisher gesehen habe, hat mir wirklich gefallen, Frau Wiegand. Und dem Vorstand ganz oben auch. Ich hoffe, Philipp weiß, was er an Ihnen hat.« Robert zwinkerte ihr kurz zu und holte dann sein Visitenkartenetui aus der Innentasche seines Jacketts. »Die lasse ich Ihnen gleich hier. Wenn Sie noch Klärungsbedarf sehen, wenden Sie sich direkt an mich. Kein Grund, es über Philipp laufen zu lassen, wenn Sie doch die eigentlich Verantwortliche sind.«

Er legte die Karte neben dem Tablet-PC auf dem Tisch ab. Immer noch wartete Felicitas auf das *Aber*, doch es kam nicht. Er nickte ihr noch einmal kurz anerkennend zu, ehe die Tür hinter ihm aufging und Philipp, Alex und die beiden Kollegen von Robert hereinkamen. Sie plauderten angeregt und hielten jeder eine Tasse Kaffee in der Hand. Robert jedoch war es, der ihnen mit kaum sichtbaren Gesten zu verstehen gab, sich zu setzen und still zu sein. Es war faszinierend zu beobachten, wie selbst Philipp sich diesen stummen Befehlen beugte.

Und das sicher nicht nur, weil er ein Kunde war. Robert hatte vielmehr eine ganz natürliche, selbstsichere Aura, die ihm ganz von allein das Recht gab, Philipp herumzukommandieren. Erleichterung stieg in Felicitas auf. Nach einem weiteren Schluck Wasser fühlte sie sich in der Lage dazu, Robert endgültig davon zu überzeugen, wie gut sie war.

Besser konnte es gar nicht laufen.

* * *

Auf seine Nachricht hin hatte Felicitas sich nicht gemeldet. Trotzdem hatte Markus sich einen Parkplatz gegenüber ihres Büros gesucht, um auf sie zu warten. Er musste einfach mit ihr reden. Lena hatte ihm gesagt, dass Felicitas nicht auf ihre Anrufe reagierte, dass sie wie vom Erdboden verschluckt war.

Diese ganze Sache gefiel ihm immer weniger. Er hatte eigentlich geglaubt, sie im Griff zu haben und zu spüren, wie weit er gehen konnte. Nach all den Jahren, die er in der Szene verbracht hatte, hatte er wirklich gedacht, so etwas vermeiden zu können. Lena hatte ihm zum Glück Vorwürfe erspart. Es reichte schon, wenn er sich selbst Gedanken machte, weil er so offensichtlich unverantwortlich gehandelt hatte.

Hier also verbrachte sie ihre Zeit. Es war ein altes Backsteingebäude, das man mit allem erdenklichen Aufwand in ein modernes Bürogebäude verwandelt hatte. Kubische Formen durchbrachen immer wieder die alten Mauern, wahrscheinlich Leuchtkörper, die in der Dunkelheit erst ihre Wirkung entfalteten. Die Dachterrasse war von einem Edelstahlgeländer umgeben. Das Grün von Palmen und Farnen ragte darüber hinaus. Hier hatte irgendjemand keine Kosten und Mühen gescheut, um dem Gebäude den Anstrich von etwas Besonderem zu geben.

Wie lange sie wohl auf der Arbeit blieb? Wahrscheinlich bis alles dunkel war. Sie war ein Workaholic, dazu brauchte man kein großer Psychologe zu sein. Sie hatte nichts sonst in ihrem Leben, sie ging in diesem Job auf. Nachdenklich starrte er auf die bodentiefen Fenster, hinter denen Menschen telefonierten, diskutierten, arbeiteten. Felicitas war irgendwo dort drinnen, unter diesen Menschen, die nichts anderes taten, als Geld zu verdienen.

Er hatte nie so ganz verstanden, was man an einem

Bürojob finden konnte. Aber gut, er hatte es auch nie nötig gehabt. Und er war auch nicht umsonst als das schwarze Schaf der Familie verschrien.

Wenigstens konnte er hier sichergehen, sie anzutreffen. Kurz entschlossen schloss er das Auto ab und überquerte die breite Straße vor dem Gebäude. Im Erdgeschoss empfing ihn ein großer, leerer Raum mit einem einzelnen Tresen. Die blonde Dame dahinter musterte ihn interessiert. Er ließ seinen Blick über die Firmenschilder gleiten und nickte ihr knapp zu.

»Ich habe einen Termin mit Frau Wiegand, PCT Marketing«, log er. Die Dame nickte und griff nach dem Telefon. Sie spulte ihren Text ab, erwartete die Antwort und runzelte dann ungehalten die Stirn.

»Frau Wiegand befindet sich in einer Besprechung. Ihre Vertretung weiß nichts von einem Termin«, erklärte sie, im Tonfall immer noch freundlich, aber deutlich abweisender als zuvor. »Darf ich etwas ausrichten?«

»Ich kann auch oben warten, kein Problem. War eine kurzfristige Sache, wahrscheinlich ist das untergegangen. Oder Feli hat es nicht in den Kalender geschrieben. Ich bin ihr Freund, wissen Sie.« Markus lehnte sich an den Tresen und zwinkerte ihr vertraulich zu. Sollte sie doch denken, was sie wollte! »Und es geht hier um Leben und Tod, sozusagen. Tun Sie mir den Gefallen und sagen Sie nichts dort oben. Sie wissen schon …«

Er hatte sich offenbar nicht verschätzt. Der Gesichtsausdruck der Blondine hinter dem Tresen wurde milde. Sie ließ den Hörer sinken und bekam einen leichten Glanz in den Augen.

»Ich wusste ja gar nicht, dass Frau Wiegand …«, murmelte sie und hielt inne. Sie nickte knapp und legte dann den Telefonhörer ab. Eilig sprang sie auf und begleitete ihn zu dem Aufzug, der nur mit Codekarte zu bedienen war. Markus behielt sein charmant-verschwörerisches Lächeln bei, bis sie ihn oben verabschiedete, und atmete dann tief durch.

Stufe eins war also geschafft. Jetzt musste er sie in dem Büro nur noch finden und zur Rede stellen, ohne dass sie gleich wieder abhauen konnte. Und am besten, ohne sie vor allen ihren Kollegen zu entblößen. Er öffnete die schwere Holztür, hinter der sich ein loftartiges Büro erstreckte. Kreatives Chaos schien das vorherrschende Designelement zu sein, oder jedenfalls vorgeschobenes Chaos. Eine Sitzecke mit quietschroten Sofas diente wohl als Wartebereich für Kunden. Motivierende Sprüche wechselten sich mit irgendwelchen Auszeichnungen an den Wänden ab.

Das hier musste die pure Hölle für Felicitas sein. Sie mochte es doch eigentlich ruhig und strukturiert, und das hier war das genaue Gegenteil. Markus schob die Hände in die Hosentaschen. Eine junge Dame in lässigen Chinos und weit geschnittenem Pullover kam auf ihn zu und lächelte freundlich.

»Bitte, kann ich helfen? Kaffee, Tee? Auf wen warten Sie denn? Der Empfang hat niemanden angekündigt …«, begann sie und deutete dabei auf die Sitzecke.

»Ich will auch gar nicht angekündigt werden. Ich suche Frau Wiegand. Es ist dringend. Und vertraulich«, erwiderte er, wohlwissend, dass spätestens bei dem Wort vertraulich alle Ohren auf seiner Seite waren. »Sie wären mir wirklich eine große Hilfe, Frau …?«

Auch diesmal versagte sein Lächeln nicht. Die junge Frau blickte hastig zur Seite. »Nina Kovac. Felicitas ist gerade in einer Besprechung, tut mir leid. Wenn Sie hier warten würden?«

Er erinnerte sich düster daran, dass der Name Nina im Zusammenhang mit diesem seltsamen Alex schon einmal gefallen war. Markus blickte sich gespielt hilflos um. »Es ist wirklich wichtig, Nina. Sie tun mir einen wahnsinnigen Gefallen, wenn Sie mich zu Felicitas bringen, wirklich. Und so schlimm wird es schon nicht sein, oder? Und keine Angst, ich habe das mit Alex abgesprochen.«

Nina kicherte verhalten. »Oh, Alex weiß Bescheid? Das klingt gut.« Sofort drehte sie sich um und marschierte zielgerichtet und mehr als nur selbstbewusst durch das Loft. Im Vorbeigehen warf Markus einen Blick auf Bildschirme, vor denen sich Mappen, Bilder und Papiere stapelten. Die dazugehörigen Menschen taten sehr überzeugend so, als würden sie ihn gar nicht bemerken. Wieso tat man sich so etwas hier freiwillig jeden Tag an?

Nina führte ihn an den großen, bodenlangen Fenstern vorbei in einen Gang, der durch die Teeküche vom Rest des Büros abgetrennt war. Dahinter trennte halb durchsichtiges Milchglas einige Räume von dem ansonsten offenen Loft ab. Die Namen der Geschäftsführer prangten an den gläsernen Türen, dann erreichten sie einen Raum ohne jede Bezeichnung. Nina zwinkerte ihm noch einmal zu und grinste breit, als sie die Tür aufschob.

Das, was dahinter stattfand, war alles andere als ein harmloses Meeting. Halb leer gegessene Platten mit besten Häppchen, Sektgläser und sogar leere Cocktailgläser standen am Rand des Besprechungsraums. Es sah ausnahmslos teuer aus. Felicitas' Wangen waren leicht gerötet. Sofort tauchten in seiner Phantasie Bilder von ihr auf. Sie war eine hübsche Frau, keine Frage. Ob sie diese Reize auch einsetzte? Mit Sicherheit, wieso sollte sie das auch nicht! Sie liebte ihren Job, und sie liebte ihre Karriere. Natürlich würde sie alles dafür tun!

Markus drängte mühsam die Eifersucht zurück und bemühte sich weiter um ein ruhiges Auftreten. Es ging ihn ja eigentlich nichts an. Er wollte nur mit ihr reden, um sicherzugehen, dass es ihr gutging nach diesem Absturz vom Samstagabend!

Die Typen in dem Raum passten zu den Räumlichkeiten. Show und Schein waren ziemlich offenkundig alles, um was es hier ging. Anzüge und gespielt lässiger Brit-Popper-Künstler-Style waren anscheinend gerade angesagt. Felicitas stand vor einem kleinen Tisch und ihrem Laptop. Sie trug ein schrecklich klassisches Businesskostüm und starrte ihn mit großen Augen an.

»Nina?«, ergriff einer der Anzugtypen das Wort. Der mit dem schmierigen Lachen. Ob das ihr Chef war? Markus konnte sich jedenfalls gut vorstellen, dass dieser Lackaffe sich nicht zu schade dazu war, mit Machosprüchen um sich zu werfen.

»Oh …« Nina lief hochrot an und drehte sich halb zu ihm um. Er ließ sie noch einen Augenblick zappeln und trat dann an ihr vorbei in den Besprechungsraum. An der Wand prangte noch das Logo der Marketingfirma. Felicitas hatte ihre Präsentation also bis zum Ende durchgezogen. Ein gutes Zeichen? Er hatte einfach viel zu wenig Ahnung von dem, was sie hier tat!

»Entschuldigen Sie die Störung«, begann er. Felicitas schüttelte entsetzt den Kopf und drehte sich dann halb zum Fenster, als dächte sie gerade darüber nach, hinauszuspringen. »Ich suche nach Frau Wiegand. Ihre freundliche Mitarbeiterin hier war so nett, mich hierherzubringen.«

Nina japste nach Luft, während der schmierige Anzugträger mit dem viel zu jugendlichen Haarschnitt sie mit seinen Blicken zerlegte. Markus konnte sich ein kleines Grinsen darüber nicht verkneifen. Nina hatte sicher gedacht, Felicitas mit dieser Aktion irgendwie zu schaden. Spätestens als ihr Gesicht bei Alex' Erwähnung zu leuchten angefangen hatte, war er sich damit sicher gewesen. Nun, das sollte sie sich in Zukunft besser zweimal überlegen!

»Wir befinden uns gerade in einer Besprechung!« Der schleimige Anzugträger wandte sich halb um zu einem anderen Kerl, dessen schwammiges Gesicht bei seinem Erscheinen erstaunlich bleich geworden war.

Markus nickte dem Blassen deutlich zu. Alex sank auf dem Stuhl noch ein bisschen tiefer und blickte vorsichtig – sehr, sehr vorsichtig, wie er zufrieden feststellte – in Felicitas' Richtung. Die Lektion im Club wirkte also noch.

»Dann störe ich?«, schlussfolgerte Markus lässig und ließ sich dadurch nicht davon abhalten, in Felicitas' Richtung zu gehen. Sie tat immer noch stur so, als wäre er gar nicht da. Nur ihr hektischer Atem verriet sie. »Dauert auch nicht lange. Ich nehme Frau Wiegand nur ganz kurz mit vor die Tür. Versprochen.«

Er griff energisch nach ihrem Handgelenk. Sofort wurde ihre Haltung noch etwas steifer.

»Darf ich fragen, was das wird?« Der Mann in dem klassischen Anzug, den er auf den ersten Blick als harmlos eingeschätzt hatte, war erstaunlicherweise der Einzige, der aufstand und sich einmischte. Markus hielt inne und drehte sich halb zu ihm um.

»Ich bin unhöflich, ich weiß. Entschuldigen Sie, meine Herren, Nina, aber ich muss Frau Wiegand wirklich kurz entführen. Markus Kreuzer mein Name. Ihr Freund. Ich muss sie nur kurz etwas fragen, und ans Telefon wollte sie nicht gehen.«

»Weil ich nicht mit dir reden will, Markus!« Felicitas riss an seiner Hand, als hätte die Einmischung sie wieder aufgeweckt. Die Blicke, die sie mit diesem langweiligen Anzugtypen tauschte, sprühten förmlich. Wieder stieg Eifersucht in ihm auf. Der Anzugtyp war dann wohl ihr Verhandlungspartner auf der Gegenseite.

»Oh, komm schon, Baby«, flüsterte er und zwinkerte ihr zu. »Du machst es mir wirklich schwer. Nur eine Frage, Süße. Und ein kleines Abendessen?«

Nina an der Tür keuchte überrascht auf. Die Kleine war also doch ein klein wenig romantisch veranlagt. Alex lief dagegen hochrot an. Offenbar zog er bereits die richtigen Schlüsse. Markus ließ sich von ihrer steifen Haltung nicht beirren und zog sie an sich.

»Tut mir leid, aber ich arbeite«, erklärte Felicitas und schickte ihm einen zornigen Blick. »Was soll das, Markus?«

»Als hättest du es noch nicht verstanden«, erklärte er ruhig und sandte dem Schleimtypen einen warnenden Blick. Er schien sich an den Anzugträger zu halten. Dieser stand immer noch und schien nicht ganz zu wissen, ob er dazwischengehen sollte oder nicht. Sein Blick ruhte auf Felicitas, schien die Situation abzuschätzen. Seine ganze Haltung hatte etwas Beschützendes.

Er musste einfach wissen, was zwischen ihr und diesem Typen lief! Markus musterte ihn noch einmal von oben bis unten. Unter seinem angenehm unauffälligen Äußeren verbarg dieser Anzugträger eine unterschwellige Kraft. Einen geradezu selbstverständlichen Anspruch darauf, die Führung zu übernehmen und seinen Willen durchzusetzen. Trotz seiner spürbaren Anspannung wirkte er immer noch ruhig und gelassen, so als wäre er sich seiner selbst vollkommen sicher.

Markus kannte diese Art von Stärke, diese ganz besondere Form der Dominanz. Schützend und besitzergreifend zugleich legte er den Arm um Felicitas' Schultern. Sie war immer noch wie erstarrt und schien nicht glauben zu wollen, dass er sich wirklich auf diese Weise in ihr Leben schlich.

Sein Gegenüber trug einen Maßanzug, stellte er fest und ignorierte, dass der Anzugträger ihn genauso taxierte. Dezente Farben, keine Spielereien. An seinem Ehering blieb Markus' Blick hingen. Er trug ihn links, was an und für sich nichts Ungewöhnliches war. Ungewöhnlich war nur das für einen Männerring auffällige Design. Statt aus purem Gold zu sein, hatte der Ring einen Stein, um den sich ein weiterer, kleinerer Ring schmiegte. Dieser Ehering wollte gar nicht zu seinem ansonsten vollkommen normalen Aussehen passen.

Und gerade das gab den Ausschlag für Markus, in dem Ring mehr zu sehen als nur ein Schmuckstück. Er erwiderte den prüfenden Blick und lächelte knapp.

»Süße, wir müssen wirklich reden. Ich kann es nicht dulden, dass du dich einfach zwei Tage lang gar nicht meldest. Ich habe mir Sorgen gemacht. Mal abgesehen davon, ich hab uns einen Tisch reserviert zur Feier des Tages. Und ich muss dir dringend eine ganz besondere Frage stellen«, wiederholte er und hoffte, dass die Lüge immer noch glaubhaft klang. Und wirklich – der Anzugträger hob die Augenbrauen, schüttelte leicht den Kopf und drehte sich dann um.

»Herr Kreuzer, da haben Sie sich einen denkbar schlechten Augenblick ausgesucht für Ihren Antrag«, stellte der Anzugträger dann lächelnd fest. »Ihre Auserwählte hat uns gerade die Werbekampagne des Jahres präsentiert.« Er umfasste das leer gegessene Büfett mit einer großzügigen Geste. »Eigentlich wollten wir das später noch zusammen feiern. Aber nachdem die Verträge bereits unterschrieben sind – Philipp, ich denke mal, du hast nichts dagegen, wenn wir ohne Felicitas essen gehen? Du kannst ja deine freundliche Praktikantin dort mitnehmen, wenn du Angst hast, dass wir ohne weibliche Begleitung aufgeschmissen wären.«

Markus konnte sich ein Grinsen nicht mehr verkneifen. »Ich weiß, ich weiß. Sie neigt dazu, die Arbeit zu übertreiben, das kann ich ihr einfach nicht austreiben. Aber zwei Tage ohne dich machen mich einfach krank, Baby.« Sie funkelte ihn zornig an. Ihre Gesichtsfarbe hatte inzwischen von Rot zu Weiß gewechselt. So sprachlos hatte er sie noch nie erlebt.

Der Anzugträger, der ganz offensichtlich der Einzige im Raum war, der wirklich etwas zu sagen hatte, lachte auf, ganz ohne jeden Spott in der Stimme. »So habe ich Felicitas auch eingeschätzt. Aber verdammt gute Arbeit, das Wochenende hat sich gelohnt«, lobte er ruhig und setzte sich wieder. »Na dann, ab mit dir, Felicitas. Die Story, wie dein Freund dich mitten aus dem Meeting des Jahres entführte, um dir einen Antrag zu machen, die wird so schnell keiner überbieten, nehme ich an. Wehe, du feierst nicht anständig!«

Ehe sie protestierten und die Sachlage doch noch richtigstellen konnte, zog Markus sie in seine Arme. Er legte ihr eine Hand in den Nacken, mit der anderen packte er ihre schmalen Handgelenke. Er schob sie vor sich her aus dem Raum, vorbei an dieser Nina, die ihn und Felicitas mit offenem Mund anstarrte. Jetzt machten sich nicht mehr allzu viele Mitarbeiter in dem Büro die Mühe, ihre Neugier zu verbergen.

Nun, damit konnte er leben. Und Felicitas würde schon

eine gute Erklärung finden. Er konnte einfach nicht mehr warten. Er musste wissen, wie sie zu ihm stand, ehe ihn seine Gefühle auffraßen.

18

Die Angst lähmte sie. Markus ließ ihr keine große Wahl. Energisch zog er sie mit hinter das Auto, drückte sie gegen das kalte Metall und verbog ihre Arme auf dem Rücken. Sie standen nah am Heck, unmittelbar neben der hinteren Tür. Felicitas' Gedanken rasten. Er tat ihr nicht unbedingt weh mit seinem Griff, und dennoch sagte er ihr damit deutlich, dass er sie in der Hand hatte.

Das ganze gottverdammte Büro wusste nun, dass sie eine Beziehung führte. Und dieselben Leute würden sich den Mund zerreißen über sie. Markus hatte ihr in einem einzigen Tag alles ruiniert, was sie sich aufgebaut hatte. Ihr Ruf als kalte, unnahbare Zicke war damit jedenfalls dahin!

Die frische Luft brachte dafür ein wenig Klarheit in ihren Kopf zurück. Kampflos würde er sie nicht bekommen!

»Spinnst du? Ich arbeite! Markus, verdammt!«, schimpfte sie und schrie auf, als er ihren Arm weiter nach oben drehte. »Markus, bitte! Hör auf damit!«

Mehr als das fiel ihr gerade nicht ein, sosehr sie es auch wollte. Sie versuchte, nach ihm zu treten, doch er hielt sie geschickt von sich weg. Felicitas wollte schreien, aber ihr Protest kam nur schwach und zitternd. Sie rang um jedes Wort. »Das ist doch nicht normal, dass du einfach so auftauchst!«

War es das, was eine Beziehung bedeutete? Die Gefahr, dass er jederzeit auftauchen konnte, sie einfach so mitriss und ihr jede Chance auf ein eigenes Leben nahm?

»Und außerdem bin ich nicht deine Freundin!« Sie schmeckte Salz auf ihren Lippen. Nein, sie wollte nicht weinen. Sie wollte sich nicht von ihm behandeln lassen, als hätte sie keinen eigenen Willen. »Markus, hör auf!«

»Du wiederholst dich, Süße.« Seine Ruhe war überwältigend. Er klang überhaupt nicht zornig und kein bisschen brutal, sondern eher amüsiert. »Aber mach ruhig weiter, wenn es dir guttut.«

Felicitas schnappte nach Luft. Sie schloss die Augen und verdrängte die Bilder aus ihrem Kopf. Es ging einfach nicht, dass er so mir nichts, dir nichts in ihr Leben platzte! Auch wenn sie selbst heute im Grunde genommen gar keine große Lust mehr darauf hatte, den restlichen Tag im Büro zu verbringen! Doch das war eine ganze andere Frage. Wenn sie nicht arbeiten wollte, dann weil sie es bestimmte, nicht weil er sie packte und einfach mit sich zog!

»Markus, was soll das? Ich muss zurück ins Büro!« Ihre Stimme zitterte mehr, als sie wollte. Felicitas kam es vor, als würde sie ihn um Gnade anwinseln, während der große Markus sie hielt und einfach nur abwartete, bis ihre Kraft am Ende war. Worauf er lange warten konnte!

»Nein, Sugar, das musst du nicht. Du hast diesen Kerl doch gehört – dich brauchen sie nicht, um die Sache abzuschließen. Du kannst dich zurücklehnen und den Tag genießen.« Immer noch hielt er ihre Arme fest auf dem Rücken. Der Wunsch, von ihm berührt zu werden, wurde immer größer. Felicitas kämpfte dagegen an.

»Und sei dir sicher, die richtigen Leute wissen, wem sie die gute Arbeit zu verdanken haben.«

Seine beruhigende Stimme legte sich warm auf ihr Herz. Woher wusste er, was in ihrem Kopf vorging? Dass sie immer noch nicht zufrieden war, nur weil Robert wirklich die Kampagne kaufen wollte? Sie wollte, dass Philipp ihre Leistung endlich anerkannte, dass sie den Lohn für all die Jahre bekam, in denen sie auf alles andere verzichtet hatte. Dass irgendjemand ihr endlich die Sicherheit gab, die sie sich ersehnte!

»Sugar, das findet sich alles, mach dir darüber keinen Kopf. Karriere ist die eine Sache. Das Leben die andere. Wann hast du das letzte Mal etwas Verrücktes getan?«

Sein Griff ließ etwas nach. Ob das ihre Gelegenheit war, sich loszureißen? Noch immer war ihr Körper taub und gehorchte ihr nicht. Felicitas schüttelte abweisend den Kopf. Über solche Dinge wollte sie erst recht nicht nachdenken.

»Noch nie? Komm schon, das kannst du mir nicht erzählen! Jemand, der sich allein nach Patagonien wagt, muss doch auch ab und zu etwas Verrücktes machen, oder?«

Wieso musste er jetzt damit anfangen? Sie bereute es schon genug, ihn so weit in ihr Leben gelassen zu haben, wieso musste er darauf herumreiten? »Geht dich alles nichts an«, presste sie mühsam zwischen den Zähnen hervor.

»Nein, vielleicht nicht.« Er lachte auf. »Mein Gott, Sugar, weißt du, wie gerne ich dich jetzt ausziehen würde? Du hast die perfekte Haltung, um dich einfach so zu nehmen. Du bist verführerisch, wenn du wütend bist.«

Wie konnte er jetzt an so etwas denken? Er hatte sie gerade vor all ihren Kollegen blamiert, wie konnte er da an Sex denken? Felicitas zwang sich dazu, ihm keinen Schritt weit auf diesem Weg zu folgen. Nicht einen einzigen. »Lass mich sofort los, Markus!«

Wieder verhallte ihr Protest, ohne von ihm eine Antwort zu bekommen. Er hielt sie einfach nur fest, drückte sie gegen das Auto und schmiegte sich von hinten an sie. Sie konnte seine Erregung deutlich spüren. Eine heiße Welle lief durch ihren Körper. Wenn er sie jetzt einfach nehmen würde? Einfach so?

Ihr Mund wurde trocken. Ihr Körper reagierte viel zu stark auf seine idiotischen Spielchen. Felicitas versuchte, allein mit der Kraft ihrer Gedanken ihr wild schlagendes Herz zu beruhigen. Unter dem dicken Stoff des Blazers fühlte sie ihre Nippel hart werden. Ihr Unterleib pochte vielsagend und schien es kaum erwarten zu können, dass Felicitas sich Markus ergab.

»Zuckerpüppchen, du hast noch viel zu lernen. Wenn du mir keine Antwort gibst, machst du es nicht besser. Ich nehme dich jetzt mit, ob du willst oder nicht. Du hast dir einen freien Nachmittag redlich verdient.« Es klang viel weniger nach einer Drohung als nach einem lockenden Versprechen. Und selbst wenn!

Nicht auf diese Art. Felicitas entschied selbst, wann sie einen freien Nachmittag verdient hatte!

»In Ordnung, du wolltest es nicht anders. Ich ziehe dich jetzt aus. Und dann steigst du in dieses Auto, und wir fahren an einen Ort, an dem es sich besser reden lässt als hier.«

Aufregung jagte durch ihren Körper. Das war nicht sein Ernst, oder? Er konnte sie doch nicht einfach so hier ausziehen! Wieder schien ihr Körper wenig dagegen einzuwenden zu haben, ganz im Gegenteil. Sie spürte die Feuchtigkeit, die sich zwischen ihren Beinen sammelte.

Das Rauschen ihres Blutes in den Adern. Das erwartungsvolle Ziehen, das immer stärker zu werden schien.

Felicitas schluckte, um diese Gefühle zurückzudrängen. Irgendetwas stimmte mit ihr in der letzten Zeit überhaupt nicht mehr. Es konnte nicht sein, dass sie auf seine Tricks hereinfiel. Nur weil er gut aussah!

Er umfasste ihre Arme jetzt mit einer Hand. Die andere Hand legte sich um ihre Taille. Er knöpfte ihre Bluse auf, schob den Stoff sanft zur Seite und strich zärtlich über ihren Bauch. Er schien jeden Zentimeter auszukosten, den er entblößte, zog das Unterhemd aus ihrem Rock und schob es nach oben. Seine Fingerspitzen glitten über ihre nackte Haut und schickten Schauder der Erregung durch ihren Körper.

Es war einfach nur falsch, auch wenn ihr Körper ihr eindeutig signalisierte, dass es richtig war.

»Markus, nein!«, protestierte sie schwach. Ihr Verstand war alles, was sie ihm noch entgegensetzen konnte. Ihr verräterischer Körper hatte wohl beschlossen, sich seinem Spiel zu ergeben. »Markus, lass mich! Bitte!«

»Halt die Klappe, oder ich kneble dich.« Obwohl er zu groben Worten griff, klang er sanft und fragend. Eine Hand legte sich von hinten um ihren Hals. »Lass es einfach zu, Felicitas. Vertrau mir.«

Seine Finger streichelten provozierend über ihren schutzlosen Hals. Sie fühlte das Pulsieren ihrer Adern noch intensiver als zuvor. Er brauchte nur zuzudrücken. Einfach nur mit seiner großen Hand zuzudrücken.

Felicitas schluckte und spürte, wie ihr Verstand langsam, aber sicher überwältigt wurde. Seine Hand glitt nach unten, streifte den Blazer etwas von den Schultern und widmete sich dann dem Reißverschluss ihres Rocks.

Er hatte das also wirklich ernst gemeint? Felicitas keuchte auf und blickte sich erschrocken um. Sein Auto verbarg sie vielleicht vor neugierigen Blicken vom Büro aus, aber nicht vor Passanten. Oder Blicken von der anderen Straßenseite aus. Adrenalin schoss durch ihre Adern. Provozierend langsam zog er den Rock nach unten und fuhr mit den Fingern unter ihren Slip. Beinahe schämte sie sich dafür, heute zu nahtloser, vollkommen unerotischer Unterwäsche gegriffen zu haben, rein aus Bequemlichkeit.

Sofort drängte sie auch dieses Gefühl zurück. Sie wollte sich weder für irgendetwas entschuldigen, das nicht der Rede wert war, noch sich von ihm verführen lassen. Dennoch entfuhr ihr ein sehnsuchtsvolles Wimmern. Seine Hände glitten über ihre Hüften nach vorn, fanden zielstrebig ihren Weg zwischen ihre Beine. Sie spürte seine Wärme an ihrem Rücken. Er lehnte sich an sie, hielt sie im Arm und schirmte sie gegen Blicke ab.

»Du kleines Luder bist feucht«, flüsterte er ihr ins Ohr. »Bestehst du immer noch darauf, dass dich das hier nicht anmacht?«

»Und wie«, presste sie hervor und hielt die Luft an. Er schob den Rock über ihre Hüften nach unten.

»Trägst du die Strümpfe für mich?«, fuhr er fort und strich mit der Zungenspitze über ihre Ohrmuschel. Ein heißer Schauder lief durch ihren Körper.

»Nein.« Nein, die trug sie, weil sie Strumpfhosen hasste, vor allem dann, wenn sie am Bund einschnitten und die ganze gute Figur kaputtmachten.

»Schade. Ich hatte schon Hoffnung.« Markus' Finger glitten zwischen ihre Oberschenkel, ohne sie wirklich zu berühren. Er streichelte über die Innenseiten ihrer Schenkel und gab dann dem Rock einen Schubs. Der Stoff glitt wie von selbst nach unten und sammelte sich um ihre Füße.

»Sugar, ich öffne dir jetzt die Tür. Dann steigst du ein. Zieh dich aus, ehe du dich anschnallst, verstanden?«

Seine Stimme ließ keinen Widerspruch zu. Er betätigte die Fernbedienung, hielt Felicitas immer noch von hinten umfangen und öffnete dann die hintere Tür. Felicitas war geradezu erleichtert, dass er ihr diesen Ausweg anbot, und kletterte hinein, ehe ihr Verstand sich wieder einschalten konnte.

Was blieb ihr auch anderes übrig, als ihm zu gehorchen?

* * *

So sah also seine Vorstellung vom Reden aus? Felicitas hielt sich gerade so davon ab, an ihren Fingernägeln zu kauen, etwas, was sie zuletzt als Teenager getan hatte. Markus hatte sie wohl nicht ohne Grund auf den Rücksitz verfrachtet. Die Privacyverglasung würde verhindern, dass irgendwelche Passanten sie sahen. Sie wusste nicht, ob sie das gut finden sollte oder eben nicht. Niemand würde sehen, dass sie gerade nackt war. Und niemand würde ihr helfen, wenn er doch Dinge tat, die sie nicht wollte.

Die Selbstsicherheit, mit der er sich nahm, was er wollte, grenzte an Brutalität. Nüchtern besehen, ging er viel zu weit, jedes Mal, wenn sie sich sahen. Nur dass sie es einfach nicht schaffte, nüchtern und besonnen zu bleiben, sobald er in der Nähe war! Sein Duft hatte eine Wirkung auf sie, wie sie der beste Cocktail nicht haben konnte. Sie fühlte sich wie betrunken, fremd in ihrem eigenen Körper, und zugleich verstanden.

Was absurd war. Felicitas kaute auf ihrer Unterlippe herum und spielte mit ihrem Blazer, der nutzlos neben ihr auf der Rücksitzbank lag. Es war einfach nur falsch, irgendetwas zu spüren. Sie hatte es Lena so oft erklärt, und jetzt fiel sie auf dieselbe Masche rein?

Markus verstellte den Rückspiegel und riss sie damit aus ihren Gedanken. »Süße, die Beine breit!«, befahl er und klang dabei geradezu sanft und nachsichtig. Seine Stimme jagte einen Schauer durch ihren Körper und schien geradewegs in ihren Unterleib einzudringen. Überhaupt vibrierte ihr Inneres viel zu sehr, sehnte sich viel zu sehr nach seinen Berührungen.

»Träum weiter«, murmelte sie und hielt sich zusätzlich an ihrem Gurt fest. »Wie oft muss ich dir noch sagen, dass ich das hier nicht will?«

»Sag das Safeword, wenn du es ernst meinst«, forderte er sie ohne jeden Spott in der Stimme auf. »Du kennst es doch. Ein Wort, und die ganze Sache hat ein Ende. Bis dahin muss ich dir leider sagen, dass ich deinen Protest zwar höre, ihn aber nicht beachten werde.«

Ob er das ernst meinte? Lena hatte ihr auch schon so oft von diesen seltsamen Verabredungen zwischen ihr und Sebastian erzählt, mit glänzenden Augen und dem Hinweis darauf, wie faszinierend es war, wenn er sich über ihren Protest hinwegsetzte.

Und hatte sie es das letzte Mal nicht genauso empfunden? Kälte kroch ihr über die Haut. Felicitas rieb sich schützend über die Arme und ärgerte sich darüber, dass die Kälte ihre harten Nippel nur noch mehr zur Geltung brachte.

»Komm schon, Süße, hör endlich auf zu denken. Du stehst dir einfach nur selbst im Weg. Ich habe dir doch versprochen, dass ich dir nicht weh tun werde?«

Ihre Blicke begegneten sich im Rückspiegel. Ein ernster Ausdruck lag in seinen Augen, trotz des charmanten Lächelns.

Von diesem Anblick konnte sie einfach nicht genug bekommen. Wenn er nur nicht so gut aussehen würde! Heute trug er einen Dreitagebart, der ihm ein verwegenes Aussehen verlieh. Als wäre er direkt von einer Bergtour gekommen, zum Beispiel. Wenn es jemanden gab, den sie sich in den Bergen vorstellen konnte, dann ihn. Mit ihr zusammen?

Energisch schob sie die Bilder beiseite, die ihn und sie selbst auf einer Mehrtagestour in den Alpen zeigten. Sie war glücklich, wenn sie allein war, wenn sie niemanden um sich hatte und einfach nur in Ruhe gelassen wurde. Das war genau der Ausgleich, den sie brauchte, um von ihrem Job abzuschalten.

»Zuckerpüppchen, wieso kannst du nicht einfach mal etwas Verrücktes tun? Einen Nachmittag nicht im Büro, kann das denn so schwer sein? Nicht an deine doofen Kollegen denken, wie wäre es damit für den Anfang? Lass dich fallen. Ich bin da und fange dich auf, versprochen.«

Nur dass sie nicht aufgefangen werden wollte! Felicitas hob das Kinn an und schenkte ihm einen, wie sie hoffte, verächtlichen Blick. Er grinste nur und zuckte dann mit den Schultern.

»Mir ist kalt«, entgegnete sie schließlich. »Mach wenigstens die Heizung an!«

»Dir wird schon gleich heiß werden«, versprach er und schickte damit schon wieder einen Schauer über ihren Rücken. Wieso nur reagierte ihr Körper so eindeutig auf seine Sprüche?

Sie hätte dieses Spiel mit ihm niemals beginnen dürfen.

Ihre Welt war so schön gewesen, als sie noch gewusst hatte, was gut für sie war und was nicht. Jemandem die Kontrolle zu geben hatte definitiv zu den Sachen gehört, die sie in der Kategorie *ganz schlecht* eingeordnet hatte.

Nun war sie sich dabei nicht mehr ganz so sicher.

19

Markus parkte auf dem Innenhof unmittelbar vor dem unauffälligen Eingang zum *Cadeau* und kümmerte sich nicht um das Parkverbotsschild, das unübersehbar neben der Tür hing. Felicitas starrte auf die Tür und krallte die Finger in ihre Kleider, um nicht an den Nägeln zu kauen. Die Aufregung ließ ihren ganzen Körper kribbeln. Dass er sich immer wieder etwas anderes einfallen ließ, um sie zu überraschen, war ein wunderbares Gefühl.

»Aussteigen, Süße«, erinnerte er sie, entriegelte die Autotür und war ausgestiegen, ehe sie reagieren konnte. In bester Imitation eines Gentleman öffnete er ihr die Tür und deutete eine knappe Verbeugung an. »Darf ich bitten, Madame? Ein kurzer Ausflug in die sinnliche Welt der Erotik am Nachmittag?«

Dass er dabei ein ironisches Lächeln auf den Lippen trug, gefiel ihr. Überhaupt, dieses Lächeln! Er war einer der wenigen Männer ihrer Umgebung, die es fertigbrachten, über sich selbst zu lachen. Meistens schien er sich selbst nicht ganz ernst zu nehmen. Felicitas legte ihre Hand in seine und schauderte, als sie seine Wärme spürte. Sie konnte sich kaum wehren, das war die eine Sache.

Die andere war, dass sie eine seltsam intensive Verbindung zwischen ihnen spürte, sobald sich seine Finger um ihre Hand schlossen. Es fühlte sich an, als würde seine Energie über diese Verbindung hinüber zu ihr fließen und sich in ihrem Körper mit dem Pulsieren in ihren Adern verbinden. Unsicher blickte sie zu ihm auf. Ob er sie schön fand? Ob er überhaupt etwas darin fand, sich mit ihr zu treffen?

Es war seltsam, sich auf einmal über solche Dinge Gedanken zu machen. Früher war es ihr immer vollkommen egal gewesen, wie sie auf Männer wirkte – sie wusste einfach, dass sie sportlich war und ein Händchen für Mode hatte. Doch jetzt, nur in den halterlosen Strümpfen und den Pumps, fühlte sie sich seinen Blicken vollkommen ausgeliefert.

Er zog sie schützend an sich und gab der Autotür einen Schubs. Ebenso schnell hatte er die Tür zum Club aufgeschlossen und Felicitas hineingeschoben. Hinter ihr verschloss er die Tür wieder und grinste breit.

»Praktisch, wenn man den Schlüssel hat, oder?« Das Funkeln reichte bis in seine grünen Augen. Felicitas' Blick glitt über seinen flachen Bauch hinunter zu den engsitzenden Jeans. Bei aller Lässigkeit, Markus wusste, wie er sich anziehen musste.

»Nach oben.« Der Befehl kam, ehe sie eine passende Antwort finden konnte. »Und schön mit den Hüften wiegen, wenn du die Treppe hochläufst. Ich mag deinen Hintern, Süße. Sehr verführerisch.«

Seine Worte ließen sie knallrot anlaufen. Felicitas spürte, dass er nicht nur die Optik meinte, und musste an das Treffen mit Leander und Konstantin denken. Dass er ihr einen verspielten Klaps auf die rechte Pobacke gab, machte die Sache nicht besser. Noch immer schien ihr Körper nicht wirklich auf ihren Kopf zu hören, sondern auf Markus' Worte. Wie ferngesteuert lief sie die Treppe nach oben und versuchte verzweifelt, ihn aus ihren Gedanken zu verbannen.

Sein Blick heftete sich auf ihre Hüften, das spürte sie, auch ohne sich zu ihm umzudrehen. Schweiß sammelte sich auf ihrer Stirn. Dieser Blick machte sie unsicher.

»Erstes Zimmer.« Sie setzte gerade den letzten Schritt auf die Treppe und wandte sich sofort zur ersten Tür. Sie ließ sich mühelos öffnen. Dahinter war es dunkel. Wenn es Fenster gab, dann waren sie perfekt zugehängt oder verdunkelt.

»Bleib.« Er übernahm ganz selbstverständlich die Kontrolle, griff an ihr vorbei und fand zielstrebig den Lichtschalter. Elektrische Kerzenleuchter an den Wänden gingen an und tauchten den Raum in ein rötlich flackerndes Licht.

Ein Himmelbett bildete den Mittelpunkt des Zimmers. Die in sich gewundenen Bettpfosten trugen einen Betthimmel aus schwerem violettem Samt. Ein glänzendes Laken bespannte die Matratze. Ringe und Ösen am hölzernen Rahmen des Bettes waren wohl dazu gedacht, Fesselungen zu halten. Felicitas kroch Gänsehaut über den Rücken. Das Bett wirkte romantisch und gefährlich zugleich, so wie der Rest des Zimmers. Die Wände waren in Steinoptik gehalten, sahen aus, als wären sie wirklich aus großen grauen Quadern gehauen. Gedrungene Holzmöbel dienten wohl dazu, alle möglichen Geräte vor neugierigen Blicken zu verbergen. Es hatte etwas von einem Raum in einer mittelalterlichen Burg.

Ein hölzernes Kreuz an der Wand neben dem Bett zog Felicitas' Aufmerksamkeit auf sich. Markus schien es zu merken, denn er fasste sie an den Schultern und drehte sie etwas mehr in die Richtung.

»Du hast es in der Hand. Kreuz oder Bett, meine kleine Sub.« Sein Atem strich über ihr Ohr. Er beugte sich zu ihr und hauchte einen Kuss auf ihren Hals. Unwillkürlich schloss sie die Augen. »Stell dir vor, mein kleines Zuckerpüppchen, ich hätte dich entführt. Du bist einzig und allein von meiner Gnade abhängig. Was würdest du tun, damit ich dich nicht die ganze Nacht an diesem Kreuz dort festbinde?«

Seine Worte genügten, um ihre Phantasie in Gang zu bringen. Der Raum tat das Seinige dazu. Felicitas schluckte, um die Trockenheit aus ihrem Mund zu vertreiben. Wie schaffte er es nur immer wieder, sie innerhalb von Augenblick vollkommen aus der Wirklichkeit zu reißen? Sie spürte seinen rauen Jeansstoff an ihrem Hintern, und für einen Augenblick glaubte sie, es wäre wirklich kratziger Wollstoff.

»Stell dir vor, ich wäre ein Raubritter. Einer von der richtig bösen Sorte, und du ein hilfloses Burgfräulein.« Seine Zungenspitze glitt über ihre Ohrmuschel und ihren Hals nach unten, bis er die Zähne in ihrer Schulter vergrub. Der Biss hinterließ ein leichtes Ziehen. »Du weißt genau, dass es nichts bringt, mich zu bitten. Aber du willst nicht die ganze Nacht dort an diesem Kreuz hängen und darauf warten, dass ich meine Peitschen an deinem Körper ausprobiere, nicht wahr?«

Es schien kälter zu werden um sie herum. Felicitas schüttelte den Kopf und hoffte, dass er das mit den Peitschen nicht ernst meinte. Nur, was wusste sie schon davon? Angst schnürte ihr die Luft ab.

»Würdest du mich auf Knien anflehen? Mich verführen? Ich überlasse es dir, Zuckerpuppe. Aber es sollte ein guter Vorschlag sein, sonst fessle ich dich wirklich an das Kreuz. Und zeige dir, was passiert, wenn eine kleine Sub nicht nett zu ihrem Herrn ist.«

Es war eine düstere Verheißung. Eine, die sie besser nicht erleben wollte! Felicitas ließ sich stattdessen in die Phantasie sinken, die er ihr geschenkt hatte, in diese Geschichte vom Raubritter und seinem hilflosen Burgfräulein. Es war nicht wirklich sie, die das tun würde, sondern nur die Rolle, die sie spielte – und damit gewann es auf einmal an Reiz. Sie konnte hilflos und unsicher sein, weil es nicht wirklich Felicitas war, die das tun würde, sondern die Rolle, die sie in seiner Phantasie auszufüllen hatte. Felicitas seufzte leise auf. Seine Hände streichelten ihre Arme.

»So sprachlos, holde Maid?« Seine Zähne packten die feine Haut an ihrem Hals und bissen sanft hinein. »Das ist nicht gut. Hilflose Mädchen habe ich am liebsten dort am Kreuz. Und bringe sie dann zum Schreien.«

Sie hatte einen Kloß im Hals und brachte keinen Ton heraus. Felicitas' Knie waren viel zu wacklig, um weiter aufrecht zu stehen, also sank sie nach unten auf den Holzboden, ohne dass er weitere Worte gebraucht hätte. Sie hörte, wie er sein Polohemd auszog.

»Nein, Herr, bitte nicht«, brachte sie hervor und starrte noch einmal auf dieses furchteinflößende Kreuz, ehe sie den Blick auf den Boden senkte. Er ging langsam um sie herum und verstärkte diesen Eindruck nur noch. »Bitte, habt doch Gnade mit mir.«

»Wieso sollte ich das tun?« Er lachte amüsiert auf. »Du hast dich mir widersetzt. Du wusstest, was dir blüht, wenn ich dich in die Finger bekomme. Also?«

»Entschuldigung«, murmelte sie. Seine Hand griff unter ihr Kinn und hob ihren Kopf an.

»Wenn du dich entschuldigst, dann richtig.« Seine grünen Augen sprühten Funken. Sie glaubte, unter dem Blick zu vergehen. Hastig wanderte ihr Blick über seinen durchtrainierten Oberkörper nach unten, blieb an seiner Hüfte hängen. »Oh, das gefällt dir wohl, du kleines Luder? Bist wohl doch nicht so schamhaft und brav, wie du dich gibst?«

»Ja, Herr.« Es war die einzig sinnvolle, die einzige richtige Antwort. »Ich … würde gern … Euren Schwanz, Herr …«

Wie weit durfte ein verschüchtertes Burgfräulein gehen? Er gab ihr genug Freiraum, um ihre Rolle selbst gestalten zu können, und zugleich schenkte der Rahmen ihr Halt. Sie fühlte die Wärme auf ihren Wangen. Seinen Finger, der zärtlich über ihre Lippen strich. Er hinterließ ein warmes Kribbeln.

»Ja, meine Süße? Was möchtest du? Ich höre. Und solche Entschuldigungen sind mir die liebsten, da hast du sehr gut geraten.«

»Bitte.« Ihre Nippel stellten sich hart auf. Die Kälte strich über ihren Körper. »Tut mir nichts, Herr.«

Das schien ihn nicht zu erweichen, denn er streichelte weiter mit dem Zeigefinger ihre Lippen. »Das kommt ganz darauf an, wie du dich machst, mein Zuckerpüppchen. Ich werde dich jetzt fesseln. Und dann mit dir spielen. Solltest du es wagen, einen Orgasmus zu haben, ehe ich es dir erlaube, kannst du dich auf etwas gefasst machen.«

Ob ein braves Burgfräulein überhaupt wusste, was ein Orgasmus war? Ein Lächeln glitt über Felicitas' Lippen bei diesem Gedanken, ehe sein starker Griff um ihren Oberarm sie wieder ganz in sein Spiel zurückholte. Unsanft schubste er sie in Richtung Bett, warf sie auf die Matratze.

»Keine Bewegung«, knurrte er und ging zu einem der Schränke. Er kramte darin herum und kam mit vier breiten Stoffbändern zurück. »Die Arme! Und wenn du zickst, dann denk an die Peitschen, Kleines.«

Gehorsam streckte sie ihre Arme nach vorn. Er legte ihr weiche Lederfesseln um die Handgelenke und verband sie mit einem der Stoffbänder. Fest genug, um ihr Bewegungsfreiheit zu nehmen, nicht zu eng, um die Blutzufuhr abzudrücken. Kurz suchte sein Blick ihren, und sie nickte ihm knapp zu.

Es fühlte sich gut an. Und auf eine seltsame Art erregend. Sie müsste jetzt eigentlich Angst haben, das wusste sie, nur seltsamerweise spürte sie keine. Nur das absolute Vertrauen darin, dass er wusste, was er tat.

»Beine breit, Schlampe!« Er war wieder vollkommen zurück in seiner Rolle und half mit energischem Griff nach, als sie ihm nicht schnell genug war. »Du willst ein braves Fräulein sein?« Sein Finger schoss nach vorn und fuhr hart über ihren Kitzler. »Du bist feucht und geil, das sehe ich bis hierher. Du spielst also gern die Spröde, aber eigentlich bist du verdorben, hab ich recht?«

»Ja, Herr.« Ihr Herz schlug immer schneller. Sie beobachtete ihn dabei, wie er die breiten Stoffbänder um ihre Knöchel wickelte und erst das rechte Bein an einen Bettpfosten fesselte, dann das linke an den anderen. Er verkürzte die Fesseln, bis der Zug in ihren Muskeln beinahe unerträglich wurde. Sie wimmerte leise auf.

»Leg dich hin.« Er zog das letzte Stoffband unter ihren Handfesseln hindurch und fesselte ihre Arme an das Kopfteil des Betts. Felicitas' Atem beschleunigte sich. Was hatte er nur vor? Er hielt für einen Augenblick inne, ehe er zwischen ihren Beinen in die Knie ging. Sein Finger kehrte zu ihrem Kitzler zurück. Hart und unerbittlich spielte er mit ihr und lockte die Lust hervor.

Es war beinahe schmerzhaft, nur diese Stimulation zu

spüren und nichts zu haben, an dem sie ihre Erregung loswerden konnte. Ihre Muskeln verkrampften sich. Sie stöhnte unterdrückt auf.

»Ich will hören, wie du geil wirst. Halt dich nicht zurück!« Er hauchte Küsse auf ihren Bauch, spielte derweil weiter mit ihrem Kitzler. »Und denk daran: Wehe dir, du kommst, kleine Subbie. Dann greife ich zu anderen Mitteln!«

Sie ahnte jetzt schon, dass diese Folter schlimmer werden würde als alles, was er ihr mit Peitschen antun konnte.

* * *

Seine Zunge war geschickt und schnell. Immer wieder drang er in sie, dann wieder schleckte er genussvoll über ihre feuchten Schamlippen oder hauchte Küsse auf die Innenseiten ihrer Oberschenkel. Felicitas' Körper war schweißbedeckt. Seine Finger glitten in sie, strichen über ihren Körper, kehrten zurück zu ihrer Mitte, nur um ein paar Sekunden später an ihren harten Nippeln zu spielen. Er ließ nichts aus, um sie in den Wahnsinn zu treiben.

Ihr Stöhnen war längst heiser. Sie hatte ihn darum angefleht, kommen zu dürfen, sie hatte gebettelt und Versprechungen gemacht. Vergebens. Er hatte nur gelacht und sie immer wieder an sein Verbot erinnert.

Was den Orgasmus nur noch näher kommen ließ. Felicitas versuchte verzweifelt, an irgendetwas anderes zu denken als an das Prickeln, das durch ihren Körper ging. An die immer wiederkehrenden Wellen der Lust. Sie hatte keine Ahnung, wie sie dieses Spiel noch länger aushalten sollte!

»Du bist sexy, mein kleines Luder«, lobte er und saugte an ihrem Kitzler. Ihre Perle war schon längst überreizt. Sie sehnte sich nach nichts mehr als nach einem Orgasmus! »Ich werde dich jetzt nehmen. Und du solltest besser daran denken, dass das Orgasmusverbot noch gilt!«

O Gott, das konnte er ihr nicht antun! Felicitas riss die Augen auf. Er schlüpfte aus Jeans und Boxershorts, kniete sich über sie und hob nur leicht ihre Hüften an. Lange ließ er sich nicht Zeit, ehe sie seine Eichel spürte. Gewaltvoll drang er in sie. Sie war mehr als bereit für ihn und empfing ihn willig.

»Du bist das durchtriebenste Luder, das mir je untergekommen ist.« Er klang ebenfalls heiser und gepresst. Seine Finger gruben sich tief in ihre Pobacken. Er hielt sie fest, nur um noch tiefer in sie stoßen zu können.

Felicitas schluchzte vor Verzweiflung. Wenn er so weitermachte, wie sollte sie da einen Höhepunkt verhindern? Sie schien ihn überall zu spüren. Ihre Muskeln krampften sich um ihn, froh darüber, endlich etwas in sich zu spüren. Wieder sah sie den Orgasmus heranrollen, übermächtig und kaum zu widerstehen.

»Denk an die Peitschen, kleine Sub.« Er schien ihre Empfindungen zu ahnen. Mehr als die Worte gab er ihr nicht, doch es reichte.

Noch. Sie konzentrierte sich auf ihre Angst vor einer Strafe, schaffte es für ein paar Momente, ihre Lust abflauen zu lassen. Er stieß weiter zu, erhöhte das Tempo nur noch und nahm sie so, wie es ihm gefiel.

Es war ein unglaubliches Gefühl, dass er sich so sehr nach ihr sehnte. Er schien es kaum erwarten zu können, sich in ihr zu ergießen. Felicitas richtete all ihre Gedanken darauf aus, ihm diesen Höhepunkt zu ermöglichen. Sie passte sich seinem Rhythmus an, und nur kurz darauf wurde sie belohnt für ihre Mühen. Er kam, ohne dass sie dem Verlangen nach einem Orgasmus nachgegeben hatte.

Er sah noch schöner aus als sonst, wenn er kam. Die harten Linien seiner Muskeln zeichneten sich unter seiner Haut deutlich ab. Sein markantes Kinn war noch männlicher.

»Schlampe«, kommentierte er und zog sich aus ihr zurück. Er stand auf und war mit einigen wenigen Schritten bei dem Wandschrank. »Und jetzt bringen wir doch zu Ende, was wir angefangen haben, oder?«

Er meinte doch hoffentlich nicht wirklich die Peitschen? Irgendetwas verbarg er hinter seinem Rücken vor ihren Blicken, als er zurückkam. Felicitas seufzte ergeben auf. Die kurze Pause hatte die wilde Lust in ihrem Körper etwas abflauen lassen.

Sie versuchte, sich aufzurichten, um zu sehen, was er zwischen ihren Beinen tat. Sie fühlte etwas Hartes an ihrem Hintern, und entspannte sich.

»Brav, Subbie«, lobte er und schob den Plug in sie. »Du bist eine sehr gelehrige kleine Schlampe, hat man dir das schon einmal gesagt?«

Noch einmal blickte er zu ihr auf. Sein teuflisches Grinsen verhieß nichts Gutes. Felicitas sank zurück auf die Matratze. Das leise Vibrieren erfüllte den Raum, und einen Moment später schob er den Vibrator auch schon in sie. Es fühlte sich wunderbar an, auf diese Weise ausgefüllt zu sein.

Die starken Bewegungen trieben sie unaufhörlich in Richtung Orgasmus. Er schaltete noch eine Stufe höher, als sie ihn endlich um seine Erlaubnis anflehte.

»Noch nicht. Enttäusch mich nicht!«

Sie wollte es ja. Sie wollte ihm gehorchen. Nur ihr

Körper entschied sich in genau dem Augenblick dafür, ihm ausgerechnet jetzt nicht mehr zu gehorchen. Tränen stiegen ihr in die Augen. Der Orgasmus schüttelte ihren Körper, und Markus hatte nichts besseres im Sinn, als den Vibrator noch eine Stufe höher zu schalten.

Die Wellen jagten durch ihren Körper und vertrieben alle anderen Gedanken. Er ließ den Vibrator einfach an, hielt ihn mit einer Hand fest, und kletterte neben sie auf das Bett. Seine Wärme war tröstend. Liebevoll strich er ihr durch die verschwitzten Haare.

»Ich bin stolz auf dich, Süße.« Zärtliche Küsse hauchte er ihr auf die Stirn. »Sugar, du bist einfach unglaublich.«

Sein Daumen strich ihr über die Wange und wischte die Tränen fort. Jetzt, da ihr Höhepunkt abgeklungen war, schmerzte die Vibration nur noch. Felicitas lächelte schwach. Wie gern hätte sie ihn jetzt an sich gezogen, ihn umarmt und durch seine Haare gewuschelt!

»Das nächste Mal kommst du mir nicht so billig davon«, versprach er und zwickte ihr mit der Hand in den rechten Nippel. »Wir haben noch einen weiten Weg vor uns, ich hoffe, das ist dir klar.«

»Markus, bitte. Ich kann nicht mehr.« Es war kaum mehr als ein Flüstern, das sie hervorbrachte. »Bitte, hör auf!«

Sein verschmitztes Lächeln war wenig beruhigend. Dann jedoch schaltete er den Vibrator wirklich aus und legte ihn zur Seite. Sie atmete erleichtert auf.

»Das wollte ich hören.« Seine Hand lag warm auf ihren Schamlippen. Mit dem Finger tippte er gegen den Plug und beobachtete sie eingehend. »Du hast wirklich Glück, Sugar. Ich bin leider zu müde, um dich noch weiter zu verwöhnen. Morgen, Zuckerpüppchen, das verspreche ich dir.«

Sie wusste ganz genau, was er damit meinte. Und konnte es kaum erwarten, dass er sie das nächste Mal entführte, um irgendeine seiner verrückten Ideen auszuleben.

»Danke, Markus«, flüsterte sie und spürte schon wieder Tränen in den Augen. Er lächelte nur und küsste sie liebevoll auf die Lippen. Seine Zunge drang in ihren Mund, umtanzte ihre Zungenspitze und strich zärtlich über die Innenseite ihrer Unterlippe.

Er schmeckte einfach herrlich.

20

Das war die beste Gelegenheit, um endlich mehr über sie herauszufinden. Jedenfalls die beste, die er bekommen würde – und mit Sicherheit die letzte. Wenn er sie jetzt gehen ließ, würde sie sich wieder zurückziehen und ihn von sich stoßen, sich in ihren üblichen Kokon aus Überheblichkeit und Distanz hüllen.

Markus betrachtete sie nachdenklich. Er hatte die Fesseln nicht gelöst, wohlweislich, und noch war sie zu schwach, um sich zu wehren. Inzwischen verstand er auch, was es war, das ihn an ihr so anzog. Das Spielzeug hatte er einfach nur zur Seite gelegt. Darum konnte er sich später kümmern.

»Sag mir, warum du dich nicht auf ein kleines Spiel einlassen kannst. Bitte, Felicitas, ich will dich verstehen, das ist alles. Ich habe das Gefühl, dass ich mehr als einmal zu weit gegangen bin. Sag mir, wieso.« Er streichelte sanft über ihre Wangen und fuhr dann ihren Hals entlang hinab, zwischen ihren Brüsten hindurch, und legte die flache Hand auf ihren Bauch. »Ich will alles von dir wissen, Süße.«

Felicitas schluckte und wandte den Blick ab. Er konnte die Angst in jeder ihrer Bewegungen sehen. Nicht die Angst vor seiner Übermacht, sondern eine viel tiefer reichende Angst. Die Angst davor, verletzt zu werden. Es war besser gewesen, als er ihr eine Rolle angeboten hatte. Als es nicht sie gewesen war, die er verletzen konnte, sondern nur die Rolle, die sie spielte.

»Du musst es natürlich nicht tun, wenn du nicht willst. Aber mir wäre es einfach lieber. Felicitas, ich bewege mich die ganze Zeit am Rande eines Abgrunds. Ich habe einfach Angst, dass ich irgendetwas in dir triggere. Ich muss wissen, was vorgefallen ist, um es zu vermeiden. Ich will nicht, dass du mir abstürzt.«

»Dann hör auf, mit mir zu spielen«, flüsterte sie und blinzelte die Tränen weg. »Das ist doch das Einfachste, oder?«

Er griff unter ihr Kinn und zwang sie dazu, ihn anzusehen. Ihre Augenlider flatterten, aber sie schaffte es nicht, die Augen zu schließen. Er kannte diese Angst nur zu gut. »Das will ich aber nicht, Felicitas. Ich habe keine Ahnung, was genau ich an dir finde. Du bist zickig. Du bist eigentlich viel zu dünn für meinen Geschmack. Du kannst manchmal absolut unerträglich sein. Aber irgendwie kann ich die Finger nicht von dir lassen.«

»Das ist dann dein Problem«, erwiderte sie kalt. Wenn sie ahnen würde, dass gerade das ihn anzog! Sie spielte nicht, sie kokettierte nicht, sie meinte es vollkommen ernst damit, dass sie ihn nicht brauchte. Sie klammerte sich nicht an ihn, hielt genauso wenig wie er von Liebesschwüren und würde jeden Gedanken an eine Beziehung weit von sich weisen. »Markus, bitte! Lass mich einfach in Frieden!«

Für einen Augenblick trafen sich ihre Blicke. Er versuchte, in ihrer Miene zu lesen, was in ihr vorging, doch sie blieb ihm immer noch ein Rätsel. Zu gern hätte er gewusst, was hinter ihrem Verhalten steckte!

Energisch schüttelte er den Kopf. Seine Hand blieb wärmend auf ihrem Bauch liegen. »Lass mich dir von jemandem erzählen, Felicitas. Von einem jungen Mann, der keine Ahnung hatte, wo er hingehörte. Knapp zwanzig, vielleicht ein bisschen jünger, vielleicht ein bisschen älter. Reich jenseits dessen, was der Normalverdiener sich für gewöhnlich vorstellen kann. Sein Vater hat eine Firma aufgebaut, Metallverarbeitung, wahnsinnig erfolgreich.«

Seine Worte kamen stockend, nicht halb so selbstsicher wie sonst. Markus hasste die Erinnerungen an damals. Jahrelang hatte er versucht, ihnen zu entkommen. Ihnen und der Wut, die ihn gefangen gehalten hatte.

»Mein Vater starb, als ich fünfzehn war. Von ihm habe ich diesen Hang zu den Extremen, diese Sucht nach Adrenalin.«

Markus' Hand wanderte etwas tiefer. Er streichelte zärtlich ihre Oberschenkel, und auch wenn es überhaupt nicht in diese Situation passte, spürte er ihre Lust deutlich. Gänsehaut breitete sich auf ihrem Körper aus.

»Mein Vater war leidenschaftlicher Tourengeher. Er fuhr am liebsten dort Ski, wo niemand zuvor gewesen war. An einem Sonntagvormittag hat er die falsche Route genommen. Es gab keine Lawinenwarnung, keinen Neuschnee, und trotzdem ist eine Lawine abgegangen und hat ihn unter sich begraben. Ich war nur ein paar hundert Meter weiter auf einer Piste unterwegs und habe erst abends erfahren, was passiert ist.«

Immer noch lag sie wehrlos vor ihm. Ob es sie überhaupt interessierte, wer er war? Unsicherheit kam in ihm auf. Markus hatte es bisher nie für nötig befunden, mit irgendeiner seiner Affären über seine Vergangenheit zu sprechen. Den meisten Frauen reichte es auch zu wissen, dass er Geld hatte und gut aussah.

»Mama hat es gerade so geschafft, den Anstand zu

wahren. Die Beziehung meiner Eltern existierte sowieso nur noch auf dem Papier. Mama wartete, bis die Formalitäten geregelt waren, dann verschwand sie nach Südamerika mit ihrem langjährigen Lover.«

Und wahrscheinlich fand Felicitas es einfach nur armselig. Sie schwieg eisern, die Lippen zusammengepresst. Ihr war nicht anzusehen, was sie darüber dachte. Vielleicht glaubte sie, er wollte ihr Mitleid erregen? Markus streichelte ihren nackten Bauch, um den Eindruck sofort wieder zu zerstreuen. Er brauchte kein Mitleid.

»Und ich stand allein da. Nicht im juristischen Sinne, da hat Paps schon vorgesorgt. Das war alles geregelt. Hauptsache, das Geld stimmt. Aber Familie hatte ich keine mehr. Ich fing an, in Diskos und Kneipen abzuhängen. Mein Leben bestand aus Champagner, schnellen Autos und Sex. Und der ein oder anderen Nase Koks.«

Seine Finger wanderten zu ihren Brüsten. Waren sie ihm wirklich irgendwann einmal zu klein vorgekommen? Sie waren genau richtig, passten zu ihr und ihrer spröden Art. Ob er sie für eine Schlittentour gewinnen konnte? Sie mochte Hunde. Sie liebte die Natur. Hatte sie jedenfalls gesagt.

»Jeder mochte mich und mein Bankkonto. Vor allem die Frauen. Dummerweise war meine erste große Liebe ein Kerl. Ich habe mich selbst nicht mehr verstanden. Ich träumte davon, anderen beim Sex meinen Willen aufzuzwingen. Ich fickte einen Kerl, der mich herumzeigte wie eine Trophäe. Ich flirtete weiter, was das Zeug hielt. Ich habe andere verletzt, ehe sie mich verletzen konnten. Und mitten in diese Suche platzte Sandra. Die perfekte Frau, anschmiegsam und geduldig und scheinbar an mir interessiert und nicht an meinem Geld. Sie gab mir das Gefühl, dass es okay war, wenn ich sie geschlagen habe.

Und sie hat ihre Chance genutzt und sich schwängern lassen.«

Markus wusste selbst am besten, was er damals gewesen war. Ein Arschloch, das brachte es auf den Punkt, ein reiches, verwöhntes Arschloch. Er hatte lange gebraucht, um es sich nicht mehr schönzureden, dafür sah er es heute umso deutlicher. Es gab keine Entschuldigung für sein damaliges Verhalten, nur Erklärungen.

»Sie wusste genau, dass sie als uneheliche Mutter nicht allzu viel zu erwarten hatte. Dad hatte wohl mit so was gerechnet. Ich war noch keine fünfundzwanzig, und wenn ich eine Frau geheiratet hätte, die der Familienrat nicht gutgeheißen hätte, wäre ich mit dem Pflichtteil abgespeist worden. Sandra wusste aber ganz genau, wie sie trotzdem an mein Geld kommen konnte. Sie hatte ja das Kind. Mein Kind. Unser Kind. Sie hat mir jeden Umgang mit dem Kleinen verweigert, aber das Geld hat sie immer gern genommen.«

Unter seinen Fingern veränderte sich ihre Haltung. Sie wurde weicher, anschmiegsamer. Sogar ein kleines Stöhnen entfuhr ihr, als er über ihre Nippel strich. Die schon wieder hart waren. Hatte sie wirklich behauptet, nichts für ihn zu empfinden? Die Anzeichen ihres Körpers waren jedenfalls nicht zu übersehen! Zärtlich wanderte er weiter nach oben, streichelte ihren Hals und ihre Wangen, ihre Arme hinauf bis zu ihren Handgelenken, und dann den ganzen Weg zurück zu ihren Brüsten. Er könnte den ganzen Tag dasitzen, sie ansehen und berühren!

»Ich hab gezahlt und weitergemacht wie bisher. Alkohol, Koks, Partys, Frauen, Männer. Jede Menge Spaß und bloß keinen Gedanken daran, was es bedeutete. Dann habe ich Basti getroffen. Ich verdanke ihm alles. Er hat mir klargemacht, dass an meinen Träumen und

Wünschen nichts Verwerfliches ist. Er hat mir den Kopf gewaschen und mir das Koks weggenommen. Ohne Basti wäre ich damals bestimmt irgendwann draufgegangen.« Er schloss die Augen und seufzte leise auf. »Basti hat mich wachgerüttelt. Ich habe mich um die Geschäfte gekümmert. Ich habe mein Erbe genommen und in Nachtclubs investiert, weil es das Einzige war, was ich kannte. Und offenbar war ich nicht allzu schlecht darin. Ich begann, mich mit mir selbst zu versöhnen. Manche Dinge kann man nicht ändern. Man kann nur dafür sorgen, dass sie nicht außer Kontrolle geraten und dass sie einen Rahmen bekommen, in dem sie niemandem zu sehr weh tun.«

Felicitas holte hörbar Luft. »Wieso erzählst du mir das?«

»Mach was draus«, entgegnete er und öffnete die Augen. Markus könnte ewig in diese wunderschönen Augen blicken, die nahezu immer wach und hell leuchteten. »Wieso, meinst du, sollte ich es dir erzählen?«

»Du hast dein Kind wirklich noch nie gesehen?«, fragte sie unsicher. »Wieso? Wieso um alles in der Welt hast du nicht um dieses Kind gekämpft?«

»Lukas. Er heißt Lukas.« Markus richtete seinen Blick an ihr vorbei in die Ferne. »Weißt du, wie oft ich mich das gefragt habe? Sandra hat immer wieder damit gedroht, dass sie alles ans Tageslicht bringt. Meine Vorlieben. Meinen Hang zu Männern. All das, was man lieber nicht an der Öffentlichkeit haben will. Und wir sprechen hier von 1999, Felicitas. Damals konnte man sich noch lange nicht mit einem Schulterzucken hinstellen und es einfach so hinnehmen. Ich hatte einen Ruf zu verlieren.«

Und damals war es nicht so einfach gewesen wie heute, herauszufinden, dass an dem Wunsch, beim Sex über den Partner zu bestimmen, nichts Verwerfliches war. Er hatte sich mühsam freistrampeln müssen aus den Träumereien, die ihn damals plagten.

»Du hättest doch sicher die Vaterschaft anerkennen können oder irgend so etwas?«

Er lächelte versonnen. »Keine Anerkennung der Vaterschaft ohne die Zustimmung der Mutter. Sie hat einfach *Vater unbekannt* angegeben und ihre Zustimmung verweigert. Ich hätte sie verklagen können, sicher. Aber dann wäre alles an die Öffentlichkeit gekommen. All die Dinge, die ich für mich behalten wollte. Ich musste auch an meine Familie denken. An die Firma und die Geschäfte.«

Felicitas runzelte die Stirn. Markus sah ihr an, dass sie seine Kapitulation nicht einfach hinnehmen wollte. »Aber es ist doch dein Sohn! Willst du ihn nicht sehen? Wissen, wie es ihm geht?«

»Ich bin noch nicht einmal rechtlich sein Vater, Felicitas. Sie wusste, dass sie viel mehr von mir bekommen konnte, wenn sie mich unter Druck setzen würde.«

»Meine Güte, Markus, du hast dich von ihr erpressen lassen? Nur weil du nicht wolltest, dass sie dein Sexleben an die Öffentlichkeit bringt?«

»So kann man es ausdrücken, ja.« Er presste die Lippen zusammen. »Aber Lukas ist und bleibt mein Sohn. Ich will, dass es ihm gutgeht, kannst du das nicht verstehen? Und auch Sandra ... wir hatten eine schöne Zeit. Sie hat mir für ein paar Monate das Gefühl gegeben, wieder ganz zu sein. Es ist schon okay, dass sie ein gutes Leben hat.«

Das Leben kehrte in ihren Körper zurück. An ihrer Anspannung konnte er ihren Kampfgeist sehen, diesen unbeugsamen Willen, nichts und niemanden mit Ausreden durchkommen zu lassen. Schon gar nicht sich selbst. »Aber wieso hast du dich nicht gewehrt? Es ist doch dein Kind!«

»Und was meinst du würde das Jugendamt dazu sagen? Ein Vater, der auf Koks ist, sich die Nächte in Clubs um die Ohren schlägt und außerdem auf Schläge steht? Oder auch bi ist, schwul oder was auch immer die auf dem Amt daraus gemacht hätten? Sandra dagegen war ein braves Mädchen, mal abgesehen von dem unehelichen Kind. Eine solide Ausbildung als Bürokauffrau. Eine nette Wohnung. Eltern, die zu ihr stehen. Wem würdest du das Kind anvertrauen?«

»Und ihn heute sehen? Wieso versuchst du nicht, ihn heute zu sehen? Er muss sich doch nach einem Vater sehnen.«

Was eine sehr berechtigte Frage war. Weil er feige war? Weil er sich damit abgefunden hatte? »Vergiss es. Der Kleine ist auch ohne mich groß geworden. Sie besteht wohl darauf, dass er jedes Jahr zu Weihnachten eine Karte schickt, das ist alles, was ich von ihm habe. Das und das Ultraschallbild. Aber wenn ich jetzt auftauche in seinem Leben – wie soll ich ihm erklären, dass ich es nicht früher getan habe, ohne ihm seine Mutter schlechtzureden? Sie wird schon wissen, was gut für ihn ist. Und ich kann mir einfach nicht vorstellen, dass es nur Geldgier war.« Er schluckte und schüttelte den Kopf. »Ich glaube, sie hatte wirklich Angst vor mir, ab und zu. Vor meinen Launen. Damals hatte ich mich nicht halb so gut im Griff wie heute. Ich war viel zu oft auf Koks. Kann durchaus sein, dass ich sie zu hart angefasst habe.«

»Du läufst davon, Markus«, stellte sie ruhig fest.

»Ich bin nicht stolz auf mich, Felicitas, das kannst du mir glauben. Heute würde ich vielleicht das ein oder andere anders machen. Der Mann, der ich heute bin, würde niemals zu Drogen greifen. Er würde sich hinstellen und der Welt den Unterschied zwischen häuslicher Gewalt und SM erklären. Aber damals war ich einfach zu jung für solche Dinge. Ich wusste sowieso nicht, wo mir der Kopf stand. Und ich hatte keine Ahnung, wie ich mit diesen Sehnsüchten umgehen sollte, die mich immer wieder plagten. Was keine Entschuldigung ist, aber eine Erklärung.«

Er beugte sich über sie und löste mit schnellen Handgriffen die Fesseln, die ihre Arme am Bett gefangen hielten. Felicitas rieb sich über die Handgelenke und schüttelte ihre Muskeln aus. Zu seiner Erleichterung unternahm sie keine Versuche, ihm schon wieder zu entkommen. Ebenso schnell löste er die breiten Fesseln an ihren Knöcheln. Hastig zog sie die Beine an und umfasste die Knie mit den Armen.

»Sugar …« Er schenkte ihr einen tiefen Blick. »Ich weiß, wie es ist, wenn man niemandem mehr vertrauen kann. Wenn einem der Boden unter den Füßen weggezogen wird und alles um einen herum sich auflöst.«

Es war seltsam, sein ganzes Seelenleben vor ihr offenzulegen und nicht zu wissen, was er dafür erwarten konnte. Außer Basti wusste niemand darum, jedenfalls nicht in allen Einzelheiten.

Markus griff in seine Hosentasche und nestelte die kleinen Schlüssel heraus, die er eigentlich für sie gedacht hatte. Nach all den Jahren hatte er nicht vorgehabt, den gleichen Fehler noch einmal zu begehen. Doch er konnte nicht anders. Er musste es einfach versuchen.

»Aber ich hätte es gerne, wenn du mir vertrauen könntest.« Er drückte ihr die silbernen Schlüssel in die Hand. Dann stand er auf und nahm einen Flogger von einem

Haken an der Wand. Nachdenklich strich er darüber und ließ die Lederschnüre über seine Handfläche gleiten. Ob sie verstand, worauf er hinauswollte? »Nicht mehr heute. Wie sieht es am Wochenende aus?«

Unsicher blickte sie zu ihm auf. Ihre Finger hielten die Schlüssel so fest umklammert, dass ihre Knöchel weiß hervortraten. Er erwiderte ihren Blick, kam zurück zum Bett und kniete sich auf den harten Boden davor. Ohne jedes Zögern legte er den Flogger vor sie auf die Matratze. Sie hatte ihn sowieso schon in der Hand, da kam es auf diese kleine Geste nicht mehr an. Er wollte sie, er wollte sie für sich, daran kam er einfach nicht mehr vorbei.

»Samstagabend habe ich Zeit«, gab sie dann zu. »Aber was soll ich tun?«

»Was immer du möchtest.« War das Liebe? Markus schob den Gedanken beiseite. Stattdessen lächelte er verwegen und fuhr sich übers Kinn. »Was immer du tun möchtest«, wiederholte er dann. Er streckte die Hand aus und strich mit den Fingerspitzen über ihre Lippen. Ein Kribbeln ging durch seinen Körper, nur von dieser kleinen, zärtlichen Berührung. »Überleg dir etwas. Ich will dir zeigen, dass ich dir vertraue. Vielleicht kannst du es irgendwann erwidern.«

Felicitas starrte auf das eingestickte Blütenmuster des Lakens. Er konnte ihre Reaktion nicht wirklich deuten. Zu viel auf einmal? Wahrscheinlich war es das. Das hoffte er jedenfalls.

»Ich habe nämlich irgendwie das Gefühl, als ob du nicht dafür geschaffen wärest, immer nur unten zu liegen«, stellte er fest. Und bei allem Ernst, ein wenig Spaß konnte er sich sicher erlauben, sich und ihr. Er musste einfach versuchen, ob er auf diese Weise an sie herankam. Sobald sie miteinander schliefen und er ihren Widerstand überwunden hatte, fühlte er sich ihr so nahe wie niemandem sonst auf dieser Welt.

Vielleicht funktionierte es andersherum ja genauso? »Denk dir etwas aus. Nur keine Scheu, meine Süße. Ich steh drauf. Und falls es mir doch zu hart wird, haben wir ja noch das Safeword.«

21

Sehr zu ihrem Leidwesen funktionierte es nun nicht einmal mehr, sich mit der Arbeit abzulenken. Das Projekt war in trockenen Tüchern. Die Verträge waren unterschrieben. Um die Umsetzung konnten sich andere kümmern. Sie hatte ihren Teil der Arbeit geleistet, von Philipp dazu pflichtschuldigsten Dank geerntet, von Clemens ein offenes Lob und von Tom gehobene Augenbrauen. Das Übliche eben, das sie von vielen anderen Vertragsabschlüssen kannte.

Sogar Alex schien sich beruhigt zu haben. Felicitas spielte nachdenklich an dem gekräuselten Geschenkband. Heute früh hatte sie diesen Pralinenkorb auf ihrem Schreibtisch vorgefunden. Eine knallrote Karte mit einem riesigen *Sorry* darauf lag auf der Schokolade. Sie brauchte die Verpackung gar nicht zu öffnen, um zu wissen, wer ihn ihr hingestellt hatte.

Es war seltsam, dass auf einmal alles ruhig und friedlich war. Nina grüßte sie wieder und hatte ihr sogar freiwillig Kaffee gebracht. Alex schien in seine Arbeit vertieft und nicht bereit, ein neues Spielchen anzufangen.

Es war geradezu langweilig. Und das ausgerechnet heute, wo sie sich von ihren Gedanken ablenken musste! Markus ging ihr einfach nicht mehr aus dem Kopf, sein Lachen genauso wenig wie diese tiefe Verletzlichkeit, die er ausgestrahlt hatte.

»Feli, sag mal, könntest du dich eben noch hierum kümmern? Nur ein kleiner Auftrag von einem unserer Stammkunden, nichts Besonderes, aber sonst ist gerade keiner frei?« Clemens beugte zu ihr und hielt ihr einen Ausdruck in einer Klarsichtfolie hin. »Eine Printanzeige für das Stadtmagazin.«

Nicht das Gelbe vom Ei, wenn man sich ablenken wollte, aber besser als nichts. Felicitas nickte und wollte ihm das Blatt aus der Hand nehmen, doch Clemens hielt die Klarsichtfolie noch immer fest.

»Gute Arbeit«, sagte er schließlich und suchte ihren Blick. »Wenn du Urlaub brauchst, musst du es nur sagen. Du hast die letzten Wochen gearbeitet bis zum Umfallen, glaub nicht, dass ich das nicht bemerkt habe. Ich finde deinen Einsatz wirklich lobenswert, aber niemand hier hat etwas davon, wenn du uns umkippst.«

Bei Clemens konnte man meistens ernst nehmen, was er sagte. Sie wüsste zu gerne, wie Clemens es seit Jahrzehnten mit Philipp aushielt. Wo Philipp zur Exzentrik neigte, war Clemens nüchtern und pragmatisch. Vielleicht war die Agentur deshalb so erfolgreich?

»Nein, alles in Ordnung. Ich hatte ja gestern den ganzen Nachmittag frei. Und den Urlaub hebe ich mir lieber auf. Ich plane gerade Alaska. Oder auch Chile, weiß ich noch nicht so genau.«

Hatte sie gerade wirklich Alaska gesagt? Felicitas biss sich auf die Lippe. Wie kam sie auf Alaska? Nur weil Markus die ganze Zeit von seinem Trip dorthin schwärmte!

»Chile? Du Wahnsinnige!« Clemens lachte hell auf und schlug ihr dann kameradschaftlich auf die Schulter. »Na gut, dann lass ich dich mal mit deiner Arbeit alleine. Wir sehen uns morgen im Teammeeting?«

»Sicher doch.« Sie nickte knapp und überflog die Notizen, die Clemens bereits an den Ausdruck angefügt hatte. Nun, das war wirklich nichts Besonderes, ein Auftrag, den man eigentlich auch Nina hätte erledigen lassen können.

Gedankenverloren zog sie an der Geschenkschleife und öffnete das Paket nun endlich doch. Ein Stück Schokolade konnte ihr niemand verübeln. Sie legte die Klappkarte beiseite. Der rote Karton fühlte sich edel und fast ein wenig seidig an. Definitiv teuer. Auch die Pralinen selbst sahen nach einem halben Vermögen aus. Felicitas musste lächeln und öffnete die erste Packung. Kleine, fein verzierte Schokoladenkügelchen auf einem Samtstoff lachten ihr entgegen, bunt und farbenfroh wie der Sommer draußen. Sie griff nach einer rosafarbenen Praline und biss hinein.

Erdbeere mit Sahne. Und eine absolut cremige Füllung, die nach weißer Schokolade und noch mehr Erdbeeren schmeckte. Ungefähr so musste der Himmel sich anfühlen! Gut gelaunt nahm sie die Karte in die Hand und schlug sie auf.

... aber ich muss jetzt wirklich nachfragen: Hast Du mit diesem Robert geschlafen, damit er Dir den Quatsch abgekauft hat? Falls ja, dann meine Hochachtung. Du bist noch ehrgeiziger, als ich dachte. Gruß und Kuss, Alex.

PS: Die Pralinen sind der Trostpreis. Ich wünsche Dir übrigens noch viel Spaß mit Deinem sogenannten Freund. Tom fand es sehr aufschlussreich, was er und Du so treibt.

Felicitas schob den Geschenkkorb von sich, als wäre er vergiftet. Hektisch blickte sie auf, nur um festzustellen, dass um sie herum alle in ihre Arbeit vertieft waren.

Sie unterdrückte den ersten wütenden Impuls, nach Alex zu schreien und ihn zusammenzustauchen.

Dann würde am Ende jeder wissen, dass sie mit Markus in einem SM-Club gewesen war. Es reichte schon, wenn Alex es Tom erzählt hatte. Der würde es Clemens erzählen, und über kurz oder lang würden alle ihre Chefs wissen, was sich zwischen ihr und Markus abspielte.

Ihr Herzschlag beschleunigte sich. Unruhig blickte sie von der Karte auf. Hinter den Milchglasfenstern zu Philipps Büro sah sie ihren Chef, Clemens und jemanden, den sie als Alex identifizierte, oder jedenfalls jemanden, der Alex' Figur hatte. Ob sie gerade das Gesprächsthema war? Alex würde bestimmt keine Gelegenheit auslassen, um mit seinem Wissen zu prahlen!

Felicitas spürte die Hitze auf ihren Wangen. Ihr Magen zog sich zusammen. Übelkeit stieg in ihr auf. Sie stieß das Päckchen mit der Schokolade an das Ende des Schreibtischs und sprang auf. Gerade eben so schaffte sie es auf die Toilette, ehe sie sich übergeben musste.

Ihr Körper zitterte unkontrolliert. War es nur der Stress? Seit diese Affäre mit Markus angefangen hatte, achtete sie noch mehr als sonst darauf, die Pille nach Vorschrift einzunehmen. Aber sicher sein konnte man nie, oder? Die Welt um sie herum begann, sich zu drehen. Das war das absolut Letzte, was sie jetzt noch gebrauchen konnte!

Unsicher wankte sie hinaus an die Waschbecken und versuchte, sich wenigstens halbwegs wieder so herzurichten, als wäre gar nichts geschehen. Was kein ganz einfaches Unterfangen war, wenn man kreidebleich war. Sie starrte in den Spiegel, auf die dunklen Ringe unter den Augen, die fahle Gesichtsfarbe und die tief eingegrabenen Linien auf der Stirn.

Hübsch war eindeutig anders. Was Markus nur in ihr sah? Ob sie ihn das fragen sollte am Samstagabend? Sie hatte vergeblich versucht, jeden Gedanken an das Treffen mit ihm beiseitezuschieben.

Was, wenn es ihr am Ende auch noch gefiel? Die Vorstellung war im Grunde genommen absurd, und andererseits dennoch reizvoll. Ihm zu sagen, was er tun sollte, genau das von ihm zu bekommen, was sie wollte, das versprach Spaß. Und Abwechslung.

Felicitas spülte ihren Mund mit kaltem Wasser aus und atmete tief durch. Sie war vollkommen überarbeitet, das war alles, was los war, und allein darum hatte sie jetzt auch diese seltsame Sehnsucht nach Markus in ihrem Herzen. Es war alles nur Überreaktion darauf, dass sie am Limit arbeitete und dringend Urlaub brauchte.

Auch wenn der Samstag es durchaus wert war, noch einmal ein wenig im Internet zu recherchieren. Billig würde sie Markus sicher nicht davonkommen lassen. Er sollte ruhig sehen, wohin es sie beide führte, wenn er solche idiotischen Spielchen begann!

Und mit Alex würde sie auch irgendwie fertig werden.

* * *

»Du meldest dich ja gar nicht mehr!« Ihre beste Freundin klang entrüstet und hatte noch nicht einmal ein *Hallo* für sie übrig. Nervös nahm Felicitas den Hörer in die andere Hand und schaltete die Mikrowelle ein. Ein paar Sekunden und eine Schimpftirade später ertönte das beruhigende Ploppen von Popcorn.

»Ich brauche keinen Babysitter, Lena«, unterbrach sie ihre Freundin schließlich und klemmte die Weinflasche zwischen die Beine. Mit einer Hand ließ sich der Drehverschluss kaum aufbringen, aber das Telefon weglegen wollte sie jetzt auch nicht. Seit Jahren nahm sie sich vor, endlich einen neuen Apparat zu kaufen, mit einer Freisprechfunktion, nur umgesetzt hatte sie diesen Entschluss nie.

»Ich habe mir Sorgen gemacht. Du gehst nicht ans Telefon, Markus erzählt mir, dass du ihm abgestürzt bist, am Montagabend warst du nicht da – Felicitas, bitte, diesmal habe ich wirklich Grund zur Sorge.«

Felicitas drehte energisch am Verschluss und bekam die Flasche endlich doch auf. Was am Montag geschehen war, wollte sie eigentlich lieber für sich behalten. »Sorry wegen Montag. Der Job …«

Lenas Lachen war ansteckend. »Dass dir das passiert! Ich war ja der festen Überzeugung, dass Markus daran schuld ist, aber ich hätte mir ja denken können, dass du alter Workaholic im Büro versauerst. Was macht das Projekt?«

»Ist durch. Robert hat es gekauft.« Felicitas schenkte sich großzügig Rotwein ein und trug das Glas dann hinüber ins Wohnzimmer.

»Hui, Robert? Höre ich da Bewunderung?« Lena pfiff durch die Zähne. »Du begehst aber nicht gerade eine Dummheit, oder? Du musst keine Affäre anfangen, um mir zu beweisen, dass zwischen dir und Markus nichts läuft, hörst du?«

Felicitas brummte eine unverständliche Antwort und genoss den Duft des frischen Popcorns. Für heute Abend hatte sie sich zwei DVDs besorgt, beide mit DiCaprio in der Hauptrolle, perfekt, um vor dem Fernseher zu schmachten. *Gangs of New York* und dann noch *Catch me if you can.* Das würde vielleicht ausreichen, um sie von den Gedanken an Markus abzulenken.

»Sag mal, irgendwas ist doch bei dir im Busch, Süße. So kenne ich dich gar nicht!«

Lenas Besorgnis war selbst durch das Telefon geradezu greifbar. Endlich piepste die Mikrowelle. Felicitas holte das Popcorn heraus, riss die Tüte auf und ließ sich dann auf ihre Couch fallen. So musste ein Freitagabend aussehen. Sie hatte ihre Ruhe, konnte ihren Wein trinken und Popcorn essen, ohne dass sie Gefahr lief, dass irgendjemand ihr etwas wegaß. Das war Entspannung pur.

»Nein, da ist gar nichts im Busch. Ich bin einfach nur überarbeitet, das ist alles.« Sie trank einen Schluck Rotwein und verzog das Gesicht. Sie mochte keinen Rotwein, aber irgendwie hatte sie im Supermarkt an den Abend mit Markus im Restaurant denken müssen und dann doch zu dieser Flasche hier gegriffen. Irgendein Spanier, Rioja aus dem Jahr 2010, angeblich trocken und fruchtig. »Und ich habe mich für Samstag mit Markus verabredet. Ganz harmlos, Lena, nicht was du denkst.«

»Klar.« Lena klang nicht danach, als würde sie es ihr glauben. »Und darum rufst du an?«

»Ich rufe an, weil ich deine Hilfe brauche, Süße. Aber das bleibt jetzt unter uns, verstanden? Und kein Wort zu Basti. Kannst du mir das versprechen?«

»Sicher doch. Basti muss nicht alles wissen. Also, was gibt es?«

»Markus und ich ... also, wir haben uns verabredet. Das letzte Mal hat er mich etwas überrumpelt im Bett, du weißt schon.« Himmel, wie sollte sie das nur ausdrücken, ohne dabei absolut lächerlich zu klingen? *Er hat mich dominiert? Ich fand es super? Jetzt will ich mal probieren, wie es sich anfühlt, ihn zu dominieren?*

»Und?«, fragte Lena nach.

»Und dann haben wir eben ausgemacht, dass ich am

Samstag mal die Kontrolle über ihn habe.« Sie spürte die Hitze auf ihren Wangen. »Ich habe einfach keine Ahnung, was ich tun könnte. Ich wollte dich fragen, was man da so machen kann, so etwas eben.«

Sie hoffte inständig, dass ihre Freundin verstand, was sie damit sagen wollte. Lena schien jedenfalls hinreichend verblüfft.

»Meine Güte, Feli, du hast doch wohl ab und zu Phantasien? Aber wenn es dich beruhigt, ich kann dir versichern, dass du nichts Großartiges abziehen musst, um ihn zu beeindrucken. Ein paar Kleinigkeiten können mehr Wirkung zeigen. Ich wüsste da schon ein paar Dinge, die man mit einem Mann tun könnte, wenn er es denn zuließe. Hast du schon einmal daran gedacht, ihm die Augen zu verbinden?«

Es war komisch, sich darüber Gedanken zu machen. Und es war noch seltsamer, darüber zu sprechen. Wie würde es sich erst anfühlen, wenn sie es wirklich in die Tat umsetzte?

22

Felicitas' Magen krampfte sich zusammen, als sie den Club betrat. Röte schoss in ihre Wangen. Natürlich stand ausgerechnet Konstantin am Eingang und wartete scheinbar geduldig darauf, dass sie sich aus ihrem Mantel schälte.

»Siehst gut aus, Baby«, kommentierte er schließlich und grinste sie breit an. »Wenn ich nicht schwul wäre, würde ich dich glatt anbeten.«

Sie verkniff sich eine Bemerkung darüber, dass er so schwul nun auch wieder nicht sein konnte. Immerhin hatten sie schon miteinander geschlafen. Aber in diese Untiefen wollte sie sich gar nicht erst begeben. Es reichte schon, dass sie selbst keine Ahnung mehr hatte, wo ihr der Kopf stand. Da musste sie sich nicht auch noch mit den sexuellen Vorlieben anderer Menschen befassen!

»Und, was wird das jetzt mit dir und Markus?« Er zwinkerte ihr zu, während er ihren Mantel umständlich auf einen Bügel hängte. »Ich würde ja zu gerne Mäuschen spielen bei euch beiden. Du oben, nehme ich an?«

»Woher ...«, stammelte sie und brach ab, als ihr klarwurde, dass sie damit alles preisgegeben hatte, was er wissen wollte.

Konstantin lachte hell auf. »Wusste ich es doch. Hab ich von Leander, den Trick.« Er drückte ihr einen Chip in die Hand und lehnte sich auf den Tresen der Garderobe.

»Markus hat gleich drei Zimmer für den Rest der Welt gesperrt. Ich würde dir ja raten, das Bondage-Zimmer zu nehmen. Damit kriegst du ihn, wetten?«

Sie wollte gar nicht nachfragen, woher Konstantin so genau darüber Bescheid wusste. Es ging sie ja auch gar nichts an, so einfach war es. Markus und sie hatten keine Beziehung, und was vorher gewesen war, interessierte sie überhaupt nicht. Felicitas reckte das Kinn. »Danke, aber ich habe da schon andere Pläne.«

Das war mehr als nur übertrieben. Ihr Mund war trocken, ihr war heiß vor Aufregung. Gestern nach dem Telefonat mit Lena hatte sie doch nicht die DVDs angesehen, sondern sich im Internet herumgetrieben und nach Bildern gesucht, um ihrer Phantasie etwas auf die Sprünge zu helfen. So ganz schlecht war der Gedanke nicht, einen Mann zu haben, der genau das tun würde, was sie wollte.

»Na dann, viel Spaß euch beiden Süßen.« Er deutete einen Kuss an und wandte sich dann lachend ab, um ihren Mantel aufzuhängen. Wie stellte Markus sich das nur vor, irgendwann einmal Konny und Leander in unverfänglicher Umgebung zu treffen? Sie würde einfach nur rot anlaufen und kein Wort mehr herausbringen!

Das Eingeständnis, verunsichert zu sein, war schwer. Felicitas strich sich die Haare zurück und zog ihr hautenges Kleid zurecht. Sie hatte zum kleinen Schwarzen gegriffen und dazu zu atemberaubend hohen High Heels und halterlosen Strümpfen mit Naht. Lena hatte ihr versichert, dass es vollkommen egal war, was sie trug, aber so einfach war das sicher nicht. Sie atmete tief durch und ging in Richtung Bar.

Wahrscheinlich war es auch eine dumme Idee gewesen, ausgerechnet den Club für ihr Treffen zu wählen.

Seinen Club, wo alles seine Handschrift trug. Er war hier Chef im Ring, ganz eindeutig. Felicitas blieb an der Türschwelle stehen und betrachtete den Raum. Viel war noch nicht los, dazu war es wohl zu früh. Markus lehnte am Tresen, spielte mit einem leeren Colaglas und kam sofort zu ihr herüber, nachdem er sie bemerkt hatte. Ein silbrig glänzendes Paar Handschellen baumelte an seinem Gürtel.

Wortlos nahm er ihre Hand und führte sie an seine Lippen. Sanft berührte er ihren Handrücken und hauchte einen Kuss darauf. Ein kalter Schauder lief über Felicitas' Rücken. Seine Hand legte sich warm und schützend um ihre Finger, er hielt sie, selbst als er wieder aufblickte.

»Du siehst phantastisch aus, Süße.« Er legte den Kopf leicht schief und saugte an seiner Unterlippe. Die kleine Geste genügte schon, um wieder alles in ihr durcheinanderzubringen. »Hast du den Schlüssel dabei, den ich dir gegeben habe?«

Hatte sie sich nicht gerade erst vorgenommen, nichts zu empfinden? Felicitas' Herz begann schneller zu schlagen. Sie lächelte flüchtig und deutete dann mit einem Kopfnicken in Richtung Treppe. An den Schlüssel wollte sie gerade gar nicht denken. Ihm Fesseln anzulegen würde es viel zu real machen. Viel zu greifbar. »Wollen wir?«

»Was immer du möchtest, Madame«, erwiderte er und wirkte dabei todernst. Sie suchte nach einem Funken Ironie in seinem Blick, doch da war nur pures Interesse. »Meinst du nicht, dass wir zuerst noch etwas trinken sollten?«

Es klang sehr verlockend, einfach an der Bar zu versacken und diese ganze Idee einfach zu vergessen. Aber sie würde nicht versuchen auszuweichen, immerhin hatte sie seinem Vorschlag zugestimmt. Felicitas entzog ihm ihre

Hand und trat einen halben Schritt zurück. »Nein. Nachher vielleicht. Jetzt habe ich etwas anderes mit dir vor.«

»Das klingt gut.« Seine Mundwinkel hoben sich etwas an. Sie zwang sich dazu, ihn nicht allzu offensichtlich anzusehen. Er brauchte nicht auch noch diese Bestätigung dafür, dass er ihr gefiel. Felicitas schluckte, um die Aufregung unter Kontrolle zu bringen. In ihrer Phantasie hatte es sich letztlich ganz einfach angefühlt, ihm zu sagen, was sie wollte. Die Realität war da bedeutend schwerer.

»Ich habe uns drei Räume geblockt, Süße. Das Zimmer, das du bereits kennst, das mit dem Kreuz. Eins, das ich persönlich die Folterkammer nenne. Und ein kuschliges Romantikzimmer mit unechtem Kamin.« Er schien zu spüren, wie unsicher sie war. »Und du brauchst keine Bedenken zu haben wegen des Spielzeugs, das dort herumliegt. Ist alles meins. Ich teile mein Spielzeug nicht. Und ich kümmere mich darum, dass alles hygienisch zugeht.«

An solche Sachen hatte sie tatsächlich gar nicht gedacht. Es war wohl doch schwerer, als einfach ein bisschen Augenbinde und Befehle geben, so wie Lena gesagt hatte. Felicitas schloss kurz die Augen, um sich zu sammeln. Sie beschwor die Bilder zurück vor ihr inneres Auge, die sie sich zu Hause ausgemalt hatte.

Die Wirklichkeit passte überhaupt nicht dazu. Hastig griff sie in ihr Handtäschchen und kramte den silbernen Schlüssel heraus, mit dem er sie das letzte Mal überrascht hatte.

»Keine Fesseln«, sagte sie dann. »Ich weiß nicht, ob ich das mag, wirklich. Nicht heute.«

Ob er das lächerlich fand? Sie suchte in seinem Gesicht verzweifelt nach irgendeinem Anzeichen, aber er nickte nur verständnisvoll. Ihre Finger umklammerten den kleinen Schlüssel.

»Du gehst zuerst. Das Burgzimmer«, befahl sie schließlich. »Und sobald wir den Raum betreten haben, wirst du dich vor das Bett knien.«

Sie kam sich vor wie eine Hochstaplerin. Was sollte sie tun, wenn Markus sie einfach nur auslachte? Er nickte jedoch und lächelte sie beruhigend an.

»Nur zu gerne, Madame.« Er klang aufrichtig und ging dann selbstsicher voran. Wie hatte sie sich nur jemals eingebildet, die Kontrolle über ihn haben zu können? Dennoch kam er allen ihren Wünschen nach.

Felicitas verschloss die Tür hinter ihnen, hängte ihre Handtasche an den Griff und blieb dann stehen. Es war seltsam, ihn knien zu sehen. Sein Hemd spannte an seinen Schultern etwas. Er hatte die Ärmel lässig hochgekrempelt, was ihm ein verwegenes Aussehen gab. Die Jeans trug er tief auf seinen Hüften.

Jetzt wurde es also ernst. Sie verschaffte sich einen Überblick über den Raum, der sich seit ihrem letzten Besuch kaum verändert hatte. Das Kreuz an der Wand machte ihr immer noch Angst. An Wandhaken hingen irgendwelche Peitschen, die sie nicht zuordnen konnte. Auf der Truhe lagen einige Seile und Tücher bereit. Er hatte sich wirklich um alles gekümmert, um all die Dinge, an die sie niemals gedacht hatte.

Sie ging hinüber und griff nach einem schwarzen Seidentuch, das ihr lang genug vorkam, um ihm die Augen zu verbinden. Markus atmete ruhig und bewegte sich nicht. Sie trat zu ihm und widerstand dem Drang, anerkennend über seine Oberarme zu streichen.

Nicht jetzt. Stattdessen legte sie ihm das Seidentuch über die Augen und verknotete es am Hinterkopf. Noch immer rührte er sich nicht. Ob er lächerlich fand, was sie hier tat? Unsicherheit ergriff von ihr Besitz. Er hatte so viel mehr Erfahrung als sie in diesen Dingen!

Und dennoch gehörte er ihr. Er hatte ihr dieses Geschenk gemacht, und sie würde das Beste daraus machen. Es genießen, von ihm verwöhnt zu werden, ohne ihm etwas geben zu müssen. Felicitas kniff die Augen zusammen und trat einen Schritt von ihm weg.

»Zieh dich aus für mich!« Was selbstsicher hatte klingen sollen, war kaum mehr als ein Flüstern. Trotzdem machte er keine Anstalten, sich gegen sie aufzulehnen, sondern stand geschmeidig auf. Sie nutzte die Chance, um sich auf den Rand des Bettes zu setzen, weil ihre wackeligen Knie sie nicht mehr tragen wollten.

»Langsam«, fügte sie dann dazu. »Langsam und so, dass es mich anmacht.«

Felicitas hielt unwillkürlich den Atem an. Wieder beugte er sich ihrem Wunsch. Geschickt öffnete er die Knöpfe seines weißen Hemdes, strich den Stoff zur Seite und ließ seine Finger über seinen Bauch gleiten. Die Augenbinde war wirklich nicht schlecht. Wenigstens konnte sie ihn jetzt gefahrlos betrachten, ohne ihm zeigen zu müssen, wie sexy sie seinen Körper fand. Das Sixpack zeichnete sich deutlich ab. Sie betrachtete seine Muskeln, die starken Oberarme, die kleine Kuhle an seinem Hals. Er bewegte sich elegant und kraftvoll zugleich. Die Muskeln spielten unter seiner Haut. Das Hemd flog auf den Boden. Seine Finger glitten unter seinen Hosenbund. Er ließ den Knopf aufspringen, dann drehte er sich um und bückte sich, um die Schuhe zu öffnen. Die Jeans spannte sich über seinem durchtrainierten Hintern. Felicitas hatte alle Mühe damit, ihre Reaktionen zu verbergen. Sein Anblick weckte die Lust in ihr, die unter all der Aufregung und Nervosität vollkommen verschwunden war. Sie ließ dieses Gefühl zu, auch das Ziehen in ihrem Unterleib, die Sehnsucht nach ihm.

Er sah es ja nicht. Sie verbiss sich ein Keuchen. Hastig schob er die Jeans von den Hüften und ließ sie dann nach unten gleiten. Seine Boxershorts saßen eng und zeigten seine Erregung deutlich. Auch die Boxershorts zog er sich beinahe hastig aus.

»Langsam, hab ich gesagt«, rügte sie und schnalzte mit der Zunge. Was würde er an ihrer Stelle tun? Einfach durchgehen lassen konnte sie ihm das sicher nicht. Vielleicht war jetzt doch der Moment gekommen, um die Handfesseln einzusetzen? Nachdenklich hob sie seine Hose vom Boden auf und probierte den Schlüssel aus. Sofort sprangen die metallenen Ringe auf, so dass sie die Handfessel von seinem Gürtel entfernen konnte. Das Metall lag kalt und schwer in ihrer Hand.

»Was meinst du, soll ich mich ausziehen?« Ihn nackt vor sich zu sehen erhöhte seltsamerweise ihr eigenes Selbstvertrauen. Bisher machte er keinerlei Anstalten, sie auszulachen, ganz im Gegenteil. Er hatte sich selbst verwundbar gemacht, ihr die Kontrolle übergeben.

»Das wäre schön.« Sie hörte deutlich seine Sehnsucht nach ihr heraus. Und auch sein steifer Schwanz war ein deutliches Zeichen. Für einen Augenblick versank sie in seiner Betrachtung, dann sprang sie auf und war mit wenigen Schritten an der Wand. Es war ein plötzlicher Einfall, nichts, das sie sich zu Hause ausgemalt hätte, aber irgendwie zog diese Peitsche mit den vielen einzelnen Streifen sie magisch an. Sie nahm das Ding in die Hand und erinnerte sich daran, wie Lilly unter den Schlägen erzittert hatte.

Ob Markus es genauso tun würde?

»Das hast du dir aber nicht verdient. Ich wollte einen Strip sehen.« Sie kehrte zu ihm zurück und strich ihm nun endlich doch über die Schultern und die Rückenmuskeln. Er erschauderte und ballte die Hände zu Fäusten. War es überhaupt fair, so ein Ding wie das hier zu benutzen, wenn sie selbst es niemals spüren wollte?

Sein herrlich männlicher Duft stieg ihr in die Nase. Er roch nach Sandelholz, Vanille und nach frischem Meerwasser. Es war ein Duft, der ihr die Sinne vernebelte. Sie ließ die Lederschnüre über ihre Handfläche gleiten und zögerte. Sein durchtrainierter Hintern bot sich geradezu an, um diese Peitsche auszuprobieren.

Nur so wirklich traute sie es sich einfach nicht. Sie zog sich zurück, ehe sie ihn berührt hatte, und beschloss, nicht zu weit zu gehen.

»Hinlegen!«, befahl sie stattdessen und wartete, bis er auf das Bett geklettert war. »Auf den Rücken, die Beine auseinander.«

Wieder gehorchte er, ohne jedes Anzeichen dafür, dass er sie lächerlich fand. Mit jedem Augenblick wuchs ihr Selbstvertrauen etwas mehr, die Selbstverständlichkeit, sich nehmen zu können, was sie wollte.

Jeder einzelne Handgriff gab ihr Sicherheit zurück. Sie legte eine der Handschellen um sein rechtes Handgelenk. Die andere befestigte sie am Kopfteil des Bettes, so dass er ihr nicht mehr würde entkommen können. Es war ein verführerischer Anblick, seine Stärke, seine Muskeln, sein schneller Atem, seine Erregung. Und all das gehörte nur ihr.

Vorsichtig legte sie den Schlüssel neben dem Bett ab, so dass er nicht verlorengehen würde.

»Du hast es dir zwar nicht verdient, aber ich will nicht so sein.« Und außerdem hatte sie selbst nichts davon, wenn sie weiter ihr Höschen anbehielt! Felicitas griff hastig unter ihr Kleid und schlüpfte aus dem dünnen Seidenslip.

Provozierend warf sie ihre Unterwäsche auf seine Brust und betrachtete ihn von oben. Er sah gut aus, und wie er so ausgestreckt auf dem Bett lag, gefiel er ihr fast noch besser. Sie kniete sich neben ihn auf die Matratze und fuhr mit dem Peitschengriff über seine Haut.

»Weißt du, was das ist, was ich da in der Hand habe?«, fragte sie schließlich und bemerkte, dass seine Brustwarzen unter ihrer Berührung hart wurden. Sein Schwanz reckte sich steif nach oben und schrie geradezu danach, von ihr liebkost zu werden.

Aber nicht heute. Heute wollte sie es auskosten, dass er sich ihr anvertraut hatte.

»Flogger«, sagte er schließlich atemlos. »Ich kenne mein Spielzeug. Da hast du keine Chance, mich zu täuschen.«

Sie lachte hell auf. Sein heiserer Tonfall gefiel ihr. »Du bist ganz schön frech«, murmelte sie. Ehe sie ganz verstanden hatte, was sie da tat, schlug sie mit den Lederschnüren sanft auf seinen Oberarm. Er zuckte nicht einmal zusammen, sondern leckte sich nur über die Lippen.

»Das gefällt dir wohl?«, folgerte sie und ließ die Schnüre noch einmal auf seine Haut prasseln. Ein leises Klatschen ertönte.

»Ja, Madame.« Seine Antwort klang ehrlich und angespannt zugleich. »Das gefällt mir sogar sehr.«

Ein Glücksgefühl jagte durch ihre Adern, gepaart mit dem Wissen, dass sie alles mit ihm würde tun können. Felicitas kniete sich kurzerhand über sein Gesicht. Er schien zu ahnen, was kommen würde, denn er stöhnte genießerisch auf.

»Und wehe dir, du kommst«, warnte sie ihn und ließ die feinen Lederschnüre über sein Glied tanzen. Seine Hoden zogen sich erwartungsvoll zusammen. Feuchtigkeit glänzte auf seiner Eichel. Ihm gefiel es also wirklich. Es war erstaunlich gut, die Macht über ihn zu haben. Sie senkte ihre Hüften auf ihn herab und musste lächeln.

»Leck mich, bis ich komme.« Es war seltsam befreiend, die eigenen Wünsche auszusprechen. Sich überhaupt darüber klarzuwerden, dass sie Wünsche und Sehnsüchte hatte. Bisher hatte sie selten genug darüber nachgedacht, was genau sie anmachte. Sie hatte genommen, was ihre Affären ihr gegeben hatten, und manchmal war es gut gewesen, manchmal eben nicht.

Er stöhnte heiser, als ob allein der Gedanke daran ihm gefiel. Drohend strich sie ihm mit den Peitschenschnüren über die Hoden.

»Und lass die Finger weg. Ich will wissen, was du mit der Zunge so draufhast.« Sie legte ihre Beine über seine Arme und drückte ihn damit nach unten. Wahrscheinlich würde er immer noch keine Mühe haben, sie einfach auf das Bett zu werfen, keine Frage, aber er tat es nicht. Er hauchte nur sanfte Küsse auf ihre Schamlippen, ließ seine Zungenspitze über ihren Kitzler gleiten und drang spielerisch leicht in sie ein.

Felicitas genoss seine Berührungen. Er wusste wirklich mit seiner Zunge umzugehen und schien Übung zu haben. Es kümmerte ihn offenbar nicht, dass sie immer feuchter wurde, und wenn er es irgendwie befremdlich fand, ließ er es sie jedenfalls nicht spüren.

Bisher hatte sie es von keinem Mann wirklich verlangen wollen, sie zu verwöhnen, bis sie kam. Sie hatte Angst davor gehabt, dass ihr Partner es vielleicht eklig finden konnte oder nicht wollen würde. Es war eine wunderschöne Erfahrung, es einfach zu genießen, mit einem Mann, der nicht anders konnte, als ihr zu gehorchen.

Sie ließ alle ihre Bedenken ziehen und konzentrierte sich allein auf das herrliche Gefühl, von ihm nach allen Regeln der Kunst verwöhnt zu werden. Lust sammelte sich in ihrem Unterleib, schickte ganze Wellen der Erregung durch ihren Körper, und jedes Mal, wenn er über ihren Kitzler strich, kam sie dem Orgasmus ein klein wenig näher.

»Streng dich an«, flüsterte sie, auch wenn sie längst kurz davor war zu kommen. Spielerisch leicht schlug sie gegen seine Hoden. Er zuckte kurz zusammen, dann wurden seine Zungenschläge schneller und härter. Es war gut, und vor allem schien er sich wirklich darum zu bemühen, ihr zu gefallen.

Was sicher nicht nur an der Peitsche lag, die drohend über seinem Glied tanzte. Felicitas schloss die Augen und ließ sich von ihm bis über den Höhepunkt hinwegtragen. Die Lust zuckte durch sie hindurch, ließ ihren Körper erschaudern und beben.

Endlich brach sie über ihm zusammen. Feuchtigkeit rann ihr die Beine hinab. Er machte keinen Versuch, sie loszuwerden, sondern leckte weiter über ihre Schamlippen, sanft und zärtlich und beruhigend. Und voller Begehren.

Felicitas entzog sich ihm und ließ sich neben ihn auf die Matratze fallen. »Nimm mich. Hart und ordentlich. Und wage es bloß nicht, zu kommen«, fasste sie ihre Gedanken in Worte und zog ihr Kleid etwas nach oben. Markus tastete nach ihr, schien für einen Moment gar nicht glauben zu können, dass sie das wirklich gesagt hatte. Dann richtete er sich auf. Er hatte einige Mühe damit, trotz des gefesselten Armes über sie zu kommen, doch die Metallringe saßen nicht eng genug, so dass er sich drehen konnte.

»Und fass mich nicht an«, fügte sie hinzu. Spielerisch ließ sie die Peitschenschnüre über seinen Rücken gleiten, während er sich über sie kniete. »Ich will nur deinen Schwanz, nichts weiter.«

Es war auf eine befremdliche Weise erregend, in dieser derben Art mit ihm zu sprechen. Er schien es genauso zu empfinden, denn er kam ihrem Wunsch sofort nach. Er drang in sie und schien für einen Augenblick in seine übliche Rolle zurückzufallen.

Felicitas machte dem ein Ende, indem sie den Flogger auf seinen Hintern knallen ließ. Markus keuchte auf, verwundert und ein wenig erregt, und hielt inne. »So, dass ich es genieße«, befahl sie. »Du hast vorher schon nicht getan, was ich wollte, Süßer. Jetzt kannst du dich dafür entschuldigen.«

Mit sanften Schlägen bedeutete sie ihm, wie sie ihn spüren wollte. Sie dirigierte ihn, ließ die Lederschnüre zwischen seinen Pobacken hindurchgleiten, streichelte seine Hoden, seinen Rücken, seine Wirbelsäule. Er fügte sich ihrem Willen und gab ihr, was sie brauchte.

Jedenfalls eine Zeitlang. Dann wurden seine Stöße plötzlich schneller und fordernder, als konnte er sich kaum noch zurückhalten.

»Nein«, sagte sie nur und unterstrich ihre Worte mit einem festen Schlag auf seinen Hintern. Er verstand, hielt kurz inne und holte tief Luft. Dann erst nahm er seine Stöße wieder auf, gab ihr, was sie wollte, genau so, wie sie es wollte, so wie sie es ihm befahl mit ihren sanften Schlägen. Es fühlte sich gut an. Und viel brauchte es nicht, um sie ein zweites Mal an diesem Abend zum Höhepunkt zu bringen. Felicitas verschwendete keinen

Gedanken mehr an ihn und genoss einfach nur das herrliche Gefühl, zu schweben und nicht mehr ganz von dieser Welt zu sein.

»O Gott, Feli, bitte!« Er klang wirklich verzweifelt. »Darf ich kommen?«

Sie lachte auf und kostete die Macht über ihn noch einen Augenblick länger aus. »Du hast genau eine Minute«, beschloss sie dann und hob ihre Hüften leicht an. »Ich will dich spüren, Markus. Jetzt!«

Er brauchte keine weitere Aufforderung. Seine Stöße wurden schneller und härter. Sie merkte, wie sehr er sich zurückgehalten hatte. Selten hatte sie sich so gut gefühlt wie in dem Moment, in dem sie seinen Höhepunkt spürte.

Felicitas atmete tief durch, legte hastig diesen seltsamen Flogger zur Seite und nahm die Augenbinde von seinem Gesicht. Sie sehnte sich nach seiner Nähe, nach einer zärtlichen Berührung. Ob sie es einfach sagen konnte? So wie vorher, als sie härteren Sex von ihm gewollt hatte? Zweifelnd sah sie in sein Gesicht. Er wirkte zufrieden und lächelte leicht.

Stumm zog er sich aus ihr zurück und sank neben sie auf das Bett. »Sugar, du hast wirklich das Zeug dazu, keine Frage. Das war ziemlich gut«, antwortete er schließlich auf ihre unausgesprochenen Zweifel hin. »Du musst dich nur trauen.«

Er zog sie mit seinem freien Arm an sich und fuhr ihr sanft über das verschwitzte Haar. »Und? Wie fühlst du dich, Süße?«

Dankbar dafür, dass er wieder die Führung übernahm, zuckte sie mit den Schultern. »Gut«, gab sie dann zögernd zu. »Es hat Spaß gemacht. Aber es ist sicher nichts für immer. Nicht für jeden Tag, meine ich. Und außerdem ... wäre das nie etwas geworden, wenn du nicht mitgemacht hättest. Ich hätte dir niemals wirklich weh tun können, weißt du?«

»Alles gut, Süße. Lass es uns langsam angehen, das ist kein Problem.« Er küsste sie auf die Stirn und schickte damit einen Schauder durch ihren Körper. »Das hatte ich auch nicht vermutet, Zuckerpüppchen. Und jeden Tag würde ich es auch gar nicht haben wollen, dazu finde ich dich viel zu begehrenswert. Aber ab und zu?«

Darauf wollte sie ihm jetzt keine Antwort geben. Dazu musste sie sich erst einmal darüber klarwerden, wohin das noch führen sollte.

»Fährst du mich noch heim?« Viel lieber hätte sie ihn gefragt, ob er noch bei ihr blieb, ob er vielleicht sogar bei ihr übernachtete, doch sie brachte es einfach nicht über die Lippen.

»Dein Wunsch ist mir Befehl, Madame. Natürlich nur, wenn du mich losmachst.« Der intensive Blick aus seinen grünen Augen sagte ihr, dass er auch ohne Worte verstanden hatte. Ein Grinsen schlich sich auf seine Lippen. Er streckte die Hand aus und strich mit den Fingerspitzen zärtlich über ihren Mund. »Das Wochenende ist ja noch nicht vorbei, oder? Ich bleibe bei dir, Süße. Und wage es bloß nicht, mir zu widersprechen.«

23

»Lass uns bouldern gehen.« Markus setzte sich plötzlich auf und schob die Decke zurück, noch ehe sie reagieren konnte. Er schaltete die Nachttischlampe ein, griff nach seinem Handy und tippte auf dem Bildschirm herum.

Unwillig drehte Felicitas sich in ihrem Bett herum. Sie schaute verwirrt auf den leuchtenden Bildschirm und Markus, der konzentriert auf die kleine Fläche starrte. Sein nackter Körper war verführerisch.

»Du kletterst doch auch, oder?« Er drehte sich halb um zu ihr und betrachtete sie nachdenklich. »Und du weißt, was Bouldern ist?«

»Es ist mitten in der Nacht«, protestierte sie und schlug spielerisch nach ihm. »Markus, verdammt, das ist echt nicht nett.«

»Sorry, ist mir gerade so eingefallen. Morgen soll das Wetter gut werden.« Wie zum Beweis hielt er ihr den Bildschirm vor die Augen.

Felicitas brummte unwirsch und schlug noch einmal nach seinem Unterarm, ehe sie sich wegdrehte. Konnte er mit solchen Plänen nicht bis morgen warten? Er machte sie jetzt schon verrückt mit seinen dauernden Planänderungen! Hatte er nicht gesagt, dass sie gemütlich frühstücken würden? Und ein Spaziergang entlang der Isar? Darauf hatte sie sich eingestellt, und dann abends wieder ihre Ruhe, um noch ein paar Dinge wegzuarbeiten.

»Bouldern. Klettern in Absprunghöhe ohne Seil. Nicht zu gefährlich, jedenfalls nicht bei einfachen Routen, aber echt anstrengend«, erklärte er ruhig und nahm sein Handy wieder an sich. »Außerdem sind die Boulder in der Fränkischen Schweiz nicht öffentlich bekannt, jedenfalls die meisten nicht. Könnte also sein, dass wir ein paar Stunden durch den Wald laufen, um etwas Passendes zu finden. Lust?«

Unwillig setzte sie sich nun doch auf. Er klang nicht gerade so, als würde er sich mit ein paar lauen Worten von seiner fixen Idee abbringen lassen. Felicitas fuhr sich mit den Fingern durch ihre zerzausten Haare. »Du kannst doch so nicht klettern gehen!«

»Wieso nicht? Ich dachte immer, Frauen stehen darauf, Männer mit nackten Oberkörpern beim Klettern anzuschmachten«, gab er zurück und klang viel zu wach für ihren Geschmack. »Also, pass auf, wir brauchen etwa zwei Stunden bis in die Fränkische Schweiz. Ich habe ein paar Ideen, wo wir gehen könnten. Matten habe ich auch noch, und klettertaugliche Schuhe müsste ich in München auch rumliegen haben. Du?«

»Immer doch.« Felicitas deutete müde in Richtung ihres Schrankes. »Aber musst du jetzt damit kommen?«

»Ich bin eben nachtaktiv.« Er wischte ihren Einwand mit einem charmanten Grinsen beiseite und beugte sich zu ihr. Sie spürte seine sanften Lippen auf ihrer Wange und schauderte unter seinem Kuss. »Wir sollten versuchen, so gegen zehn dort zu sein. Dann können wir uns auf die Suche nach einem Boulder machen und zur Krönung des Tages in irgendeinen Biergarten gehen, wie klingt das?«

»Wenn du mich jetzt endlich schlafen lässt, phantastisch«, grummelte Felicitas. Sie konnte ihm irgendwie nicht wirklich böse sein.

Er lachte leise auf. »Faulpelz«, rügte er liebevoll und legte sein Handy beiseite. »Ich wecke dich rechtzeitig, einverstanden?«

Er ließ ihr auch keine große Wahl. Felicitas seufzte auf und versuchte, das ungute Gefühl zu vertreiben. Sie hatte schon seit Jahren nicht mehr einfach so etwas unternommen. Normalerweise lebte sie streng nach ihrem Terminkalender und den darin eingetragenen Treffen mit Lena, ihrer Mutter, Arbeitskollegen und den Stunden im Fitnessstudio.

»Das war ein Ja, Zuckerpüppchen. Ich kann mir vorstellen, dass es dir gefallen wird, wirklich.« Er löschte die Nachttischlampe wieder und streckte sich neben ihr aus. Sanft legte er ihr einen Arm um die Schultern. Felicitas ließ zu, dass er sie in seine Umarmung zog, und lauschte seinem ruhigen Atem. Zärtlich spielte er mit ihren Haarsträhnen, strich ihr über die Schulter und ließ seine Hand schließlich auf ihrer Taille ruhen.

»Süße, du bist faszinierend.« Er hauchte zarte Küsse auf ihren Nacken und entlockte ihr damit ein Stöhnen. »Ich freue mich schon auf morgen, wirklich. Und nächstes Wochenende können wir mit den Huskys raus. Was hältst du davon?«

Plötzlich wurde es ihr viel zu eng in ihrem Bett. Das klang für ihren Geschmack viel zu verbindlich, viel zu sehr nach Beziehung. Trotzdem hielt sie still, ließ sich weiter von ihm im Arm halten und schloss irgendwann die Augen, in der Hoffnung, trotz allem etwas Ruhe zu finden.

* * *

Die Ruhe, die der Wald ausstrahlte, legte sich auf ihr Herz. Ab und zu waren sie anderen Wanderern begegnet, gelegentlich auch in ihrem Alter, ab und zu trugen die Wanderer Kletterausrüstung bei sich wie sie, aber das war auch schon alles. Man hörte weder Autolärm noch Gespräche, nur das leise Rauschen des Windes oben in den Ästen. Der Waldboden gab unter ihren Schritten sanft nach, und mit jedem Meter fühlte Felicitas sich leichter, obwohl doch die Ausrüstung an ihren Schultern zog.

Markus lotste sie mit einem GPS-Gerät durch den Wald und schien dabei wirklich zu wissen, was er tat. Er hatte wohl nicht übertrieben, als er ihr im Auto davon erzählt hatte, wie gern er draußen war. Nur Skifahren ging er nicht mehr, aber für Eisklettern, Wandern und auch Bouldern war er immer zu haben. Es war ein komisches Gefühl, mit ihm über ganz normale Dinge zu sprechen, über ganz alltägliche Dinge wie ihre liebste Wochenendbeschäftigung, seine Huskys und seine geplante Reise nach Alaska.

Es passte einfach nicht zu dem, was sie von ihm wollte: kurzer, unverbindlicher Sex ohne jede Bindung und vor allem ohne Gefahr, von ihm verletzt zu werden. Als sie endlich ihr Ziel erreichten, wusste Felicitas kaum noch, wo ihr der Kopf stand. Ein grauer Felsblock türmte sich vor ihnen auf. Moose und Flechten überzogen die meisten Stellen, ein paar vorwitzige Bäume wuchsen ganz oben. Nur an einem kleinen Felsüberhang im unteren Teil des Felsens fehlte es an Bewuchs, und auch an ein paar Stellen, die Griffen ähnelten, waren Erde und Pflanzen längst beiseitegeräumt worden.

»Hier. Wusste ich es doch.« Markus ließ mit einem erleichterten Schnaufen die Matten fallen, die er auf dem

Rücken getragen hatte. »Man will nicht, dass alle Felsen dazu benutzt werden, ist nicht gut für die Pflanzen.« Wie zum Beweis griff er auf einen bloßliegenden Felsvorsprung. »Aber wo sich bereits eine Strecke befindet, darf weiter geklettert werden. Also halte dich an die Griffe, die bereits vorhanden sind.«

Felicitas ließ ihren Blick über die Felswand gleiten und konnte sich ein Grinsen nicht verkneifen. »Samt Überhang? Oder nehmen wir nur die einfache Route?«

»Komm schon, Baby, als ob wir es uns einfach machen würden«, gab er lachend zurück. »Du musst auch keine Angst vor Verletzungen haben. Wir bewegen uns ja nur in Absprunghöhe, da passiert normalerweise nicht so viel.«

»Ich weiß, was Bouldern ist«, erwiderte sie und verdrehte leicht die Augen. Markus breitete die Matten unter dem Felsen aus und deutete dann auf einen schmalen Vorsprung knapp über Bodenhöhe.

»Das ist der Einstieg. Hier fängst du an, und dann hier, unter dem Überhang durch bis hier.« Er zeigte ihr die Linie, die ihre Klettertour nehmen würde. Es sah auf den ersten Blick vielleicht nicht schwer aus, zumal sich die Route wirklich nur knapp über dem Boden befand. Dennoch lagen einige Griffe weit auseinander, und allein der Überhang würde schon einiges an Kraft kosten.

Wenn sie kletterte, dann eigentlich lieber am Seil und einfach nur nach oben, aber für ihn würde sie definitiv eine Ausnahme machen. Und Bouldern hatte seinen Reiz, denn es kam nicht nur auf die pure Kraft an, sondern vielmehr auch auf die Technik und die vorausschauende Planung. Zu wissen, was man tat, war Gold wert.

»Auf Zeit?«, schlug sie ihm vor und rieb sich ihre schweißnassen Hände an ihrem enganliegenden Baumwollshirt ab. Markus holte ihre dünnen Kletterschuhe aus seinem Rucksack und warf sie auf die Matten. Dann reichte er ihr eine Plastikflasche. Felicitas nahm einen großen Schluck und atmete tief durch.

»Einfach nur zum Spaß?«, erwiderte er und hob die Augenbrauen leicht an. »Falls das in deinem Leben vorgesehen ist?«

Sie verschluckte sich beinahe und konnte nicht verhindern, dass sie loslachen musste. Das Wasser spritzte über ihr Kinn nach unten. »Idiot, natürlich ist das in meinem Leben auch vorgesehen. Ich meinte nur, dass es dir vielleicht ganz guttun würde, mal was ernst zu nehmen.«

Er schüttelte belustigt den Kopf. »Du zuerst, Zuckerpüppchen?«

Sie nickte nur. Es war gar nicht so einfach, beide Füße auf dem schmalen Vorsprung unterzubekommen, der den Anfang der Route markierte, und mit den Fingern Halt in einer kaum sichtbaren Felsritze zu finden. Die gekrümmte Haltung kostete Kraft und würde wahrscheinlich so richtig anstrengend werden, wenn sie eine Hand nach oben streckte, um an den nächsten Griff zu gelangen. Felicitas starrte die Felswand entlang nach oben. Was im Stehen so einfach ausgesehen hatte, bekam nun eine ganz andere Perspektive. Er hatte nicht unbedingt den einfachsten Boulder ausgesucht, und mit Sicherheit steckten im Überhang eine ganze Menge Probleme, die es mit Köpfchen zu lösen galt.

»Du zuerst. Ich bin da. Ich fange dich auf, Süße, wenn du wirklich abrutschst.« Er stellte sich hinter sie, nah genug, um sie spüren zu lassen, dass er wirklich da war. Seine Hände ruhten für einen kurzen Augenblick auf ihren Schultern, ehe er sie losließ. Dennoch spürte sie, dass er da war. Dass er sie auffangen würde. Felicitas unterdrückte das ungute Gefühl und ließ den ersten Griff los. Sie musste sich strecken, um den nächsten Griff zu erreichen, und konnte gerade so ihre Fingerspitzen um den blanken Fels legen. Wie sie sich daran hochziehen sollte, war ihr ein Rätsel, und mit den Füßen konnte sie sich auf dem schmalen Vorsprung kaum abdrücken.

Dennoch tat sie es und wechselte eilig die andere Hand mit nach oben, ehe sie fiel. Adrenalin schoss durch ihre Adern, vergleichbar mit dem wunderbaren Rausch, in den Markus sie mit seinen herrlich verrückten Ideen beim Sex so oft schickte.

Lena würde mit Sicherheit sagen, dass sie perfekt zueinander passten, er und sie, und dass sie einander genau dort ergänzten, wo sie es brauchten. Er brauchte Stabilität, sie brauchte etwas mehr Abwechslung. Aber Lena war auch eine heillose Romantikerin, die ernsthaft an das Märchen vom weißen Prinzen glaubte.

Felicitas verkniff sich ein wütendes Schnauben und konzentrierte sich lieber auf die nächsten Schritte. Sie zog ihr rechtes Bein eng angewinkelt an ihrem Körper entlang nach oben und stellte es in eine kleine Nische.

»Heiß«, kommentierte Markus ungebeten. »Du hast einen verdammt sexy Hintern, Sugar.«

Er hatte es auch nicht unbedingt einfach gehabt. Auch wenn er es so kalt und gefühllos erzählt hatte, oder gerade deshalb, spürte sie, dass er seinen Vater immer noch vermisste. Sie konnte das nur zu gut nachvollziehen. Auch ihr Vater war aus ihrem Leben verschwunden, etwa in demselben Alter. Nur dass ihr Vater einfach nur in eine kleine Wohnung in Neuperlach gezogen war, während sie mit ihrer Mutter auf dem Dorf zurückgeblieben war. Sie hätte ihn jederzeit besuchen können, wenn sie es denn gewollt hätte. Markus hatte dieses

Glück nicht gehabt. Überhaupt hatte es nicht gerade nach einer glücklichen Kindheit geklungen bei ihm, Geld hin oder her. Vielleicht hatte er niemals darüber nachdenken müssen, woher das Geld für den neuen Schulranzen kommen sollte oder für den Klassenausflug, das stimmte. Aber Liebe sah bestimmt anders aus. Und eins konnte Felicitas mit Sicherheit sagen: Zumindest ihre Mutter hatte sie geliebt, sie und ihren Vater und dieses ganze Familiending, sonst wäre sie nicht so sehr in ihrer Aufgabe aufgegangen.

Ein spitzes Steinchen bohrte sich unangenehm in ihre rechte Handfläche, als sie weiter oben nach dem nächsten Halt tastete. Felicitas schob es zur Seite, ehe sie ihr ganzes Gewicht auf die rechte Seite verlagerte und das linke Bein nachzog. Ihre Kleidung war eindeutig zu eng für solche Späße.

»Das war gut, Sugar. Ich habe schon ganz andere an dieser Stelle scheitern sehen.« Sein Lob klang verdammt ehrlich. Felicitas blies sich eine Haarsträhne aus dem Gesicht und warf einen Blick nach rechts, auf die Strecke, die ihr noch bevorstand. Der Überhang schien zurückzublicken und ihr hämisch zuzuzwinkern. Sie hatte viel zu viel Kraft gebraucht für die paar Griffe, die sie schon geschafft hatte.

Seine nüchternen Worte berührten sie tiefer, als sie zugeben wollte. Und was, wenn auch das nur eine Masche war? Wenn auch das nur Teil seiner Verführungskünste war? Wieder kam Misstrauen in ihr hoch. Er konnte noch immer gehen. Sie zerstören. Sie in den Boden treten und dabei noch lachen.

»Hast du denn wirklich nicht vor, deinen Sohn irgendwann mal zu sehen?« Sie hatte keine Ahnung, wieso sie gerade jetzt damit anfing. Eigentlich war dieser Tag wunderschön, und eigentlich war es herrlich, einfach nur zu klettern und nicht nachzudenken.

Er ließ sich Zeit mit seiner Antwort, bis sie einen weiteren Griff gemeistert hatte. »Ist sicher besser, wenn nicht. Und im Nachhinein muss ich zugeben, dass Sandra recht hatte. Ich war viel zu wütend und zu jung und zu egoistisch, um mich um ein Kind zu kümmern.«

Die schonungslose Offenheit, mit der er von sich selber sprach, ließ ihren Widerstand bröckeln. Er war nicht immer so gewesen wie heute. Die Wut, die sie auch jetzt noch ab und zu zu spüren bekam, war damals sicher noch stärker gewesen als heute. Er hatte offen zugegeben, sich nicht unter Kontrolle gehabt zu haben. Und mit ziemlicher Sicherheit hatte er ab und zu auch dann zugeschlagen, wenn es mit Sex nichts zu tun gehabt hatte.

Und zugleich wurden die Zweifel in ihr noch lauter. Er mochte ehrlich sein, er mochte davon sprechen, dass er sich im Griff hatte, aber hatte er das wirklich? Sie war ihm schutzlos ausgeliefert. Wenn die Wut überhandnahm oder die Eifersucht, wer garantierte ihr, dass er nicht auch ihr gegenüber das Spiel überzog? Dass aus Spiel Ernst wurde?

Er engte sie sowieso schon ein in ihrem Leben. Jede Beziehung engte ein. Und eine Beziehung mit einem Mann wie ihm?

Felicitas ignorierte das Brennen in ihren Oberarmen und machte einen weiteren Schritt nach rechts. Der Überhang war vielleicht noch zwei Griffe weg und sie brauchte dringend eine Pause. Allerdings boten sich weder der schmale Vorsprung, an dem sie gerade hing, noch die kleine Nische unmittelbar danach wirklich dafür an.

»Du bist einfach nur feige, Markus. Wenn du wirklich mit deiner Vergangenheit abgeschlossen hättest, würdest du auch diesen Schritt noch tun«, sagte sie und machte einfach weiter. So wie sie es bisher immer getan hatte in ihrem Leben. Ihr Finger krampften sich um den rutschigen Felsen. Ihr rechter Fuß fand Halt, doch der linke hing einen Augenblick zu lange im Nichts. Ihre brennenden Arme konnten ihr Gewicht nicht halten. Entnervt ließ sie los und stürzte nach hinten.

Markus' Hände waren da, noch ehe sie registriert hatte, dass sie fiel. Er stützte sie und zog sie sofort wieder nach oben. Federnd kam sie auf der Matte auf und zuckte dann mit den Schultern.

»Deine Runde«, murmelte sie und fuhr sich durch die verschwitzten Haare. Es sah wirklich viel einfacher aus, als es war.

»Sugar, du warst einfach nicht konzentriert genug.« Er streichelte zärtlich ihren Hals. Ein Schaudern ging durch ihren Körper. Seine Finger legten sich sanft um ihren Hals. Er drückte sie nach hinten, bis sie mit dem Rücken gegen den Felsen stieß. »Ich hatte eigentlich damit gerechnet, dass du es schaffst.«

Seine Lippen strichen über ihre Wange nach unten. Heiß leckte seine Zunge über ihre Haut. Felicitas schloss die Augen und kämpfte gegen dieses ekelhafte Gefühl an, von ihm einfach nur eingeengt zu werden.

»O Gott, wenn du wüsstest, wie sexy du bist«, flüsterte er ihr ins Ohr. »Ich liebe deinen Anblick. Deinen Hintern. Deine Oberschenkel. Jedes Mal, wenn ich dich sehe, muss ich daran denken, wie es sich anfühlt, wenn diese Oberschenkel mich festhalten und mich in dich pressen.«

Unwillkürlich keuchte sie auf. Wie konnte er jetzt an so etwas denken? Seine Hände glitten von ihrem Hals nach unten und blieben auf ihren Brüsten liegen. Er knetete sie sanft und fordernd zugleich.

»Felicitas, lass uns aufhören mit der Vergangenheit. Ich will dich. Dich und nur dich.« Sein warmer Atem sorgte für Gänsehaut. Der Felsen drückte hart in ihren Rücken. »Ich verspreche dir, dass ich immer für dich da bin.«

Sie erinnerte sich nur zu gut daran, dass ihr Vater das auch behauptet hatte. Dass sie immer das Gefühl gehabt hatte, dass ihre Eltern immer für sie da sein würden, egal was passierte. Es war der schlimmste Trugschluss ihres Lebens gewesen.

»Gib uns eine Chance, bitte, Felicitas. Ich habe keine Ahnung, ob das Liebe ist oder nicht. Ich bin zwar ein notorischer Playboy, aber damit kenne ich mich nicht aus. Ich weiß nur, dass ich mich gut fühle, wenn du da bist, so gut wie sonst nie.«

Übelkeit stieg in ihr auf. Sich an ihn binden? Von ihm abhängig werden? Am Ende doch wieder enttäuscht werden und allein dastehen?

»Rot.« Felicitas riss die Augen auf und schaffte es zu lächeln. »So was von knallrot, Markus. Und unterstehe dich, mich noch einmal anzurufen. Ich würde es bevorzugen, wenn wir unsere Begegnungen in Zukunft auf die Treffen beschränken, die wir wegen Lena und Basti nicht vermeiden können.«

Seine Augen weiteten sich. Er gestikulierte hilflos, setzte zu einer Erwiderung an und wandte schließlich nur den Blick ab.

Das Gefühl, endlich wieder die Kontrolle zurückzuhaben, war wirklich gut. Felicitas ignorierte den Stich, der durch ihr Herz ging. Nein, sie hatte sich nicht in ihn verliebt! Sie hatte sich an ihrem sechzehnten Geburtstag geschworen, sich niemals zu verlieben, also tat sie es auch nicht. Sie tauchte unter seinem Arm hindurch und bückte sich nach ihren schweren Wanderstiefeln.

»Ich habe keine Lust mehr auf deine Spielchen, Markus. Such dir jemand anderen, den du herumkommandieren kannst.«

»Aber es gefällt dir doch?«, meinte er schließlich unsicher und leise, so leise, dass sie es kaum hören konnte. »Ich hatte immer den Eindruck, als würde es dir auch Spaß machen ...«

»Darum geht es nicht, Markus«, unterbrach sie ihn und ließ sich auf die Matte fallen. »Das ist eine ganz andere Frage. Ich will es einfach nicht, verstanden?«

Verwirrt starrte er immer noch auf den Felsen. Er runzelte die Stirn. »Sag mir, wenn ich zu weit gegangen bin, Feli, bitte. Es ist doch alles nur ein Spiel, und wenn du nicht möchtest, dann machen wir es nicht mehr. Wenn es das ist«, brach es schließlich aus ihm hervor.

»Es geht nicht um den Sex, Markus. Der Sex war gut. Verdammt gut.« Sie schaffte es gerade so, ihrer Stimme die nötige Kälte zu geben. Nein, es war besser, jetzt diesen Schritt zu tun, als irgendwann mit einem nicht abbezahlten Haus, einem Kind und ohne Job dazusitzen und zuzusehen, wie er sich eine andere suchte. »Es geht darum, dass ich keine Beziehung mit dir möchte. Du und ich, wir passen nicht zusammen. Und es tut mir leid, falls ich den Eindruck erweckt haben könnte, da könnte etwas sein von meiner Seite aus, aber so ist es nicht.«

Er nickte einfach nur und deutete dann auf den Felsen. »Soll ich noch, oder möchtest du lieber gleich nach Hause fahren?«

»Was meinst du, wieso ich gerade die Schuhe gewechselt habe?« Sie warf ihm die Wasserflasche zu und verschränkte ihre Arme vor der Brust. Selten genug hatte sie sich so nah am Heulen gefühlt wie heute. Allein dass er diese Gefühle in ihr verursachte, sollte ihr eigentlich Warnung genug sein.

Sie musste nach Hause, weg von ihm, in ihre Badewanne mit einem guten Buch und einer heißen Schokolade. Und dann sollte sie das Thema Markus ein für alle Mal abhaken.

24

Wortlos deutete Markus auf die Bank neben sich.

Sebastian kannte den Weg ums Haus herum, er brauchte ihn schon lange nicht mehr vorn am Tor abzuholen. So wie sich das unter guten Freunden gehörte. Er öffnete die zweite Bierflasche und schob sie ihm zu.

»Du wolltest nie wieder damit anfangen«, kommentierte Sebastian und deutete auf die angebrochene Schachtel Zigaretten auf dem Tisch. »Also?«

Es war ihm klar gewesen, dass Sebastian fragen würde, und er wollte ja auch reden, sonst hätte er ihm gar nicht erst geschrieben. »Nur die eine Packung. Muss sein, sorry.« Markus hob seine Bierflasche. »Prost erst mal. Und danke, dass du gekommen bist.«

»Immer doch.« Sebastian zuckte mit den Schultern und warf sein Handy neben Schlüsselbund und Geldbeutel auf den Tisch. »Ich hatte Lena eigentlich versprochen, dass wir heute Abend ausgehen, aber sie hat es erstaunlich leicht genommen. Ich soll dir nur ausrichten, dass sie dich umbringt, falls du irgendeine Dummheit begehst.«

Das hatte er befürchtet. Markus trank noch einen Schluck und genoss den herben Geschmack des Biers. »Sie soll sich lieber Feli vornehmen. Sie macht mich wahnsinnig. Und nein, ich bin wirklich nicht schuld.«

»Sie ist dir abgestürzt?«, folgerte Sebastian sofort und legte die Hand auf die Zigarettenpackung, als Markus nach einer weiteren Zigarette greifen wollte. »Lass das. Ich hoffe mal, dass du dir sonst nichts besorgt hast, oder?«

Markus verzog das Gesicht. »Nein, hab ich nicht. Das Thema ist durch, endgültig.«

»Das hast du bei Zigaretten auch schon gesagt.« Langsam zog er die Packung aus Markus' Reichweite. »Du brauchst mir nichts vorzumachen, Markus. Du bist mal wieder am Ende, und wie ich dich kenne, greifst du dann gerne mal zu dem ein oder anderen Mittelchen, um dich darüber hinwegzutrösten.«

»Ich sagte doch, es ist durch. Ich habe aus meinen Fehlern gelernt«, grummelte er und trank noch einen weiteren großen Schluck. Sebastian würde nicht lange herumreden, das war es, was er an ihm so schätzte.

»Ich wollte es nur noch einmal hören.« Ein freches Grinsen tauchte auf seinem Gesicht auf. »Und jetzt fangen wir am Anfang an. Was ist das Problem mit dir und Feli?«

»Sie hat mich abgeschossen. Sitzen lassen. Schluss gemacht, wenn du so willst. Nicht, dass wir schon eine Beziehung gehabt hätten«, versuchte er zu erklären, was vorgefallen war.

»Keine Beziehung?« Sebastian lachte leise auf und blickte dann nachdenklich hinaus in den Garten. »Wie du willst, wenn ihr keine Beziehung hattet, hattet ihr eben keine Beziehung. Auch wenn das wahrscheinlich für euch beide die einer Beziehung am ähnlichsten kommende Nichtbeziehung seit Jahren war.«

»Du verzeihst, wenn ich dir nicht folgen kann?« Markus konnte nicht vermeiden, dass sich ein bitterer Unterton in seine Worte schlich. »Keine Beziehung, Basti. Wir haben uns ab und zu getroffen und miteinander geschlafen, ja. Mehr nicht.«

Sebastians ungläubiger Blick sagte alles. »Wie du meinst, das ist mir auch egal. Jetzt ist auf jeden Fall Schluss? Und du schiebst Liebeskummer, ist es das, was du mir sagen willst?«

Markus schnaubte verächtlich. »Vergiss es! Ich mache mir Sorgen um sie, das ist alles. Ich hatte den Eindruck, als würde sie es nicht ernst meinen. Als müsste ich sie nur packen und an mich ziehen. Sie einmal kräftig durchnehmen und alle ihre Barrieren zum Einsturz bringen, um endlich zu ihr durchzudringen. Verstehst du, was ich meine?«

Sebastian trank einen Schluck Bier, um Zeit zu gewinnen. Markus betrachtete ihn von der Seite und hoffte, dass sein Kumpel ihm irgendetwas Kluges sagen konnte. Dass er half, das Chaos zu entwirren, das sich in seinem Kopf breitgemacht hatte.

»Das solltest du besser lassen«, urteilte er schließlich und stellte das Bier ab. Sein Blick war ernst. »Du würdest sie nur kaputtmachen damit.«

»Aber bei dir und Lena hat es doch auch geklappt!« Markus hasste es, derart hilflos zu klingen. Und sich so schlecht zu fühlen bei seinen Gedanken. Er hatte mehr als einmal Lust dazu gehabt, sie zu packen und kräftig zu schütteln, ihre kühle Fassade einfach zum Einstürzen zu bringen, und zwar mit aller Gewalt.

Es war einfach nicht gut, und es war viel zu nah an dem, was er früher einmal in seiner Wut und Verwirrung getan hatte. Damals, als er zu weit gegangen war.

»Du bist nicht ich, und Feli wird im Leben nicht wie Lena sein. Lass gut sein, Markus.« Sebastian seufzte leise auf und legte eine Hand auf Markus' Oberarm. Es fühlte sich tröstend an, daher ließ Markus die Berührung zu.

»Feli ist nicht devot, nicht in diesem Sinne. Ich kann

mir vorstellen, dass sie nichts dagegen hat, ab und zu die Kontrolle abzugeben und sich der Führung ihres Partners zu unterwerfen, aber sie ist nicht wie Lena. Lena braucht jemanden, um den sie sich kümmern kann. Sie braucht jemanden, der ihr sagt, wo es langgeht. Sie braucht Halt und Stärke. Wenn du das suchst, bist du bei Feli falsch.«

Er suchte überhaupt nichts. Markus entzog sich nun doch Sebastians tröstender Berührung. Irgendwie machte das Gespräch hier es auch nicht besser.

»Und, um ehrlich zu sein, Markus – du bist vielleicht ein Top, aber nicht dominant. Das warst du nie. Und du wirst nie jemand sein, der eine andere Person vollkommen dominieren würde.«

»Verwirr mich doch nicht mit deinen Bezeichnungen«, murmelte er und trank sein Bier aus. Er bückte sich, um eine neue Flasche aus dem Kasten unter der Gartenbank zu holen, und ließ den Kronkorken durch die Luft fliegen. »Basti, ich bin auf jeden Fall nicht normal. Also in dem Sinne, dass ich mehr will als ein bisschen Vanillasex.«

»Sicher.« Sebastian ließ sich ebenfalls ein neues Bier geben. »Das sage ich ja auch nicht. Du hast deine Phantasien, du stehst auf ein bisschen Schmerz und Kontrolle beim Sex, aber würdest du unbedingt ihr ganzes Leben kontrollieren wollen? Jeden Tag? Hattest du jemals das Bedürfnis, einen anderen Menschen nach deinen Wünschen zu formen? Das würde ich als dominant bezeichnen. Das andere als Toppen. Sind jedenfalls meine Definitionen.«

Sie stießen wieder an. Markus schwieg und starrte in den dunklen Garten hinaus. Die Nacht war längst hereingebrochen, doch dank der sommerlichen Temperaturen ließ es sich hier draußen immer noch gut aushalten. Um sie herum war längst alles still, und nur das leise Rauschen des Windes in den Bäumen schien sie zu begleiten.

»Vergiss die Schubladen. Nenn es SM, wenn du willst. Härteren Sex. Spaß im Schlafzimmer. Experimentierfreude. Was auch immer. Ist doch vollkommen egal, solange ihr euch beide damit wohl fühlt«, nahm Sebastian schließlich den Faden wieder auf. »Du bist deswegen ja nicht besser oder schlechter als ich. Nur bist du nicht wie ich, und du solltest dir einfach kein Beispiel an mir nehmen. Du würdest nur einem Vorbild nacheifern, das nicht zu dir passt.«

»Als ob ich Vorbilder brauche.« Aber wenn sie schon einmal dabei waren, sein Seelenleben zu analysieren, konnte er genauso gut hören, was Sebastian über Felicitas zu sagen hatte. »Und Feli? Sie mag es, wenn ich ihr Befehle gebe. Jedenfalls dann, wenn sie es zulässt. Egal, was sie sagt, aber ich habe gespürt, wie sehr es ihr gefällt.«

»Sie braucht niemanden, der über ihr Leben bestimmt. Sie braucht jemanden, der ihr Sicherheit gibt und ihr das Gefühl vermittelt, einzigartig und perfekt zu sein. Selbst wenn sie es einmal nicht ist.« Sebastians Antwort kam schnell und selbstsicher. »Und beim Sex? Keine Ahnung, ich habe es ja nie mit ihr ausprobiert. Sie wäre auch nicht mein Typ. Kann sein, dass sie darauf steht, ja, aber wenn, dann nur beim Sex. Sobald es um den Rest ihres Lebens geht, würde sie das niemals zulassen.«

»Hab ich bemerkt.« Markus fuhr mit dem Daumen über den Flaschenhals und zog dann das Etikett ab. Er brauchte etwas, um sich zu beschäftigen, jetzt, da die Zi-garetten außerhalb seiner Reichweite lagen. »Verdamm Basti, ich habe das Gefühl, dass ich einfach viel zu weit gangen bin. Sie hat mitgemacht, ja, aber irgendwie … ich komme mir vor wie ein Verbrecher, verstehst du? Sobald sie klar denken kann, signalisiert sie mir nur Ablehnung. Sie hat zu viel Angst vor Nähe, wieso auch immer. Sobald ich ihren Schutzwall durchbreche, stößt sie mich weg.«

Sebastian zog die Beine an und legte sein Kinn auf die Knie. »So ist sie eben. Frag sie, wieso, dann verstehst du es auch.«

Sie hatten miteinander geschlafen, ja, aber mehr war von ihrer Seite aus sicher nicht gewesen. Hatte er jedenfalls gedacht. »Oder wartet sie einfach nur auf die drei Worte? Basti, verdammt, sie macht mich fertig!«

»Oder frag Lena, wenn du es wissen willst, vielleicht erzählt sie es dir. Die beiden sind Freundinnen seit dem Sandkasten. Wenn es jemanden gibt, der Feli versteht, dann Lena.«

»Lena und Feli sind aus demselben Kaff? Wusste ich gar nicht.« Dass die beiden enge Freundinnen waren, das ja. Aber so eng? Das erklärte auch, wieso Felicitas so eifersüchtig auf den Freund ihrer besten Freundin war. Zumal er bisher nicht bemerkt hatte, dass es andere Menschen in ihrem Leben gab.

»Meine Güte, Markus, habt ihr auch mal irgendwann miteinander geredet?«

»Sie will nicht reden. Sie will nur ficken.«

Sebastian verdrehte die Augen. »Ich sage dir nur eins, Markus: Wenn du es ernst mit ihr meinst, machst du ihr klar, dass du sie niemals einschränken wirst. Und dass du sie niemals hintergehen würdest.«

Am liebsten hätte er Sebastian geschüttelt, bis dieser m endlich sagte, was hinter dem Ganzen steckte. Aber nit würde er sich nur noch tiefer reinreiten in diese nze Sache. »Lass gut sein. Das Thema ist durch. Sie hat gestern klar und deutlich gesagt, dass sie mich nicht mehr sehen will. Ich will nicht dauernd ihre Grenzen überschreiten und Dinge tun, die mich mit einem Bein ins Gefängnis bringen. Ich habe es versucht, weißt du. Sie mir einfach gepackt und versucht, irgendwie zu ihr durchzudringen. Aber offenbar bin ich nicht derjenige, der ihr das Vertrauen in die Menschheit zurückgibt.«

»Du läufst davon, Markus, mal wieder. Ruf sie an, verdammt noch mal. Hast du ihr irgendwann mal gesagt, was du fühlst? Wie es dir geht? Dass du gern mehr von ihr haben würdest? Irgendetwas in diese Richtung?«

Nein, das hatte er nicht. War es das, worauf sie gewartet hatte? Auf ein *Ich liebe dich*? Das kam ihm mehr als nur abwegig vor. Felicitas war nicht der Typ für Liebesschwüre. Und außerdem hatte er ihr alles erzählt, all das, was außer ihr nur Sebastian wusste und was schuld daran war, warum er selbst eigentlich niemals mehr eine Beziehung in seinem Leben hatte haben wollen. Mehr hatte er nicht tun können.

»Lass uns von etwas anderem reden«, bat Markus schließlich und schüttelte abwehrend den Kopf. »Hast du endlich Zukunftspläne? Einen konkreten Job in Aussicht?«

Ein Hauch von Röte legte sich auf Sebastians Gesicht. »Lena hat mich davon überzeugt, ja. Sie meinte, es würde mir guttun, wenn ich mal irgendetwas durchziehen würde.«

»Und?« Mit dieser Einschätzung konnte Lena durchaus recht haben. Markus kannte seinen besten Freund nur so, in den Tag lebend und ohne jede feste Bindung. Er hatte weder Geld noch Anerkennung nötig, und seit seinem Studiumabschluss mehr oder weniger vor sich hin gelebt.

»Psychotherapie. Das Studium habe ich ja, und jetzt mache ich eben die Ausbildung zum Psychotherapeuten. Also ab Herbst, meine ich.« Sebastian wirkte auf einmal nervös und unsicher, so als könnte er selbst noch nicht ganz glauben, dass er sich auf irgendetwas Längerfristiges einließ. »Und dann mal sehen. Ich habe auch eine Zeit lang mit dem Gedanken gespielt, noch Medizin zu studieren, aber das ist wohl eher Zukunftsmusik. Erst mal das eine in den Griff bekommen und in einem Job Fuß fassen, meint Lena.«

»Ist das dein Ernst? Das ist ein ziemliches Projekt, findest du nicht?«

»Schon. Aber ich kann es mir ja leisten, etwas anderes habe ich eh nicht zu tun, und Lena ist der Meinung, dass ich es schaffen würde.« Sebastian wischte seinen Einwand mit einer fahrigen Handbewegung beiseite. »Ich würde meine Begabung verschwenden, wenn ich noch länger vor mich hin lebe, ohne sie zu nutzen, meint sie.«

»Das Mädel hat dich im Griff«, erklärte Markus schließlich und reichte ihm sein drittes Bier. »Die Couch ist übrigens schon bezogen. Ich hatte die Hoffnung, dass wir mal wieder einen Männerabend hinbekommen.«

»Und ich hatte Lena schon gesagt, dass ich wahrscheinlich nicht mehr heimkomme. Muss auch mal sein, ganz ohne Frauen. Du hast nicht zufällig noch etwas Grillfleisch in der Tiefkühltruhe?«

»Etwas spät dafür, oder?« Markus fühlte sich erleichtert, auch wenn sie eigentlich nichts geklärt hatten. »Junge, Junge, dann wird Sebastian Bräuer also seriös? Hätte nicht gedacht, dass ich das noch erlebe.«

»Und ich hätte nicht gedacht, dass ich irgendwann erlebe, wie Markus Kreuzer mit Liebeskummer neben mir sitzt und sich betrinkt, weil seine Angebetete ihn hat sitzen lassen«, erwiderte Sebastian grinsend und hob seine Bierflasche. »Nun dann, auf das Leben, Markus. Ruf sie an, und es wird sich finden, versprochen.«

»Vergiss es.« Er stieß mit seiner Bierflasche gegen Sebastians und setzte zu einem großen Schluck an. Er hatte keinen Liebeskummer.

Und er würde sie nicht anrufen. Niemals.

25

Manche Tage waren noch schlimmer als andere. Felicitas rührte gedankenverloren mit dem Löffel in ihrem Wasserglas herum, obwohl die Kopfschmerztablette sich längst aufgelöst hatte. Hinter ihren Schläfen pochte es, ihre Schultern waren mehr als nur verspannt, und vor ihren Augen verschwamm der Bildschirm.

Sie brauchte dringend eine Pause, aber die konnte sie sich nicht gönnen. Nicht, ehe dieses Projekt endlich seinen Abschluss gefunden hatte. Sie konnte sich einfach nicht darauf konzentrieren, die Listen für den Empfang durchzugehen. Sie hatte das Gefühl, irgendetwas übersehen zu haben, aber sie fand den Fehler nicht. Robert hatte geschrieben, er hatte verlangt, dass sie sich selbst darum kümmerte, nicht irgendeine überforderte Azubine, und sein Gespür war offenbar richtig gewesen. Vertragsabschluss hin oder her, die Kampagne für *Green Essentials* kostete sie eindeutig graue Haare.

Ein Räuspern riss sie aus ihren Gedanken. Sie setzte sich auf und blickte sich verwirrt um. Philipp. Und Alex. Gemeinsam. Philipp trug dieses väterlich-schmierige Lächeln zur Schau, mit dem er ihr immer wieder klarmachen wollte, wie überlegen er ihr doch war. In Alex' Augen leuchtete eindeutig der Triumph.

»*Sweety* …« Alex setzte sich vor sie auf den Schreibtisch. »Wir haben ein Problem. Oder besser du.«

Felicitas blickte zurück auf den Bildschirm. Welches Problem konnte es schon geben? Gestern noch war alles in bester Ordnung gewesen. Es waren nur noch Kleinigkeiten, die fehlten. Ein paar Sektgläser hier, ein paar Häppchen dort, ein Pressebericht, ein Produkttext in einer Modezeitschrift. Nichts, was wirklich noch ein Hindernis war auf dem Weg zu einer erfolgreichen Kampagne!

»Feli, es hilft uns nichts, wenn du dich zu Tode arbeitest, wirklich nicht«, sprang Philipp ein und legte ihr beruhigend den Arm auf die Schulter.

Am liebsten hätte sie nach ihm geschlagen. Stattdessen atmete sie tief durch. »Was ist denn noch?«, fragte sie und bemühte sich um einen höflichen, geduldigen Tonfall. »Ich dachte, wir hätten gestern Abend alle Unstimmigkeiten ausgeräumt.«

»Das dachte ich auch. Aber sieh mal, Felicitas, so kann es einfach nicht weitergehen. Du bist viel zu angespannt. Die fehlt es in der letzten Zeit ganz eindeutig an Lockerheit.«

Woran Philipp selbst sicher nicht ganz unschuldig war. Felicitas verkniff sich einen Kommentar. Dass ihr alles nicht mehr von der Hand ging wie früher, das wusste sie selbst.

»Felicitas, bitte, wenn irgendetwas ist, dann sprich mit mir. Oder mit Clemens oder Tom, bitte.« Philipps verständnisvoller Blick verwirrte sie nur noch mehr. Dieser Mann kannte kein Mitleid, weder mit sich noch mit anderen. Es war kein Wunder, dass er Dauersingle war. Alles, was für ihn zählte, war seine Arbeit. Die Innovation, von der er ganz besessen war. Die nächste Kampagne, in die er all sein Herzblut legte. Er machte seinen Job gut, keine Frage, aber dafür ging er auch über Leichen.

Und sie war auf dem besten Weg, ihr Leben genauso zu gestalten wie er. Felicitas schloss kurz die Augen, um sich zu sammeln. Nein, so wie er würde sie garantiert nie werden. Sie wusste, wie sich Menschen fühlten, auf denen man herumhackte.

»Ich finde es ja wirklich gut, dass du Alex vertraust, Felicitas, aber besser wäre es, wenn du mit mir gesprochen hättest. Wir hätten eine Lösung gefunden.«

Das klang nun wirklich abgedreht. Felicitas schob ihren Drehstuhl ein kleines Stück zurück und fixierte Philipp eindringlich. »Ich habe keine Ahnung, wovon du sprichst, Philipp. Könntest du bitte dein Problem so schildern, dass ich es auch verstehe?«

Ein schmieriges Lächeln umspielte Philipps Lippen. Er reckte sein glattrasiertes Kinn. Über dem Hemd trug er heute nur eine zu seiner Anzughose passende Weste, wahrscheinlich in der vergeblichen Hoffnung, dadurch locker und jugendlich zu wirken. Ein Klumpen bildete sich in ihrem Magen. Vielleicht hatte Markus doch recht? Sie hatte hier eigentlich nichts mehr verloren, schon gar nicht, solange Philipp das Sagen hatte. Mit ihm war sie von Anfang an nicht klargekommen.

Doch das hieße, aufzugeben. Sie schüttelte den Kopf und strich sich eine Haarsträhne aus der Stirn, die sich aus ihrer strengen Frisur gelöst hatte.

»Feli, bitte, mir wäre es lieber, wenn wir das unter vier Augen besprechen«, sagte er nun leise und mit verschwörerischer Miene. In seinen dunklen Augen blitzte so etwas wie Besorgnis auf.

»So schlimm kann es schon nicht sein. Jedenfalls bin ich mir keiner Schuld bewusst«, erklärte sie und versuchte alles, um ihrer Stimme einen leichten und unbekümmerten Klang zu geben.

»Gib es wenigstens zu.« Philipp legte den Kopf schräg. Der weiche Zug in seinem Gesicht passte überhaupt nicht zu dem, wie sie ihn kennengelernt hatte. »Bitte, Feli, ich mache mir wirklich Sorgen um dich.«

Und sie hieß von nun an Egon. Felicitas verdrehte die Augen und winkte ab. »Ich habe alles im Griff, Philipp, wirklich. Wir müssen nur noch das Launch-Event fertigplanen, dann haben wir alles zusammen. Die Kampagne geht pünktlich an den Start, und als ich gestern mit Robert telefoniert habe, wirkte unser Kunde auch sehr zufrieden.«

»Davon spreche ich nicht!« Philipp streckte eine Hand aus und ließ sich etwas von Alex geben. Dann hielt er ihr eine kleine Plastiktüte mit weißem Pulver darin unter die Nase. »Davon rede ich. Weißt du, was das ist?«

Felicitas zuckte mit den Schultern. Es sah aus wie Kokain. Oder Backpulver. Sie grinste. »Koks?«

»Sehr richtig, Felicitas. Und weißt du auch, auf wessen Platz das heute Morgen lag?«

Der Klumpen in ihrem Magen wurde zu einem ganzen Berg. Die schlechte Vorahnung ließ sie erschauern. »Keine Ahnung. Ich war heute erst um zehn da, weil ich gestern so lange gemacht habe. Aber du wirst es mir sicher bald sagen.«

Herausfordernd erwiderte sie Philipps Blick. Dass ausgerechnet Alex neben ihm stand, legte noch einmal einige Eisklumpen zu dem kalten Berg in ihrem Magen dazu.

»Auf deinem, Feli.« Noch immer hatte Philipp diesen besorgten Unterton in der Stimme. »Du brauchst es nicht zu leugnen. Komm schon, es ist kein Beinbruch, auf die schiefe Bahn zu geraten. Wir sind alle keine Waisenknaben. Aber gestehe es dir und uns ein.«

»Offenbar kommst du mit dem Druck nicht klar.

Kann ich verstehen, wirklich. Ich hätte vielleicht früher reagieren sollen, aber ich wollte dein Vertrauen nicht missbrauchen.« Alex klang dabei mehr als zufrieden. Er machte keinen Hehl daraus, dass ihm diese Sache gefiel.

»Der Einzige, der hier kokst, bist du, Alex. Schon immer.« Sie verschränkte abwehrend die Arme vor der Brust. Das war doch wirklich ein dummer Scherz! »Wundert mich sowieso, dass dir deine Nase noch nicht abgefallen ist, so viel wie du dir von diesem Zeug reinziehst.«

Alex schüttelte den Kopf. Falsches Bedauern schlich sich in seine Stimme. »Du warst die Letzte, die gestern gegangen ist. Und das Zeug lag heute früh auf deinem Schreibtisch. Mensch, Feli, das ist wirklich nicht lustig. Du ruinierst dir dein Leben. Das ist es doch nicht wert, oder?«

»Ich habe in meinem ganzen Leben noch kein Koks angerührt. Ich trinke ab und zu einen zu viel, wenn ich feiern gehe, ja. Das gebe ich auch gerne zu. Aber weder nehme ich das Zeug noch Medikamente noch sonst was. Nur etwas viel Kaffee.« Ihr Kopf schwirrte wie wild. Sie hatte keine Ahnung, wie sie damit umgehen sollte.

»Oh, bitte. Ich weiß, das ist nicht einfach für dich. Aber letzte Woche ... weißt du noch, wie du geweint hast, weil du es nicht schaffst, das alles fertigzubekommen?«

Und wieso führte Alex sich auf wie ihr bester Freund, obwohl doch jeder wusste, wie sie zueinander standen? »Alex, du weißt genau, dass das nicht stimmt!«, fuhr sie ihn an. »Ich habe letzte Woche nicht geheult. Ich war joggen vor der Arbeit. Heuschnupfen lässt grüßen.«

»Felicitas, ich will keine Ausreden mehr hören.« Mit einem Mal war alles Weiche und Besorgte aus Philipps Miene verschwunden. »Du kennst die Regeln. Ich will niemanden hier haben, der mit einem Bein im Gefängnis steht. Und schon gar nicht jemanden, der kokst.«

Er sprach lauter als notwendig. Felicitas schluckte und atmete möglichst ruhig weiter. Die Aufmerksamkeit des ganzen Büros hatten sie sowieso schon.

»Alex übernimmt das Projekt. Du bist ab sofort freigestellt. Und stell dich darauf ein, dass die Kündigung kommt, sobald wir mit unserem Anwalt gesprochen haben.«

Drei Sätze. Mehr brauchte er nicht, um ihr den Boden unter den Füßen wegzuziehen. Um sie herum schien die Welt auf einmal stillzustehen. Die Worte sickerten in ihren Verstand. Eins nach dem anderen. Freigestellt? Kündigung?

»Philipp, bitte, das ist ein Missverständnis!« Eins, von dem sie wusste, wer dahintersteckte. Sie warf einen Seitenblick auf Alex, doch der trug wieder sein bestes Pokerface zur Schau. »Alex kommt doch niemals damit klar!«

»Das lass mal meine Sorge sein.« Philipp kniff die Augen zusammen und musterte sie von oben herab. Scheinbar enttäuscht, schüttelte er den Kopf und seufzte theatralisch auf. »Ich wusste, dass das nichts wird mit dir.«

Das *weil du eine Frau bist* hielt er wohlweislich zurück. Wie gelähmt saß sie auf ihrem Stuhl und fand einfach keine Worte, um sich zu verteidigen.

»Du lässt das alles, wie es ist, klar? Ich bringe dich noch zur Tür. Soll ich dir ein Taxi rufen?« Philipp deutete in Richtung Tür. »Felicitas, wir beide sollten uns wirklich darüber klarwerden, dass wir nicht mehr zueinander passen. Ich wünsche dir wirklich alles Glück der Welt, aber nicht mehr hier.«

Ihr Körper schaltete auf Autopilot. Erlebte sie das hier

gerade wirklich? Sie musste träumen! Dieser Job war ihr Leben. Er war alles, was sie hatte! Sie hatte alles dafür aufgegeben, jede freie Minute geopfert und sich nie beschwert, wenn es mal wieder mehr Arbeit wurde! Felicitas stand auf und griff nach ihrer Handtasche.

»Danke, ich komme klar.« Sie wollte nur noch weg. Zu ihm.

* * *

Sein Haus in Starnberg war nicht gerade einfach zu finden gewesen. Seine Privatadresse stand in keinem Telefonbuch. An sein Handy ging er nicht. Und Lena wollte sie nicht fragen, weil das nur Gegenfragen ausgelöst hätte.

Felicitas seufzte auf, als sie vor dem massiven Tor ankam. Die Hecke schützte das Grundstück vor allen Einblicken von der Straße aus. Der Taxifahrer hatte sie einfach im Ortskern stehen lassen und natürlich keine Ahnung gehabt, wo Markus Kreuzer wohnte. Sie hatte sich durchgefragt und endlich eine alte Dame erwischt, die tatsächlich Auskunft darüber geben konnte, wo das Anwesen der Kreuzers lag. Ein gutes Stück außerhalb des eigentlichen Ortes, am Rand eines Wäldchens und etwas am Hang gelegen. Die Füße taten ihr weh. Sie vermutete, dass sie sich in ihren hochhackigen Schuhen Blasen gelaufen hatte.

Felicitas schloss die Augen und atmete tief durch. Schwindel packte sie. Markus konnte ihr auch nicht helfen. Wahrscheinlich war er nicht mal zu Hause. Noch einmal überprüfte sie den Namen auf dem Messingschild und drückte dann auf die Klingel.

Ein Hund schlug an und erhielt Antwort von einigen

weiteren Hunden. Fünf Huskys, hatte er gesagt. Felicitas' Finger zitterten. Ansonsten rührte sich jenseits des Tores nichts. Wenn er nicht zu Hause war, was sollte sie dann tun? Sie brauchte seine Schulter, um sich anzulehnen! Seinen Arm, der ihr Halt gab. Seine Stärke, die ihr Kraft gab, wo sie selber keine mehr hatte!

Lautlos schwang das Tor auf. Eine unauffällig gepflasterte Auffahrt lag dahinter. Die grauen Steine waren gesäumt von sauber geschnittenen Thujahecken. Sein BMW parkte mitten im Weg und nahm beinahe den gesamten Vorplatz ein. So ehrfürchtig, wie die Dame im Ort vom Anwesen der Kreuzers gesprochen hatte, hatte Felicitas sich irgendwie mehr erwartet. Auch das Haus selbst sah nicht anders aus als die meisten Häuser – ein Haus aus den Siebzigern, das mit viel Farbe, Glas und Stahl modernisiert worden war. Es wirkte eher nüchtern und zweckmäßig auf sie als in irgendeiner Form imposant.

Wenigstens war er zu Hause. Alles um sie herum wirkte unwirklich auf sie, während sie über den Vorplatz ging und sich an seinem bulligen SUV vorbeidrückte. Die Eingangstür lag etwas zurückgesetzt hinter einem Vordach aus Glas und stand offen. Markus selbst lehnte am Türrahmen, eine Hand in der Hosentasche.

»Was machst du denn hier? Es ist mitten am Tag!«, begrüßte er sie und zog sie in eine herzliche Umarmung.

»Ich musste dich sehen.« Es klang so dumm, aber sie hatte einfach keine Kraft mehr, um irgendwelche intelligenten Sprüche von sich zu geben. »Philipp hat mich gerade rausgeworfen. Ich brauche dich. Ich kann nicht mehr.«

Es sprudelte einfach aus ihr heraus, und er machte nichts weiter, als sie festzuhalten und ihr ganz zärtlich über den Rücken zu streichen. Tränen brachen sich Bahn. Felicitas schniefte und krallte sich in sein Hemd.

»Komm rein«, murmelte er sanft in ihren Haaransatz und zog sie mit sich. Sie konnte ihm einfach nichts mehr entgegensetzen, und auf eine seltsame Weise fühlte es sich gut an, von ihm geborgen zu werden. Von ihm gehalten zu werden, weil der Rest ihres Lebens gerade den Hang hinunterrutschte.

Er platzierte sie auf einer großen Ledercouch, zauberte eine warme Decke hervor und legte sie ihr um die Schultern. »Bin gleich wieder da, Süße«, flüsterte er beruhigend und verschwand.

Felicitas kauerte sich unter der Decke zusammen und schloss die Augen. Die zurückgehaltenen Tränen brannten in ihren Augen. Alles um sie herum schien sich aufzulösen.

»Hier.« Er drückte ihr eine Tasse mit dampfendem Tee in die Hand und setzte sich vor sie auf den Boden. Stumm schob er ihre Hosenbeine nach oben und zog die High Heels von ihren Füßen. Seine Fingerspitzen glitten beruhigend über ihre Haut. Er streifte ihr die dünnen Nylonstrümpfchen ab und hob ihr rechtes Bein leicht an.

»Psst, alles okay, Süße«, murmelte er und massierte liebevoll ihre verspannte Wade. Er tropfte Öl aus einer Glasflasche in seine Hand und rieb damit über ihre Haut. Die Berührung tat gut, und je länger er es tat, desto mehr verschwand ihre Anspannung aus ihrem Körper. Seine Hände glitten ihr Bein auf und ab, massierten sanft ihre Unterschenkel und spielten mit ihren Zehen. Seine Fingerspitzen schienen ihr Wärme zu schicken. Als würde er seine Energie zu ihr senden, indem er über ihre Haut glitt und jede Anspannung damit vertrieb.

»Hast du das auch auf dem Golfplatz gelernt?«,

brachte Felicitas schließlich unter Schniefen hervor. Am liebsten hätte sie die ganze letzte Stunde rückgängig gemacht und niemals vor ihm zu heulen angefangen. Aber es war nun einmal geschehen, also musste sie damit klarkommen.

»Nein, Grundtechniken jedes notorischen Playboys. So kriegt man fast jede Frau rum.« Er zwinkerte ihr amüsiert zu und lachte dann über sich selbst. »Ach, Süße, ich habe dich vermisst, wirklich. Deine Füßchen sehen wirklich schlimm aus. Die Schuhe sind nicht zum Laufen gemacht, was?«

Wie zum Beweis griff er nach ihren Schuhen, hob die Augenbrauen und stellte sie dann wieder zur Seite. Genauso hingebungsvoll wie zuvor setzte er sein Werk fort.

»Und jetzt erzähl mir noch einmal, was passiert ist. In Ruhe und von Anfang an, bitte.« Sein Tonfall hatte etwas Beschwörendes, und nach dem Tee und seiner liebevollen Massage brachte sie es auch beinahe fertig, ihm die Ereignisse des Morgens zu schildern und auch die ganze Vorgeschichte dazu.

Es tat erstaunlich gut, endlich mit irgendjemandem über Philipps ständige Anzüglichkeiten zu sprechen und über den Konkurrenzkampf mit Alex. Er mischte sich nicht ein, unterbrach sie nicht, sondern hörte einfach nur zu.

»Und das lässt du dir gefallen?« Er stand auf, nahm ihr die Tasse aus der Hand und kehrte nur wenig später mit einer frisch gefüllten Teetasse zurück. Er drückte sie ihr in die Hand und setzte sich dann neben sie. Instinktiv zog Felicitas die Beine an und kauerte sich unter der Decke zusammen.

»Versteh mich nicht falsch, Felicitas, aber du bist doch wirklich nicht der Typ, der sich etwas sagen lässt. Warum lässt du dir das bieten?« Er hielt genug Abstand, um ihr das Gefühl von Freiheit zu lassen, er machte keinerlei Anstalten, sich ihr körperlich zu nähern.

Felicitas atmete tief durch und sog den herrlichen Duft des Kräutertees ein. »Was soll ich denn machen, Markus? Wenn die zwei zusammenhalten, halten sie zusammen. Ich war einfach zu naiv.«

»Unsinn, Süße. Du hast doch keinen Fehler gemacht.« Er lächelte ihr aufmunternd zu. »Okay, vielleicht hast du deine Karriere etwas zu ernst genommen, das kann sein, aber wieso solltest du das auch nicht tun?«

»Weil ich eine Frau bin und da eh keine Chance habe?«, brach es aus ihr heraus. Die ohnmächtige Wut war viel zu stark, um sich noch zurückzuhalten.

»Das glaubst du doch selbst nicht.« Jetzt streckte er doch die Hand aus, stupste mit dem Zeigefinger gegen ihre Nasenspitze und entlockte ihr damit ein müdes Lächeln. »Ich kenne niemanden, der mir jemals mehr feministische Thesen um den Kopf gehauen hat als du in den letzten Wochen. Und ausgerechnet jetzt willst du aufgeben?«

Sie verdrehte nur die Augen und gab vor, sich ganz auf ihren Tee konzentrieren zu wollen. Markus blieb einfach neben ihr sitzen, betrachtete sie von der Seite und machte keine Anstalten, das Gespräch wieder aufzunehmen.

»Ich habe einfach keine Kraft mehr, Markus«, gestand sie schließlich. »Ich habe die letzten Jahre so viel gearbeitet und alles andere ignoriert. Ich habe außer Lena nicht unbedingt viele Freunde, und selbst Lena habe ich gerne mal zur Seite geschoben. Ich habe alles auf diese Karte gesetzt. Und jetzt ist es eben weg.«

»Du siehst das alles viel zu schwarz. Ich glaube, du bist einfach nur erschöpft.« Sie wollte widersprechen, doch er schüttelte gebieterisch den Kopf und legte dann einen Zeigefinger auf ihre Lippen. »Warte ab, meine Süße. Das wird sich alles finden. Du musst ja jetzt keine Entscheidung treffen. Was hältst du davon, wenn du erst mal hier bei mir bleibst? Ich richte dir eben das Gästezimmer her. Brauchst du irgendetwas? Dann fahre ich noch runter ins Dorf und besorge es dir. Zahnbürste und so etwas habe ich da, aber sonst ... sag es einfach, Felicitas, bitte.«

Sie hatte keine Ahnung, wie sie sich seine Fürsorge verdient hatte. Aber es war ein gutes Gefühl, dass da jemand war, der in dem Moment übernahm, in dem sie nicht mehr konnte.

»Danke, Markus«, flüsterte sie in ihren Tee hinein und krümmte sich noch weiter unter der Couchdecke zusammen, als er aufstand und sie allein ließ. Sie wollte nicht, dass er ging, nicht einmal für eine einzige Minute. Sie wollte einfach nur seine Nähe und seine Wärme spüren.

26

»Ich habe mir etwas überlegt.«

Markus' Tonfall gefiel ihr gar nicht. Felicitas blinzelte müde in das viel zu helle Tageslicht und stellte fest, dass er neben ihr im Bett kniete, vor sich ein Tablett mit Kaffeetasse, Croissant und einer kleinen Blume. Der Duft des Kaffees stieg ihr in die Nase. Verwirrt blickte sie sich um und sah ein schlichtes, weiß gestrichenes Zimmer mit einer Ausziehcouch und einem einzelnen Sessel, auf dem ihre Kleidung lag.

»Du brauchst erst mal etwas Erholung, Süße.«

Es war seltsam, dass er immer noch so tat, als wäre nie etwas gewesen zwischen ihnen. Als hätte es den Tag, an dem sie ihre Beziehung beendet hatte, noch bevor sie richtig begonnen hatte, gar nicht gegeben.

»Könnte schon sein, ja.« Sie setzte sich auf und zog die Decke zugleich weiter nach oben, um ihren nackten Körper zu bedecken. Sie konnte sich kaum noch an gestern erinnern. Hatte er sie ausgezogen und ins Bett gebracht? Alles war wie ein schlechter, verwackelter Film.

»Und ich weiß, wie du dich definitiv erholen kannst. Es gibt da ein Allheilmittel, das jedenfalls bei dir bisher immer angeschlagen hat.« Ein schelmisches Grinsen schlich sich auf sein Gesicht. »Sex.«

»Wie bitte?«

»Du hast schon richtig gehört, Baby. Sex. Du und ich.

Miteinander schlafen.« Er schnitt ihr eine Grimasse und lachte dann laut los. »Schau nicht so entsetzt. Du weißt doch, wovon ich rede, oder?«

»Markus, bitte!« Es kam ihr so absurd vor, dass sie selbst darüber lachen musste. »Wir können doch nicht … wir können uns doch nicht zum Sex verabreden wie zu einem Abendessen oder so was!«

»Wieso nicht?« Jetzt wirkte er wie die Unschuld in Person. »Aber ich habe da auch nicht an harmlosen Sex gedacht. Du erinnerst dich an den Montagabend, als ich es gewagt habe, dich mal aus deiner Arbeit herauszureißen?«

Als ob sie das vergessen könnte! Aufregung schoss durch ihren Körper und vertrieb auch die letzten Reste ihre Müdigkeit.

»Ich glaube, du hast das sehr genossen, die Tatsache, dass da auf einmal eine Rolle war, die du spielen konntest. Du bist nicht der Typ, der immerzu Sub sein will. Ich könnte mir also vorstellen, dass ein kleines Rollenspiel ab und zu dir ganz guttut. Einfach so, mal etwas anderes, was nichts mit dir zu tun hat.« Sein Blick ruhte auf ihr, während er sprach, und sie fühlte sich von ihm geradezu durchleuchtet. »Du brauchst die Distanz zwischen dir und einer Rolle, um den Machttausch genießen zu können. Vielleicht ändert sich das irgendwann, vielleicht aber auch nicht. Auf jeden Fall habe ich beschlossen, dass wir zwei heute Abend ein kleines Rollenspiel spielen werden.«

»Musst du über alles so genau nachdenken?« Und er warf ihr vor, nicht spontan genug zu sein? »Können wir nicht einfach so miteinander schlafen?«

»Können wir sicher. Macht aber nicht halb so viel Spaß«, erwiderte er und grinste sie selbstsicher an. »Lass dich fallen, Süße. Es verspricht auf alle Fälle Spaß. Für dich und für mich. Das reicht doch, oder?«

»Aber ich muss mich um ein paar Dinge kümmern«, setzte sie an und wollte nach dem Croissant greifen. Markus legte seine Hand darüber und blickte streng auf sie herab.

»Ich kümmere mich darum. Ist es okay für dich, wenn ich mit Leander spreche? Ich muss sowieso nach München, im *Leos* nach dem Rechten sehen und im Club vorbeischauen, da lässt sich das einrichten.«

Dass man ihr Dinge einfach so abnahm, das war sie nicht gewohnt. Felicitas atmete tief durch. »Meinst du das ernst? Wirklich?«

»Du schläfst dich erst mal aus. Ich kümmere mich darum, versprochen.« Er strich ihr sanft über die Wange. »Und wenn ich heute Nachmittag nach Hause komme, dann gnade dir Gott. Dann werde ich über dich herfallen und dich nehmen, bis dir Hören und Sehen vergeht.«

Wieder zog sich alles in ihr verlangend zusammen. »Und ... was wäre das für ein ... Rollenspiel?«

»England, neunzehntes Jahrhundert, kannst du dir das vorstellen? Eine richtig britische Mansion, mit allem Drum und Dran?« Er streichelte weiter ihre Wange und kam schließlich an ihrem Hals zum Ruhen. Seine Hand strahlte Wärme und Sicherheit aus. Felicitas schmiegte sich in seine Handfläche und nickte knapp. »Frauen haben keine Rechte, und eine kleine Dienerin schon gar keine. Du möchtest deine Anstellung oben bei den Herrschaften so gerne behalten, weil du für deinen kranken Bruder sorgst. Aber dummerweise hast du ein paar Fehler gemacht – und du weißt ganz genau, dass der Lord keine Fehler verzeiht.«

»Und der Lord, das wärst dann du?«

»Erfasst, Zuckerpüppchen.« Er atmete tief durch, als müsste er sich selbst von den Bildern befreien, die er heraufbeschworen hatte. »Meinst du, das geht für dich in Ordnung? Könntest du so eine Rolle spielen?«

Sie schaffte es wieder nur zu nicken. Damals hatte es wirklich Spaß gemacht, auch wenn es ihr im Nachhinein reichlich albern vorkam. Und was heute Abend geschah, das würde sie dann sehen. Felicitas schloss die Augen, um ihren eigenen Gefühlen zu entkommen. Ihr Mund fühlte sich ganz trocken an. »Könntest du kurz in meine Wohnung? Mir ein paar Sachen holen?«

Sein heiteres Lachen sagte ihr schon, dass er das nicht tun würde, noch ehe er sprach. »Nein, Zuckerpüppchen, das mache ich bestimmt nicht. Ich finde dich viel hübscher so, sehr viel hübscher. Und ehe du fragst – ja, denk dir etwas aus, um deinen Herrn ordentlich zu empfangen. Sonst hast du von vornherein keine Chancen, seinem Zorn zu entgehen. Also sei kreativ, meine Süße.«

Damit stand er auf und deutete einen Kuss an. »Wir sehen uns dann heute Abend, so gegen fünf. Du solltest besser bereit sein, wenn ich heimkomme.«

Seine selbstbewusste Forderung reichte schon, um ihren Körper zum Vibrieren zu bringen. Es klang wirklich herrlich verrückt, und vor allem klang es nach Ablenkung von all den Dingen, an die sie jetzt lieber nicht denken wollte.

* * *

Die digitale Anzeige auf dem Radio im Wohnzimmer war schon lange auf siebzehn Uhr umgesprungen, und von Markus war noch nichts zu sehen. Jede Sekunde ließ die Anspannung größer werden, die Aufregung, diese innere Unruhe, ob sie es auch gut gemacht hatte.

Ob er genau das bezweckt hatte? Sie hatte sich den ganzen Tag damit beschäftigt, wie in drei Teufels Namen sie mit nichts als ihrem Businessanzug glaubhaft in die Rolle eines englischen Dienstmädchens im vorletzten Jahrhundert schlüpfen sollte. Sie war schon kurz davor gewesen, ins Dorf hinunterzulaufen und einkaufen zu gehen, doch das war ihr zu einfach vorgekommen. Schließlich hatte sie nicht umsonst einen kreativen Beruf ergriffen, oder? Also hatte sie angefangen, seine Schränke zu durchwühlen, und hatte unter Faschingsrequisiten und Sexspielzeug doch ein paar brauchbare Dinge zutage gefördert.

Ihre High Heels und der BH würden herhalten müssen, und eines seiner schwarzen Hemden, das sie mit ihrem eigenen Gürtel etwas auf Figur gebracht hatte. Die Ärmel hatte sie hochgekrempelt, die obersten Knöpfe standen offen und gaben den Blick auf ihren BH frei.

Mit einem Dienstmädchen hatte das herzlich wenig zu tun, aber es kam einer adretten Uniform von allem, was sie gefunden hatte, noch am nächsten.

Endlich hörte Felicitas sein Auto auf dem Hof und einen Schlüssel, der sich im Schloss drehte. Den Geräuschen nach stellte er erst etwas im Flur ab, dann nahm er die Treppe nach oben. Augenblicke später hörte sie die Dusche rauschen. Er wollte jetzt wirklich erst duschen? Ihre Sehnsucht wurde immer stärker. Wieso tat er ihr das an? Erst pflanzte er ihr eine Phantasie ein, die stärker war als alle Sorgen der Welt, und dann ließ er sie hier im Wohnzimmer verhungern?

Wut stieg in ihr auf. Ihre Knie schmerzten sowieso schon, weil sie sich aus irgendwelchen jetzt kaum noch logischen Gründen dafür entschlossen hatte, auf Knien auf ihn zu warten. Felicitas' Hände ballten sich ganz automatisch zu Fäusten. Dass er sich alle Zeit der Welt ließ, passte ihr gar nicht in den Kram.

Als seine schweren Schritte auf der Treppe zu hören waren, war sie kurz davor, gänzlich aus der Rolle zu fallen und zu explodieren. Ob er auch das absichtlich machte? So gut wie er sie bisher schon durchschaut hatte, war ihm alles zuzutrauen. Felicitas hielt unwillkürlich die Luft an, während er die Tür zum Flur aufschob und endlich das Wohnzimmer betrat.

Markus sah heute noch besser aus als sonst. Seine Haare hatte er sorgfältig zurückgegelt. Statt Jeans und Poloshirt hatte er einen perfekt sitzenden Tweedanzug aus dem Schrank gekramt. Historisch korrekt? Felicitas vermutete eher nicht, aber dafür trotzdem verdammt überzeugend. Seine Anzugschuhe blitzen frisch poliert. Und er hielt eine Reitgerte in der Hand.

Ihr schnürte es allein bei diesem Anblick schon die Luft ab.

»So, mein Kleines. Wie war dein Name noch mal?« Er blieb zwei Schritte vor ihr stehen und schaute mit der ganzen Herablassung auf sie herunter, die nur ein englischer Lord für sein Dienstmädchen aufbringen konnte.

Daran hatte sie natürlich nicht gedacht.

»Bist du dumm oder taub?« Er hob die Reitgerte an und legte sie unter ihr Kinn. »Dein Name?«

Wie konnte ein Dienstmädchen im neunzehnten Jahrhundert wohl heißen? Felicitas suchte in ihren Erinnerungen nach irgendeinem Namen, aber ihr Denken schien nicht wirklich zu funktionieren.

»Emma«, brachte sie schließlich hervor.

»Soso, die kleine Emma.« Er senkte die Reitgerte wieder und hob beide Augenbrauen. »Meine Gattin hat mir gerade erzählt, dass du heute die Vase im Treppenhaus zerbrochen hast. Gibt es dazu irgendetwas zu sagen?«

Felicitas war froh darüber, dass er wieder die Führung an sich nahm und ihr den Rahmen vorgab. Sie hatte sich so sehr den Kopf über ihr Outfit zerbrochen, dass sie an den ganzen Rest der Geschichte keinerlei Gedanken verschwendet hatte. Was würde ein Dienstmädchen tun, in dieser Situation?

»Ich bin nicht schuld daran«, murmelte sie und fühlte sich tatsächlich in Gefahr. Auch wenn es eigentlich nur Markus war, und auch wenn ihre eigene Verkleidung sehr zu wünschen übrigließ. Das änderte nichts daran, dass jeder Satz sie ein kleines Stück weiter in die Welt des neunzehnten Jahrhunderts gleiten ließ.

»Möchtest du damit etwa sagen, dass meine Gattin lügt?«, folgerte er und kniff das rechte Auge zu. »Das macht es nicht besser, Mädchen. Weißt du, diese Vase war ein Hochzeitsgeschenk. Ein sehr wertvolles Hochzeitsgeschenk. Selbst wenn du dein ganzes Leben lang dafür arbeiten würdest, du würdest es doch niemals abbezahlen können, kleine Emma.«

Die doch recht unpassende Einrichtung des modernen Wohnzimmers verschwand immer mehr aus ihrem Blick. Felicitas spürte Angst, aber auch Wut, weil er sie hatte warten lassen, weil er ihr gar keine Chance gab, weil er einfach ungerecht war.

»Aber ich war's nicht«, widersprach sie und merkte viel zu spät, dass sie gerade eben gegen alle Regeln des Anstands verstoßen hatte.

Markus nahm ihre Vorlage mit einem schiefen Lächeln auf. »Und frech noch dazu. Ich erinnere mich – du bist doch die Kleine, die für ihren Bruder sorgt, nicht wahr? Der Krüppel?«

Und wie sie sich ihn gerade als englischen Landbesitzer vorstellen konnte! Felicitas biss sich auf die Lippe. Er ließ ihr keinen anderen Ausweg, als ihm ein ziemlich eindeutiges Angebot zu machen, das war es ja, worauf die Sache letztlich hinauslief. Aber so einfach würde er es von ihr nicht bekommen. »Es tut mir leid, Mylord«, sagte sie und bemühte sich um einen möglichst zerknirschten Tonfall. Er wirkte für einen Moment leicht enttäuscht darüber, dass sie nicht jetzt schon nachgab.

»Sag mir, Emma, wie alt bist du?«

Plötzlich war sein Ton wieder sanft und nachgiebig. Wie alt konnte ein Dienstmädchen schon sein? Wenn sie das nächste Mal so etwas spielten, brauchte sie definitiv mehr Vorbereitungszeit. »Fünfundzwanzig.«

»Fünfundzwanzig und noch nicht verheiratet. Bist du noch Jungfrau?«

Röte schoss in ihr Gesicht. Selbst heutzutage war das eine Frage, die sich nicht wirklich gehörte. Aber damals? Er überschritt gerade eindeutig alle Grenzen. »Nein, ich ...«, stammelte sie und hatte keine Ahnung, wie sie damit umgehen sollte. Oder was er damit bezweckte.

»Ungeschickt, frech und dann auch noch unzüchtig. Emma, Emma, Emma ...« Er schüttelte den Kopf und hob die Reitgerte an. Beinahe liebevoll strich er mit dem Ende über ihre Wange und fuhr ihren Hals hinab zu ihrer Brust. »Du wirst doch hoffentlich einsehen, dass ich dir das nicht durchgehen lassen kann. Als Herr dieses Hauses obliegt mir die Sorge für die, die mir anvertraut sind.«

Die Spitze der Reitgerte kam auf ihrer linken Brust zum Liegen. Felicitas wagte kaum mehr zu atmen.

»Es ist immer dasselbe mit euch Frauen. Kaum lässt man die Zügel etwas lockerer, passiert ein Unglück.«

Er wartete doch geradezu auf ihren Widerspruch!

Felicitas blickte zu ihm hoch und kniff die Augen zusammen. Auch wenn sie damit aus der Rolle fiel, denn ein Dienstmädchen würde es bestimmt niemals wagen, ihrem Herrn zu widersprechen, oder? »Wenn ich es aber nicht war, Mylord!«

»Viel zu aufsässig, Emma, so etwas höre ich nicht gerne, nicht unter meinem Dach.« Er ging langsam um sie herum, begutachtete sie dabei von allen Seiten, ließ die Spitze der Reitgerte über ihren Körper wandern. »Wenn meine Gattin sagt, dass du die Vase zerbrochen hast, dann hast du die Vase zerbrochen. Oder glaubst du wirklich, dass dein Wort irgendetwas zählt in dieser Welt?«

»Das ist ungerecht!« Es sprudelte aus ihr heraus, ehe ihr Verstand sich einschalten konnte.

»Sei still!« Plötzlich schaltete er im Tonfall um, von sanft und verständnisvoll auf hart und unnachgiebig. »Was weißt du schon von Gerechtigkeit, kleine Emma? Du solltest dir lieber Sorgen machen darum, wie du dir in Zukunft deinen Lebensunterhalt verdienen willst!«

Ein Mädchen wie Emma würde wohl spätestens jetzt einknicken. Felicitas senkte den Kopf. »Bitte, Mylord, ich werde versuchen, es wiedergutzumachen. Aber ich brauche das Geld, wirklich!«

Er lachte zufrieden auf. »Nun, Kindchen, ich will nicht über alle Maßen ungerecht sein. Ich sehe es nur als meine Pflicht, mich um das Wohl aller zu kümmern, die mir anvertraut sind. Du hast gesündigt und deine Pflichten verletzt. Ich fürchte, ich komme nicht darum herum, dich dafür zu züchtigen.«

Das Grinsen, das jetzt auf seinem Gesicht erschien, war wieder ganz Markus. Felicitas schloss die Augen, um ihren Gefühlen zu entkommen.

»Nein, Mylord, bitte nicht!«, flüsterte sie erstickt.

»Nein? Emma, dieses Wort solltest du aus deinem Wortschatz streichen, wenn du deine Anstellung hier behalten willst.« Seine Stimme wurde zu einem sanften Locken. »Zieh dich aus und leg dich auf das Sofa. Ich möchte sehen, wie du dich streichelst. Wie es dir kommt.«

Und schon hatte er sie genau da, wo er sie haben wollte. Felicitas schnappte nach Luft. Sehnsucht pulsierte durch ihren Körper. »Aber, Mylord, das gehört sich nicht«, widersprach sie dennoch.

»Emma, Kindchen, ich muss doch sehen, wie verdorben du bist, um zu wissen, wie ich dich strafen muss. Deine Halsstarrigkeit macht es wirklich nicht besser. Solange du nicht selbst einsiehst, wie falsch du gehandelt hast, habe ich meine Aufgabe wohl nicht erfüllt.« Er setzte ein falsches Lächeln auf und deutete mit einem Kopfnicken hinüber zum Sofa.

»Tu, was ich dir sage, wenn du deine Anstellung behalten willst!«, herrschte er sie an, als sie immer noch keine Anstalten machte, sich zu bewegen.

Sie spürte Tränen auf ihren Wangen. Es war seltsam, denn eigentlich wollte sie doch genau das, nämlich mit ihm schlafen. Und in ihrer Rolle als Emma wollte sie genau das natürlich nicht. Felicitas begann mit zittrigen Fingern, das Hemd aufzuknöpfen und diese provisorische Verkleidung loszuwerden. Er beachtete sie nicht weiter, sondern zog sich einen Stuhl heran und setzte sich mit äußerster Lässigkeit darauf, genau gegenüber von dem Sofa, so dass er einen guten Blick haben würde.

Und auf einmal trafen alle Gefühle zusammen. Es war einfach nur noch Scham, weil sie sich nicht vor ihm so entblößen wollte, aber doch keine Chance gegen sein Verlangen hatte.

* * *

Sich vor ihm zu präsentieren kostete sie alle Überwindung. Felicitas suchte in seinem Blick nach Halt, doch er spielte den englischen Lord gerade in absoluter Perfektion. Sie sah nur herablassende Verachtung darin, ein wenig Gier und Lust, Spaß daran, ein bedeutungsloses Dienstmädchen zu quälen.

Sie musste da allein durch. Unsicher strich sie über die Innenseiten ihrer Oberschenkel, berührte ihre Brüste, zwirbelte die harten Nippel zwischen ihren Fingern. Sie fühlte sich kaum besser, als es einem armen Dienstmädchen in ihrer Lage gehen musste. Verunsichert. Verängstigt. Und zugleich voller Sehnsucht nach mehr. Gelangweilt beobachtete er sie, während sie langsam mutiger wurde und sanft über ihre Schamlippen strich.

Es dauerte, bis ihre Aufregung sich so weit gelegt hatte, dass sie es genießen konnte. Und noch länger dauerte es, bis sie so etwas wie Lust aufkeimen spürte. Markus beobachtete sie die ganze Zeit, ohne auch nur im Geringsten ungeduldig zu wirken. Vielmehr schien er es wirklich zu genießen, ihr zuzusehen. Sie wurde selbstsicherer in ihren Bewegungen, kreiste sanft über ihrem Kitzler und streichelte mit der anderen Hand ihre Brust.

Verträumt schloss sie die Augen und versuchte, sich voll und ganz in die Szenerie hineinzuversetzen, die er vorgegeben hatte. Er, der große, übermächtige Adlige, der sich nehmen konnte, was er wollte. Sie nur das Dienstmädchen, das auf die Anstellung angewiesen war. Und alles, was sie dafür tun musste, war, ihm zu gefallen.

Ihr entfuhr ein leises Stöhnen. Er lächelte zufrieden, hob die Reitgerte leicht an und fuhr damit über die Innenseite ihres rechten Oberschenkels.

»Weiter. Ich will mehr sehen!«

Seine Worte waren so kühl, als würde es ihn tatsächlich nicht interessieren, was sie hier tat, und schon gar nicht anmachen. Und das konnte definitiv nicht sein. Felicitas' Finger glitten über ihre Scham, spürten die Feuchtigkeit dort, drangen sanft in sie. Sie liebkoste mit dem Daumen ihren Kitzler, konzentrierte sich ganz auf die Lust, die immer stärker wurde. Sie spürte seine Blicke auf ihrer Haut, heiß und durchdringend. Ihre Bewegungen wurden hastiger und zielgerichteter. Die Muskeln in ihrem Unterleib zogen sich sanft zusammen, und alle Energie ihres Körpers richtete sich auf diesen einen Punkt.

»Das genügt«, unterbrach er sie, gerade als sie kurz davor war zu kommen. Felicitas schickte ihm einen entrüsteten Blick, den er mit einem milden Lächeln konterte. »Und jetzt, mein Kind, jetzt kommen wir zum angenehmen Teil des Abends. Ich werde dich jetzt züchtigen für deine Fehler. Und dann können wir das alles vergessen.«

»Nein, bitte nicht.« Das Flehen war mehr als echt. Sie wollte gar nicht wissen, wie sich das anfühlte, seine Hand, die Reitgerte oder irgendetwas anderes. Und zugleich wusste sie, dass sie ihm nicht entkommen würde. Dass sie ihm in ihrer Rolle als Emma nicht entkommen würde.

»Nein?« Er hob ihr Kinn an und suchte ihren Blick. Für einen Moment war er nicht mehr der Lord, der sie strafen wollte, sondern einfach nur Markus. Seine Lippen formten lautlos ein ganz bestimmtes Wort. Rot.

»Nein«, wiederholte sie einfach nur und schloss die Augen. Sie wusste, wie sie aus dieser Szene herauskam. Es war verlockend einfach. Und zugleich widerstrebte es ihr zutiefst, jetzt abzubrechen, wo es doch gerade anfing, Spaß zu machen.

»Aber es muss sein, kleine Emma.« Das falsche Bedauern in seiner Stimme verursachte ihr Gänsehaut. »Komm her.«

Er zog sie an sich, ehe sie ganz verstand, was er damit meinte, und legte sie über seine starken Oberschenkel. Deutlich konnte sie seine Erregung durch den Tweedstoff hindurch spüren. Noch strich seine Hand in zärtlichen Kreisen über ihren Hintern. »Du hast eine Strafe verdient, Emma, oder bist du da anderer Meinung?«

»Nein, Mylord, bitte …« Ihre Stimme versagte. Aus dem Kreisen wurden ganz leichte Schläge. Wärme breitete sich auf ihrer Haut aus, Wärme, die nur ganz langsam zu einem Brennen wurde. Auch wenn es überhaupt nicht schmerzte, fühlte sie sich doch zutiefst gedemütigt davon, dass er sie einfach über das Knie legte wie eine …

Nun, wie eine ungehorsame, kleine Dienerin eben. Er ging vielleicht weit über das hinaus, was ein Lord an seiner Stelle wirklich getan hatte, aber es passte in die Rolle. Und was sie tat, passte zu ihrer.

Sie fügte sich. Sie ließ es geschehen und nahm hin, was er tat. Das Brennen auf ihrer Haut verband sich auf eine ganz eigenartige Weise mit der Lust, die sie schon den ganzen Tag über gespürt hatte. Es war befremdlich. Und schön.

»Ich will, dass du mich um deine Strafe bittest.« Er schob sie von seinem Schoß auf die Knie. »Du musst selbst einsehen, dass du gesündigt hast, kleine Emma.«

Wie stellte er sich das vor? Felicitas suchte zweifelnd seinen Blick, aber er spielte nur lässig mit dem Griff der Reitgerte und reckte herausfordernd das Kinn. Sie schmeckte Salz auf ihren Lippen und stellte erstaunt fest, dass sie tatsächlich weinte. Sie dachte an diese Lilly im Club, die ihren Herrn um Schläge gebeten hatte. Ungefähr so. Es konnte doch nicht so schwer sein, oder? »Herr, ich ... bitte ...« Wieder versagte ihr die Stimme. Was tat sie hier gerade? Hatte sie sich nicht versprochen, das niemals zu tun?

Aber Emma, Emma an ihrer Stelle würde es tun. Sie würde alles tun, um ihre Anstellung zu behalten. Das war Teil des Szenarios, und solange sie nicht ausstieg, hatte sie eigentlich gar keine andere Wahl.

»Mylord, bitte, ich habe Fehler gemacht. Bitte züchtigt mich. Bitte, Mylord, damit ich es nicht mehr tue.« Wenn sie sich an das Drehbuch hielt, war es erstaunlich einfach, diesen Satz zu sagen.

»Zehn genügen, denke ich. Stell dich hinter das Sofa und halt dich an der Lehne fest«, gab er ihr Anweisung und folgte ihr, die Reitgerte wieder fest in der Hand. Felicitas' Hände krallten sich in das glatte Leder. Sie konnte vor Angst kaum noch atmen. Würde er das wirklich tun?

Ein stechender Schmerz schoss durch ihren Körper, gefolgt von einem viel tiefer gehenden Brennen, sobald die Gerte ihre Haut wieder verlassen hatte. Sie schrie auf. Das Vibrieren ging durch sie hindurch, erfasste jede einzelne Faser ihres Körpers. Und das sollte sie zehnmal aushalten? Die Angst, die durch ihre Adern schoss, war übermächtig. Ihr Herz schlug schneller, ihr Atem wurde flacher. Er ließ ihr keine Chance zu entkommen, sondern schlug wieder zu. Das Brennen schien die Lust weiter anzufeuern. Der Schmerz vertrieb alle anderen Gedanken aus ihrem Kopf, alle anderen Empfindungen aus ihrem Körper. Es gab nur noch dieses Stechen, gefolgt von einem tiefen Brennen, ihre Lust, die Sehnsucht nach ihm und das immer stärker werdende Pulsieren in ihrem Unterleib.

Was zuvor nur ein sanftes Ziehen gewesen war, wurde mit einem Mal übermächtig. Ihre Sinne schienen schärfer zu werden. Salz brannte auf ihren Lippen. Ihr Puls raste. Das Adrenalin verstärkte ihre Lust, bis sie glaubte, unter dem nächsten Schlag vergehen zu müssen.

»Markus!« Ihr Flehen kam vollkommen unwillkürlich, und er beantwortete es mit einem weiteren Schlag quer über ihren Hintern. Sie bog den Rücken durch, schob sich ihm entgegen, hoffte auf den nächsten Schlag, auf das nächste Gefühl, auf irgendetwas. Ihr Körper war vollkommen durcheinander.

Die Reitgerte flog vor sie auf die Sitzfläche des Sofas. Seine Hände krallten sich in ihre Hüften. Wie im Traum nahm sie wahr, dass er in sie drang. Rücksichtslos stieß er in sie. Felicitas schluchzte und schob sich ihm zugleich entgegen. Die Macht, die er über sie hatte, rollte über sie hinweg und nahm ihr die Luft zum Atmen. Sie ergab sich ihm, passte sich seinem Rhythmus an und nahm an, was er ihr gab.

Markus kümmerte sich nicht um ihre Gefühle. Er hatte nur sein eigenes Vergnügen im Sinn, das spürte sie. Ihm war es vollkommen egal, ob sie auch nur den Hauch einer Chance hatte, auch zu kommen.

Er war immer noch ganz der englische Herr, der sich überhaupt nicht um seine kleine Dienerin scherte. Felicitas griff verzweifelt nach der Erregung, versuchte, sich selbst allein mit der Kraft ihrer Gedanken weiter auf den Höhepunkt zuzutreiben, doch es reichte nicht ganz. Es reichte einfach nicht, weil er sie nirgendwo sonst berührte außer an ihren Hüften, weil er ihr nichts gab außer diesen heftigen Stößen.

Frustriert keuchte sie auf. Er antwortete mit einem leichten Biss in ihren Nacken und machte einfach weiter wie zuvor. Sie spürte, dass sein Schwanz sich weiter aufrichtete, fühlte das leichte Zucken und dann seinen Höhepunkt. Sofort zog er sich aus ihr zurück.

»Ich fürchte, wir müssen das wiederholen, süße Emma. Ich erwarte von dir jederzeitigen Gehorsam, hast du das verstanden?« Gewaltsam drehte er sie herum und presste ihr einen atemlosen Kuss auf die Lippen. Sie spürte seinen Samen an ihren Beinen, ihre eigene Lust, das schnelle Schlagen ihrer Herzen.

»Mylord, bitte«, schniefte sie und krallte sich an seiner Schulter fest.

»Leg dich auf die Couch!« Obwohl es eindeutig ein Befehl war, klang seine Stimme jetzt wieder sanft. Er gab ihr Halt, während sie sich auf den Rücken legte. »Wir wiederholen es jetzt. Und in Zukunft jederzeit, wann immer ich will. Ich sagte doch bereits, dass du das Wort Nein aus deinem Wortschatz streichen solltest, Kindchen.«

Ihre Haut brannte, wo das Leder der Couch sie berührte. Bereitwillig öffnete sie die Beine. Ihr Verlangen nach ihm war noch lange nicht gestillt.

»So ist es gut, Emma.« Beruhigend streichelte er ihre Brüste und ihren Bauch, fuhr ihre Oberschenkel entlang und bog ihre Beine noch etwas weiter nach hinten. »Du bist ein freches, liederliches Weibsstück, weißt du das, Emma? Ich fürchte, ohne die harte Hand eines Mannes nimmt das ein schlimmes Ende mit dir.«

Markus kniete sich über sie, hob ihre Hüfte an und drang wieder in sie ein. Er trug noch immer den Anzug, hatte nur die Hose etwas heruntergezogen. Felicitas schloss halb die Augen und schob sich ihm entgegen. Seine Hand blieb auf ihrem wild schlagenden Herzen ruhen und nahm sich schließlich ihrer harten Brustwarzen an.

Er sandte ein leises Stechen durch ihren Körper, indem er ihre linke Brustwarze zwischen den Fingern zwirbelte. Felicitas ließ ihn einfach gewähren. Sie ließ es zu, dass die Erregung vollkommen die Kontrolle über ihren Körper bekam. Sie tauchte einfach ein in dieses alles überwältigende Gefühl der Lust, in den Höhepunkt, den er ihr schenkte, in das leicht schmerzhafte Gefühl, das seine kraftvollen Stöße hinterließen.

Es dauerte nicht lange, und sie spürte seinen zweiten Orgasmus. Diesmal blieb er noch in ihr, sank auf sie herab und küsste liebevoll ihre Halsbeuge, bis auch ihr Atem sich wieder normalisiert hatte.

»Ich mochte die olle Vase eh nie«, flüsterte Markus ihr ins Ohr und lachte leise auf. »Aber die süße Emma, die mochte ich vom ersten Tag an.«

Er küsste ihre Nasenspitze, ihren Augenbrauen und ihre Schläfen, hielt sie im Arm. Felicitas schnurrte behaglich.

»Hey, mein kleines Kätzchen«, sagte er und grinste breit. »Das kann ich mir sehr gut vorstellen. Meine süße Feli als Kätzchen … hattest du da nicht mal diese seltsame Katzenmaske?«

»Aber pass auf, Kätzchen haben scharfe Krallen.« Wie zum Beweis fuhr sie ihm mit ihren Fingernägeln über die Brust. Es fühlte sich herrlich leicht an, mit ihm zu scherzen. Nicht einmal die Tatsache, dass er sie an den unglückseligen Abend im *Cadeau* erinnerte, störte sie.

»Mir scheint, du hast Gefallen daran gefunden«, stellte er fest und küsste sie auf die Lippen, ehe sie antworten konnte. Seine Zunge drang energisch in sie ein, fuhr über ihre Zähne und schenkte ihr noch einmal einen herrlich warmen Schauder.

»Ja.« Endlich schaffte sie es, sich von ihm zu lösen.

Atemlos hielt sie ihn auf Abstand. »Doch, irgendwie schon. Aber weißt du, was mir auch gefallen würde?«

»Verrat es mir.« Seine Augen funkelten unternehmungslustig. »Ich bin für jeden Unsinn zu haben, das weißt du doch.«

Felicitas verzog das Gesicht. »Du wirst es merken, wenn es so weit ist. Ich habe da nämlich eine Idee.«

»Wieso nur gefällt mir dieser Tonfall gar nicht?« Er tastete lachend nach der Reitgerte und hob sie drohend an. »Pass bloß auf, dass du nicht zu weit gehst, Süße.«

»Das wollen wir doch mal sehen.« Ihr laut knurrender Magen unterbrach sie.

»Schon so spät?« Markus ließ sie mit einem Seufzen los. »Ich hab draußen im Auto noch was für dich. Und nach den Hunden sollte ich auch noch sehen, ehe es ganz dunkel wird. In der Küche hängen die Nummern von meinen bevorzugten Lieferservices. Such dir aus, wonach dir ist, okay?«

»Da wären sie wieder, die Niederungen des Alltags.« Es wäre so schön gewesen, einfach nur in diesem sorglosen Augenblick zu verharren. Sich keine Gedanken darüber machen zu müssen, wie es weitergehen sollte, mit ihr, mit dieser Beziehung, mit ihnen beiden. Markus schien offenbar so tun zu wollen, als wäre nie etwas gewesen – aber das war nicht ihr Weg.

»Dummerweise ja.« Er deutete noch einen Kuss an und brachte seine Kleidung in Ordnung. »Und zieh dir bloß nichts an, Süße. Ich finde dich nackt sehr viel ansprechender. Der Abend ist nämlich noch lange nicht vorbei.«

27

Das, was er noch im Auto gehabt hatte, hatte sich als Staffelei entpuppt, die er samt Leinwänden und Ölfarben in das Obergeschoss geschleppt hatte. Als sie versucht hatte, ihm dafür zu danken, hatte er jedoch wieder nur die Schultern gezuckt.

Wenn es eins gab, was Markus nicht konnte, dann war das reden. Felicitas starrte auf die weiße Leinwand vor sich und versuchte, das Bild vor ihrem inneren Auge vollständig werden zu lassen. Sie hatte schon so lange nicht mehr gemalt, da war es sicher vermessen, sich gleich an irgendetwas Kompliziertes zu wagen. Ob sie es mit einem einfachen Stillleben versuchen sollte? Oder doch lieber etwas Abstraktes so wie das, was sie früher gern gezeichnet hatte?

Das Obergeschoss des Hauses war wirklich perfekt, um zu malen. Große Dachfenster ließen das Licht von allen Seiten herein, zum Süden hin öffnete eine breite Dachgaube das Haus auf ganzer Front zum See. Anfangs hatte sie darüber nachgedacht, einfach die Aussicht zu malen, aber im Landschaftsmalen war sie noch nie sonderlich gut gewesen.

Ihre nackten Füße fröstelten ein wenig. Sie hatte das schwarze Hemd von gestern übergezogen und ihre Haare einfach mit einem Haargummi zurückgebunden. Markus fand es angeblich sexy. Dann hatte er irgendetwas von wegen *Leander kommt heute Mittag vorbei* in seine Kaffeetasse gemurmelt und war nach draußen verschwunden zu seinen Hunden.

Wirklich schlau wurde sie immer noch nicht aus ihm. Und auch nicht aus sich selbst. Er hatte recht damit, dass sie jetzt keine Entscheidung treffen konnte und sollte, nicht solange ihre berufliche Situation nicht geklärt war. Aber ewig in diesem Zustand bleiben konnte sie auch nicht. Sie wollte geklärte Fronten. Sie fühlte sich einfach wohler damit.

Kurz vor zwölf vervollständigte sie ihr Outfit noch mit einem Gürtel und den High Heels. Irgendwie verspürte sie keine große Lust, sich wieder in ihre Businessklamotten zu werfen, und bei Leander brauchte sie sich nicht zu schämen. Sie war ja weitaus mehr bekleidet als das letzte Mal, als sie sich gesehen hatten!

Als er dann tatsächlich vor ihr stand, brachte sie trotzdem kein Wort heraus. Sie hatte ihn sich irgendwie beeindruckender vorgestellt. Leander sah jedoch so absolut normal aus, dass es beinahe enttäuschend war. Dunkle Haare, dunkle Augen, ein gutsitzender Anzug, ein durchschnittliches Lächeln. Er begrüßte sie mit einem festen Handschlag und ließ sich in keiner Weise anmerken, wie intim sie bereits miteinander geworden waren.

Sie führte ihn in Markus' Esszimmer. Leander war offensichtlich noch nie hier gewesen, denn er blickte sich mit unverhohlenem Interesse um. Felicitas konnte es ihm nicht verdenken. Das nüchterne Äußere des Hauses passte so gut wie gar nicht zum Innenleben. Markus hatte nahezu alles umbauen lassen, vom ursprünglichen Grundriss war sicher nicht viel übrig geblieben. Licht und Fenster waren seine liebsten Gestaltungselemente, dazu Möbel in klarem Design. Die Räume gingen fließend ineinander über, nur die Schlafzimmer im Obergeschoss und die Räume im Dachgeschoss waren abgetrennt vom Rest des Hauses. Modern und nüchtern, und dazwischen immer wieder Dinge, die wahnsinnig gut zu Markus passten. Der hauseigene Fitnessraum im Keller zum Beispiel. Die Hundehaare, die überall klebten, weil er die Huskys mit ins Haus nahm.

Und die Kletterwand, die sich in die nordwestliche Hausecke schmiegte und vom Erdgeschoss bis hinauf unter das Dach zog. Allein dieser Umbau musste Unsummen verschlungen haben, vom Durchbruch durch die beiden Zwischendecken angefangen bis hin zu den Griffen und Sicherungen, die dazwischen angebracht waren.

Im Vorbeigehen griff Felicitas in der leidlich aufgeräumten Küche nach einer Wasserflasche und zwei frisch gespülten Gläsern. Leander nahm ihr die Wasserflasche sofort aus der Hand und bedeutete ihr stumm, sich zu setzen. Er schenkte ihnen ein, legte seine dünne Aktenmappe auf den Tisch und holte ein Blatt heraus. Es war wirklich seltsam, ihn so seriös zu erleben.

»Ist das Du okay?«, fragte er schließlich doch und legte den Kopf leicht schief. Sie nickte verblüfft. Wieso sollten sie auch so plötzlich doch wieder zu anderen Umgangsformen zurückkehren?

»Also, Felicitas, schieß los. Markus hat nur gesagt, dass du ein Problem hast, das ich mir anhören sollte. Was gibt es denn?« Er zog noch einen Kugelschreiber aus der Tasche und setzte sich auf.

Es war befremdlich, auf einmal die Dinge aus der Hand genommen zu bekommen. »Ich weiß ja nicht, was Markus dir erzählt hat – aber klären wir doch das Praktische vorneweg. Kann ich mir den Spaß hier überhaupt leisten?«

»Das habe ich schon mit Markus besprochen. Er will unbedingt, dass ich die Sache für dich durchboxe«, erwiderte er mit einem milden Lächeln.

»Kommt gar nicht in Frage.« Wie kam Markus eigentlich dazu, solche Dinge für sie zu tun? »Ich kann mich selber um meinen Kram kümmern. Also?«

»Ich denke mal schon.« Jetzt wurde aus dem milden Lächeln ein amüsiertes Funkeln in seinen dunklen Augen. »Ich nehme mal an, dass du ganz gut verdient hast, oder? Was war denn dein letztes Jahresgehalt? Brutto, falls du das im Kopf hast.«

»Knappe achtzig in den letzten zwei Jahren. Seit ich Creative Director bin eben.« Damit war es jetzt wohl aus, bis sie etwas anderes gefunden hatte. Und irgendwo anders konnte sie kaum erwarten, auf demselben Niveau anzufangen.

»Und du machst dir Sorgen, dir den Spaß nicht erlauben zu können?« Er zwinkerte ihr zu und verlor für einen Moment das schrecklich Seriöse. »Nun, das ist ein Ansatzpunkt. Für eine Abfindung, meine ich. Markus sagte schon, dass sie dir kündigen wollen, weil du angeblich am Arbeitsplatz gekokst hättest. Wie viel ist da dran?«

»Die idiotischste Anschuldigung, die mir je über den Weg gelaufen ist. Ich habe in meinem ganzen Leben nicht gekokst. Von so etwas lasse ich die Finger.« Ihr Mund wurde trocken. Sie tastete nach dem Wasser und erzählte ihm dann die ganze Geschichte. Leander war ein guter Zuhörer, wirkte keinen Moment lang ungeduldig, nicht einmal dann, wenn sie aus dem Konzept kam oder Dinge durcheinanderbrachte. Ab und zu notierte er sich irgendetwas, dann wieder hörte er einfach nur zu. Gott sei Dank hatte sie gestern schon Markus alles erzählt, sonst wäre sie heute bestimmt schon wieder in Tränen ausgebrochen. So brachte sie es ohne größere peinliche Zwischenfälle hinter sich.

»Ich kann dir natürlich nichts versprechen, aber ich bin zuversichtlich, dass ich das hinbekomme. Wie weit würdest du denn gehen wollen? Und ich nehme an, dass du nicht unbedingt dort wieder anfangen möchtest?«

Seine Ruhe strahlte auch auf sie aus. Ihr Herz schlug nicht mehr ganz so schnell wie zuvor. »Auf keinen Fall. Ich will einfach nur ... einen sauberen Schnitt. Ein faires Ende. Irgendetwas, damit ich neu anfangen kann.«

Es sagte sich erstaunlich leicht, dafür, dass sie gerade den Schlussstrich unter ihr bisheriges Berufsleben zog. Leander notierte sich auch das und legte den Kopf leicht schief.

»Ich werde versuchen, mich außergerichtlich zu einigen, wäre das in deinem Sinne? Eine Vertragsauflösung statt einer Kündigung, eine ordentliche Abfindung und dafür ein Schlussstrich unter die ganze Geschichte?«

Dafür, dass sie diesen Job immer als ihren Traumjob bezeichnet hatte, fiel es ihr wirklich erstaunlich leicht. Aber nach der Geschichte einfach an den Schreibtisch zurückkehren? Das würde auch nicht funktionieren. »Mach einfach.«

Er blickte sie fragend an. Felicitas schüttelte nur den Kopf und winkte ab. »Ist schon okay so. Keine Ahnung. Muss mich nur an den Gedanken gewöhnen.«

»Dann sehe ich, was sich machen lässt. So wie du mir diesen Philipp geschildert hast, weiß ich auch schon, wie ich vorgehen werde.« Jetzt bekam sein Lächeln etwas Schelmisches. »Mach dir keinen Kopf, okay? Ganz so einfach geht es nicht, dich einfach rauszuwerfen. Ich halte dich auf dem Laufenden. Kannst du mir noch deine

Handynummer geben? Oder erreiche ich dich nur über Markus?«

»Handy hab ich dabei.« Handy, Geldbeutel, Schlüssel. Es war erstaunlich, wie wenig sie den ganzen Rest ihres Lebens vermisste. »Danke, Leander.«

»Für diejenige, die den großen Markus gezähmt hat? Immer gerne.« Er zwinkerte ihr zu und schien zu spüren, dass sie damit nicht ganz einverstanden war. »Okay, ich sehe schon, lassen wird das. Noch nicht ganz geklärt bei euch, oder?«

»Lassen wir das.« Sie wollte sich keine Hoffnungen machen, weder auf irgendeine Lösung für ihr Jobproblem noch in der Sache mit Markus. »War es das dann?«

»Ruh dich aus, Felicitas, bitte. Du bist vollkommen durcheinander. Und wenn du irgendetwas brauchst, ruf an, okay?«

Das klang nun viel zu fürsorglich für einen Anwalt. Felicitas verdrehte nur die Augen. Sie brauchte keine Hilfe, weder von ihm noch von Markus oder sonst irgendwem. Bis jetzt hatte sie noch immer alles allein hinbekommen.

* * *

Markus wartete, bis er Leander vom Hof fahren hörte, ehe er in das Haus zurückkehrte. Felicitas saß immer noch wie erschlagen vor einem Glas Wasser am Küchentisch. Sie sah noch kein bisschen besser aus als in dem Moment, in dem sie vor seiner Tür gestanden hatte. Fertig und absolut durch den Wind. Kein Wunder, so sehr, wie sie ihren Job liebte!

Schweigend umrundete er sie, ging neben ihr in die Hocke und legte ihr den Arm um die Schultern. Sie wehrte sich nicht dagegen, lehnte den Kopf gegen seine Brust und schloss die Augen. Es fühlte sich so verdammt gut an, für sie da zu sein. So unglaublich gut, dass er einfach nicht wagte, ihr die entscheidende Frage zu stellen.

»Und, was sagst du?«

»Ich muss wohl darauf vertrauen, dass Leander es hinbekommt«, erwiderte sie und seufzte leise auf. »Markus, was fällt dir ein, das einfach hinter meinem Rücken zu regeln?«

Es war typisch für sie, dass sie nicht auf seine Frage antwortete und stattdessen das nächste Thema anschnitt. Er wiegte sie in seinen Armen hin und her und küsste sie auf den Hals. »Lass mich. Ich tue das gerne für dich. Ich habe nie wirklich gelernt, Verantwortung für irgendetwas oder irgendjemanden zu tragen. Bei dir ... bei dir habe ich das erste Mal das Bedürfnis, genau das tun zu wollen.«

Unsicher lachte sie auf. »Ich brauche das nicht.«

»Ich weiß, Süße.« Tief sog er ihren herrlichen Duft ein. Heute trug sie kein Parfüm, sondern roch nach seinem Duschgel, Sommer und einem Hauch von Blumenwiese. Felicitas pur. »Und trotzdem ... wieso hast du so viel Angst, es mir zu erlauben? Niemand sagt, dass du es nicht selbst kannst.«

»Weil ...« Sie versteifte sich in seinen Armen. »Aus Gründen.«

»Das ist keine Antwort.« Er verstärkte den Griff um ihren Bauch, um zu verhindern, dass sie sich wieder aus seinen Armen löste. »Ich lasse dich nicht los, ehe du es mir nicht sagst, Baby.«

»Ich will einfach nie wieder verlassen werden, klar?« Ihr Tonfall verriet ihm, dass sie kurz vor dem Heulen stand. »Kannst du dir vorstellen, wie beschissen das ist? Verlassen zu werden? Mein Idiot von einem Vater ... er hat Ma und mich einfach sitzen lassen. An meinem sechzehnten Geburtstag. Wegen irgendeiner Jüngeren. Wir haben das Haus verkauft, Ma und ich sind in die Stadt gezogen. Ma musste auf jeden Pfennig gucken. Nicht mal für eine Flasche Sekt zu meinem Abi hat es gereicht. Ich hab mir jedes verdammte Schulheft selber erarbeitet, weil er sie so verarscht hat. Und das darf mir einfach nicht passieren. Ich lasse mich nicht genauso verarschen wie sie.«

Irgendwie war es unfair, ihr das jetzt vorzuhalten. Aber was sonst sollte er sagen, um sie aus diesen Gedanken zu reißen? Dass sie immer noch wegen irgendwelcher Geschichten ihr Herz verschloss, die ewig her waren, konnte das wirklich sein? »Süße, glaub mir, ich verstehe das sehr gut. Wenn du dich erinnerst, mein Vater starb, als ich sechzehn war. Du hättest deinen wenigstens noch besuchen können.«

Ihre Augen weiteten sich. »Markus!«, protestierte sie dann und hielt inne. »Außerdem tut das nichts zur Sache! Wir passen einfach nicht zusammen.«

»Weil du ein Ordnungsfanatiker bist?« Seine Zungenspitze schlängelte sich in ihr Ohr und entlockte ihr ein Kichern. Zugleich schluchzte sie unterdrückt auf. »Das kriegen wir schon irgendwie hin, Süße.«

»Und außerdem ... Markus, wir können doch nicht einfach so ...« Sie schniefte hörbar. Sie umschlang ihre Knie. Gerade wirkte sie so klein und zerbrechlich in seinen Armen, dass er beinahe Angst hatte, sie allein mit seiner Umarmung schon zu zerstören. »Dir ist schon klar, dass ich Schluss gemacht habe?«

»Du bist wieder da.« Er bemühte sich um einen möglichst leichten Tonfall. Sie musste ja nicht wissen, dass er sie in dem Moment, in dem sie geklingelt hatte, am liebsten angeschrien hätte. Oder sie genommen. Oder alles zusammen. »Ich kann schon damit leben, dass du ein bisschen Zeit gebraucht hast, um dich an den Gedanken zu gewöhnen.«

»Sag mir, was du fühlst! Sag mir ehrlich, was du fühlst, Markus!« Ihr Flehen war kaum hörbar. Tränen liefen ihr über die Wangen. »Markus, bitte. Ich weiß nicht mehr, was ich tun soll.«

»Willst du die Wahrheit wissen?« Markus suchte nach passenden Worten. Darin war er noch nie sonderlich gut gewesen. Süßholzraspeln, ja, das konnte er. Im Angeben und sich selbst Darstellen, da war er ebenfalls verdammt gut. Aber über seine Gefühle sprechen? »Felicitas, als du Schluss gemacht hast, hat es sich angefühlt wie tausend Messer. Ich konnte nicht glauben, dass du das wirklich getan hast. Ich dachte, du machst einen dummen Scherz. Und als ich gemerkt habe, dass du es ernst meinst, hätte ich dich am liebsten gepackt, gefesselt und entführt, nur um dich bei mir zu behalten.«

»Aber du hast es nicht getan?« Es kam zögerlich und so, als könnte sie gerade das selbst nicht glauben.

»Nein, natürlich habe ich das nicht getan. Du musst deine eigenen Entscheidungen treffen. Ich muss es akzeptieren, Süße, wenn du dich auf die ein oder andere Art entscheidest, egal wie weh es mir tut.« Ihr heißer Atem strich über seine Haut. Die Tränen tropften auf sein Hemd. »Felicitas, du bist genau das, was mir immer gefehlt hat. Stark. Selbstbewusst. Eigenständig. Das ist es, was ich an dir mag. Du kannst mit mir mithalten. Du gibst mir Kontra. Du weißt, was du willst.«

»Und gerade jetzt weiß ich gar nichts mehr.« Unter den Tränen konnte er es kaum noch verstehen. Ihr schmaler Körper bebte in seiner Umarmung.

»Scht.« Er hauchte ihr einen vorsichtigen Kuss aufs Haar. »Das ist vollkommen normal. Du bist gerade dabei, dein ganzes Leben umzukrempeln. Natürlich weißt du gerade gar nichts mehr.«

»Markus, ich weiß nicht, ich bin nicht der Typ für eine Beziehung. Ich hatte noch nie etwas Längeres mit ein und demselben Kerl. Geschweige denn, dass ich mit irgendeinem Mann zusammengewohnt hätte. Ich brauche meine Eigenständigkeit.«

»Die nimmt dir auch keiner. Du musst ja auch nicht gleich hier einziehen, das hat doch auch keiner gesagt. Wir können es langsam angehen lassen. All die Dinge nachholen, die wir bisher versäumt haben. Miteinander reden zum Beispiel.« Er atmete tief durch. »Weißt du, ich habe auch so einiges aufzuräumen in meinem Leben. Ich brauche jemanden wie dich, um klarzukommen. Jemanden, der mir ab und zu mal die Meinung sagt.«

Sie warf ihm aus ihren verweinten Augen einen ungläubigen Blick zu. Beide wussten sie ganz genau, wovon sie sprachen. Von seinem Sohn.

»Heute, als ich bei den Hunden draußen war und du hier drinnen, ist mir so einiges klargeworden, Süße. Ich kann nicht immer nur so tun, als wäre nie irgendetwas geschehen.«

Sich ihr so zu öffnen war ungewohnt. Er hasste es, über seine Gefühle zu sprechen, und kannte es auch nicht von seinen Eltern. Gefühle waren nie ein Thema gewesen, nicht einmal dann, als seine Eltern sich getrennt und ihr seltsames Arrangement getroffen hatten, um nach außen alles nach heiler Familie aussehen zu lassen.

»Markus …« Sie hob eine Hand und strich ihm mit kalten Fingern über die Wange. Ein Kribbeln lief durch seinen ganzen Körper. »Meinst du das ernst?«

Sein Herzschlag beschleunigte sich, bis es sich anfühlte, als würde es förmlich davonrasen. »Und jetzt? Bleibst du?«

Felicitas starrte ihn mit großen Augen an. »Ich weiß es nicht, Markus. Ich habe absolut keine Ahnung, was gerade mit meinem Leben passiert. Ich fühle mich, als würde ich fallen und als gäbe es kein Ende und als könnte ich fliegen. Alles gleichzeitig.«

»Und ich bin da, um dich aufzufangen.« Er griff einfach unter ihr Kinn und zwang sie, ihn anzusehen. »Feli, du kannst jederzeit gehen, das weißt du. Genau wie du weißt, dass es keine Garantie für nichts gibt in diesem Leben. Aber ich verspreche dir, dass ich alles tue, um dich zu schützen und dich zu unterstützen und dir zu helfen. Um dich fliegen zu lassen und aufzufangen, wenn du fällst.«

Er griff nach ihren Händen und nahm sie zwischen seine. Groß und ungläubig wirkten ihre Augen. Hatte er wirklich irgendwann einmal geglaubt, dass diese Augen von nichtssagend graubrauner Farbe waren? Er konnte sich nichts Schöneres vorstellen als diese Augen. Es war so viel Tiefe darin, so viel Stärke, so viel Funkeln. So viele Herausforderungen, vor die sie ihn stellen würde.

»Felicitas, Süße, ich habe keine Ahnung, wie man das hier richtig macht. Und ob es ein Richtig gibt. Aber ich habe noch keine Frau getroffen, die mich mehr beschäftigt hat als du. Als du gegangen bist, war es, als würdest du einen Teil von mir mit dir nehmen.« Er atmete einmal tief durch. »Feli, ich glaube, ich habe mich in dich verliebt. Würdest du mir die Ehre erweisen und bleiben? Das Haus ist groß genug für uns beide.«

»O Gott, Markus …« Sie lachte unsicher auf und blinzelte die Tränen weg. »Wir können doch nicht …«

»Und ob wir zusammenziehen können. Wieso sollten wir es nicht können?« Das Glücksgefühl rauschte durch seine Adern. »Du solltest irgendwann einmal in deinem Leben etwas einfach tun, Feli, und nicht jahrelang darüber nachdenken.«

Ihr Lachen wurde sicherer und freier. Sie entzog ihm ihre Hände, nur um ihm dann um den Hals zu fallen. »Du bist ein verrückter Kerl, weißt du das?«

»Das war ein Ja.« Er küsste sie auf die Stirn. »Und es kommt noch besser, Sugar. Du begleitest mich nach Alaska, was hältst du davon? Wenn wir zusammen den Yukon Trail überleben, schaffen wir alles.« Er zog sie hinunter auf den Boden und in seine Arme.

»Spinner«, flüsterte sie und lachte wieder. »Du bist einfach ein Spinner, Markus.«

»Auch nicht mehr als du.« Er erstickte ihre weiteren Worte in einem Kuss. In einem Kuss, der sich süßer und intensiver anfühlte als alle Küsse, die er bisher in seinem Leben bekommen hatte.

28

Das vertraute Motorbrummen seines SUV ließ die Schmetterlinge in Felicitas' Bauch tanzen. Sie hatte es noch keinen Tag bereut, bei Markus geblieben zu sein. Auch wenn es sich immer noch seltsam anfühlte, ihre Sachen in seinem Haus zu sehen, ihre Kleider in seinem Schrank und zumindest ein paar Schminksachen in seinem Bad. Aber nach einer anstrengenden Woche hatten sie sich wirklich etwas Abwechslung verdient. Felicitas überprüfte noch einmal die Dinge, die sie bereitgelegt hatte, und atmete tief durch. Der Schlüssel drehte sich im Schloss. Seine Schritte hallten laut auf den Steinfliesen im Flur. Er war im *Leos* gewesen, um nach dem Rechten zu sehen, und offenbar war alles in Ordnung, sonst wäre er nicht schon wieder hier. Sie hatte in der letzten Woche festgestellt, dass Markus weit mehr arbeitete, als sie gedacht hatte. Auch wenn er es immer noch abstritt, es steckte doch so einiges mehr in ihm als nur der gelangweilte Playboy aus reichem Hause.

Noch einmal strich sie ihr Kleid zurecht. Sie hatte sich ein enganliegendes, knappes Kleid besorgt mit angedeuteten Schulterklappen und einem atemberaubend tiefen Ausschnitt. Dazu trug sie einen tief auf der Hüfte liegenden Gürtel, hohe Schnürstiefel und die Reitgerte. Seine Reitgerte. Heute gehörte sie ihr.

»Hinsetzen. Und keinen Mucks«, begrüßte sie ihn und

war erstaunt darüber, dass ihre Stimme tatsächlich so kalt klingen konnte, wie sie gehofft hatte.

»Feli?« Er wirkte einen Augenblick lang verwirrt, dann zeigte sich ein erkennendes Blitzen in seinen Augen. »O Gott, Zuckerpüppchen, das kannst du doch nicht mit mir machen!«

»Und ob ich das kann. Hinsetzen.« Sie deutete auf den Stuhl, den sie bereitgestellt hatte. Die Lehne war perfekt, um ihn daran zu fesseln. Er grinste sie frech an.

»Und wenn nicht?«

»Meinen Sie wirklich, das ist so klug?« Kurz nur kam die Angst in ihr hoch, dass er es lächerlich finden könnte. Dann jedoch blickte sie in seine Augen und sah die Gier darin. Die Gier nach ihr. »Ich an Ihrer Stelle würde lieber kooperieren.«

Er hob beide Hände in einer entschuldigenden Geste. »Aber ich weiß doch noch gar nicht, wobei!«

»Das macht nichts. Einfach nur hinsetzen!« Sie tauschte die Reitgerte gegen die Handschellen, die er schon einmal getragen hatte, und hielt sie triumphierend in die Luft. »Wird's bald?«

Er verdrehte zwar die Augen, leistete ihr dann jedoch Folge. Diesmal gelang es ihr noch schneller als das letzte Mal, die Handschellen aufschnappen zu lassen und ihm anzulegen. Sie zog seine Arme hinter die Lehne, legte die Handschellen um die dünne Querstrebe herum und verband dann seine Arme miteinander.

»So gefällt mir das viel besser.« Sie lief um ihn herum und fuhr dabei mit den Fingern über seine starken Schultern. Sein Atem hatte sich sichtlich beschleunigt. Felicitas ging vor ihm in die Hocke. Energisch drückte sie seine Beine nach außen und strich langsam und verführerisch über die Innenseite seiner Oberschenkel. Kurz vor seinem Schritt hielt sie inne und suchte seinen Blick. Seine Augen hatten sich verdunkelt. Er atmete mühsam und gepresst.

»Vielleicht sage ich es dir nachher.« Sie konnte sich ein Grinsen nicht mehr verkneifen und öffnete seine Jeans. Sie ließ sich Zeit dabei und kostete jeden Augenblick aus. Markus dagegen atmete immer schneller. Das Gefühl, ihn in der Hand zu haben, war berauschend.

Felicitas schob seine Jeans nach unten und fuhr am Bund seiner Shorts entlang. Seine Bauchmuskeln spannten sich unter ihrer Berührung an. Der Anblick gefiel ihr. Allein der Gedanke daran, dass sie nun mit ihm machen konnte, was sie wollte, lockte die Lust in ihr hervor.

Allzu lange würde sie es definitiv nicht hinauszögern. Sie bedeutete ihm mit einem sanften Schlag gegen die Seite, dass er die Hüfte anheben sollte, und zog rasch seine Shorts und die Jeans nach unten. Markus war die Erregung deutlich anzusehen. Wie von selbst wanderte ihre Hand zwischen seine Beine, streichelte seine Hoden und sein Glied. Ein erster Tropfen seiner Lust quoll hervor.

»Keine Selbstbeherrschung«, erklärte sie ihm und verrieb die Feuchtigkeit mit dem Daumen. Er keuchte auf und spannte sich noch mehr an. »Das ist gar nicht gut für dich, weißt du das?«

Das Leuchten in seinen Augen sagte ihr, dass ihm gefiel, was sie da tat. Sie schloss ihre Finger fest um seinen Schwanz und hauchte ihm einen Kuss auf die Eichel. Er schob sich ihr entgegen, stieß ungeduldig zu.

»Immer langsam«, erklärte sie und legte die andere Hand um seine Hoden. »Du machst nur, was ich sage, klar?«

»Ja, Madame.« Seine Antwort kam heiser und viel zu schnell. Felicitas kniete sich vor ihn und strich einmal kurz über sein markantes Kinn, die fest zusammengepressten Lippen und die hohen Wangenknochen.

Dann beugte sie sich ohne jede Vorwarnung nach unten und nahm sein steifes Glied zwischen ihre Lippen. Wieder versuchte er, die Kontrolle zu übernehmen, doch sie ließ sich nicht beirren, erkundete ihn mit der Zunge, schlug mit der Zungenspitze zärtlich gegen die Eichel und legte ihre Lippen um ihn. So, wie sie es gerade wollte. Die Macht, die sie damit über ihn bekam, glich alles andere aus, seinen herben Geschmack genauso wie ihre eigene Unsicherheit.

Sie blickte zu ihm hoch und gab ihn frei. Schweiß stand auf seiner Stirn. Er presste die Lippen fest zusammen. »Und wehe dir, du kommst. Die Reitgerte liegt noch dort drüben, das sollte dir klar sein.«

»Baby, bitte …« Seine Augen weiteten sich. Langsam ließ Felicitas ihre Fingernägel über die Innenseiten seiner Oberschenkel gleiten, ehe sie wieder ihre Lippen um seinen Schwanz schloss. Ihre Zunge umspielte die Spitze, und sie veränderte das Tempo, sobald er zu ungeduldig wurde. Ein Kribbeln breitete sich in ihr aus. Ihr eigener Körper schien in Flammen zu stehen. Sie hatte gehofft, dass es gut laufen würde, aber dass es sich so gut anfühlte, das hatte sie nicht zu träumen gewagt.

Auf einmal ließ sie ihn los, stand auf und trat einen Schritt zurück. Seine Augen glänzten, seine Augenlider flatterten, und verräterische Röte lag auf seinen Wangen. Atemlos schob sie ihr Kleid etwas nach oben und setzte sich mit gespreizten Beinen über seine Oberschenkel. Diesmal hielt er geduldig still, versuchte nicht schon wieder, ihre Befehle in Frage zu stellen. Sie schenkte ihm ein schelmisches Lächeln und berührte mit ihren Schamlippen sein Glied. Er zuckte und wollte in sie dringen.

»Noch nicht. Ich will mit dir spielen, Markus«, erklärte sie und rieb sich an ihm, bis sie die Feuchtigkeit zwischen ihren Schenkeln spürte. Das Verlangen war beinahe zu stark, um sich weiter zurückzuhalten, und doch setzte sie ihr verlockendes Spiel noch eine Weile fort. Heiße Wellen liefen durch ihren Körper, verbanden sich zwischen ihren Schenkeln zu purer Lust und ließen sich nur noch schwer zurückhalten.

»Bitte, nimm mich endlich!« Er stieß es hervor, kaum verständlich und mit rauer Stimme. »Ich halte das nicht mehr länger aus.«

»Meinst du? Dann müssen wir das wohl öfter üben.« Sie hielt ihn noch einen Moment hin, dann gewann ihre eigene Sehnsucht nach ihm die Überhand. Quälend langsam senkte sie sich auf sein Glied, genoss dieses herrliche Gefühl, von ihm ausgefüllt zu werden.

Vorsichtig begann sie, ihn zu reiten, gab ihm das Tempo vor, das sie sich wünschte, und nahm sich von ihm, was sie brauchte. Er stöhnte wohlig auf und schob sich ihr entgegen. Hastig glitten ihre Finger unter sein Poloshirt und schoben es weit genug nach oben, damit sie sein Sixpack sehen konnte. Anerkennend strich sie über die Bauchmuskeln und entlockte ihm ein heiseres Keuchen.

Das berauschende Gefühl, ihn vollkommen zu besitzen, ließ ihr Herz schneller schlagen. Sie hielt inne, wann sie wollte, sie bewegte sich schneller, sobald es ihr danach war, und trieb ihn immer wieder in die Nähe eines Höhepunkts, nur um dann innezuhalten und ihn beinahe ganz loszulassen. Er wurde zum Instrument ihrer Lust, und das Pochen in ihrem Unterleib wurde immer verlangender.

»Darf ich? Bitte, Madame, bitte …« Er brach mitten

im Satz ab und schloss die Augen. Mühsam zwang er sich, ruhig zu atmen, das war ihm deutlich anzusehen.

Felicitas schüttelte stumm den Kopf, setzte ihre Bewegungen noch einen Augenblick fort, bis sie ihren eigenen Höhepunkt nahen fühlte.

»Jetzt«, flüsterte sie ihm ins Ohr und vergrub ihre Zähne in der weichen Haut an ihrem Hals. Der Orgasmus raubte ihr die Sinne, verband sich mit seiner Lust und seinen starken Stößen, und riss sie vollkommen aus dieser Welt.

Felicitas ließ den Kopf auf seine Schulter sinken und blieb auf ihm, lauschte seinem schnellen Herzschlag und seinem heißen Atem. Langsam nur kehrte sie in die Wirklichkeit zurück.

»Ich habe mit Leander telefoniert«, begann sie dann. »Philipp ist eingeknickt. Es gibt keine Kündigung, sondern eine Vertragsauflösung in bestem Einvernehmen. Ich bekomme nicht nur ein hervorragendes Arbeitszeugnis, sondern auch eine Abfindung. Zehn für jedes Jahr, das ich bei ihnen war. Neunzig also insgesamt. Plus das ausstehende Gehalt für dieses Jahr.«

Er küsste sie auf die bloße Schulter und blickte dann zu ihr auf. »Das ist nicht dein Ernst, oder?«

»Glaubst du, ich lüge? Offenbar hat Philipp Angst vor einer Schlammschlacht, bei der ich die besseren Karten habe. Leander hat nur das magische Wort *sexuelle Belästigung* gesagt, und auf einmal ging alles ganz einfach. Da hatte wohl jemand ein schlechtes Gewissen.« Felicitas fühlte sich zutiefst zufrieden mit diesem Wissen. »Außerdem hat die Konkurrenz längst Wind von der Sache bekommen. Ich habe heute mein erstes Jobangebot bekommen.«

Spielerisch bewegte sie sich auf ihm und entlockte

ihm ein heiseres Keuchen. Sein Blick verdunkelte sich. »Wie?«

»Ein gewisser Robert Klein hat mit mir sprechen wollen. Er ließ sich nicht davon überzeugen, dass ausgerechnet ich mir in dieser Phase des Projekts Urlaub genommen habe. Es geht jetzt das Wort von ernsthaften künstlerischen Differenzen. Und derselbe Robert Klein besteht wohl darauf, nur von mir betreut zu werden. So etwas spricht sich herum.« Felicitas warf die Haare zurück und lachte befreit auf. »Fühlt sich gut an, das kann ich dir sagen.«

»Du bist einfach der Wahnsinn, Felicitas.« Anerkennend bedeckte er ihren Hals mit Küssen. »Ich wusste es schon immer, dass du es draufhast. Und zwar so was von.«

»Und weißt du, was das Beste ist? Ich habe das Angebot erst mal ausgeschlagen. Ich gönne mir ein Sabbatjahr. Bis nächstes Jahr, bis wir aus Alaska zurück sind. Was meinst du?«

Markus leckte über ihren Hals und hinterließ eine warme Spur. »Das hältst du eh nie durch. Du bist ein Workaholic.«

»Um was wetten wir?« Sie beugte sich zu ihm, biss ihn sanft in die Halsbeuge und saugte an seiner zarten Haut, bis sich darunter ein dunkler Fleck bildete.

»Feli, das zahle ich dir heim, versprochen«, fluchte er, als sie ihn endlich wieder freigab. »Das sieht man, verdammt.«

»Dazu muss ich dich erst einmal losmachen, mein großer Held. Aber ich fürchte, ich habe noch nicht genug.« Sie glitt von ihm und strich ihr Kleid glatt. »Du solltest besser zusehen, dass du mich zufriedenstellst. Ich sage nur: Reitgerte.«

Er legte den Kopf leicht schief und grinste sie an. »Baby, mach mich los, dann zeige ich dir, was es heißt, dich zufriedenzustellen. Wie auch immer du willst, aber du wirst es nicht bereuen.«

»Spar dir deine Versprechungen.« Sie tastete nach dem Schlüssel und öffnete seine Fesseln. »Mach lieber.«

Er stand auf und hatte sie im Arm, ehe sie reagieren konnte. Zärtlich strich er ihr die Haare aus der Stirn und blickte auf sie herunter.

»Einen Augenblick, Süße, eins noch.« Seine Hand legte sich sanft an ihre Wange. Felicitas schluckte, um die Trockenheit aus ihrem Mund zu vertreiben. Seine Wärme fühlte sich gut an. »Ich muss dir erst noch etwas sagen.«

»Was denn?«, flüsterte sie.

»Ich liebe dich, Feli.« Er suchte ihren Blick, und sie sah in seinen Augen genau das, was sie auch fühlte. Unsicherheit, Angst, Verletzlichkeit. »Wir schaffen das, da bin ich mir sicher. Aber lass mich nicht alleine. Und falls du mich nicht umbringst, bevor wir in Whitehorse sind, verspreche ich dir jetzt schon eins: Dann bekommst du einen Ring von mir. Nicht dass du dann überrascht bist.«

»Scht.« Sie legte den Finger auf seine Lippen und griff mit der anderen Hand in seinen Nacken. »Das wird sich finden. Ich liebe dich auch, Markus, und das reicht doch. Für den Anfang.«

Er hielt ihren Blick, legte seine Lippen auf ihre und schenkte ihr damit ein Kribbeln. Zuerst sanft, dann immer gieriger küsste er sie, und es fühlte sich definitiv gut an. Auch wenn es mit allen ihren Grundsätzen brach.